HENNING VON MELLE /
VOLKMAR JOSWIG

Stahlhart

ALLES AUS LIEBE Der Bremer Gerichtsreporter Rainer West wird durch seine Scheidung in eine schwere emotionale und finanzielle Krise gestürzt. Nur sein Chefredakteur Dr. Koschnick und Kommissar Roland Ernst, sein Kontaktmann bei der Polizei, stehen ihm freundschaftlich zur Seite.

Das Blatt wendet sich, als er Britta Kern kennenlernt. Die neue Beziehung gibt ihm Kraft und auch beruflich geht es wieder aufwärts. Doch die Glücksphase hält nicht lange an. Rainer wird plötzlich verdächtigt, an einer Serie brutaler Banküberfälle in Bremen und Umgebung beteiligt zu sein. Auch Brittas spielsüchtiger Bruder Ulf gerät in das Visier der Ermittler.

Rainer West macht sich auf die Suche nach der Wahrheit – und bringt damit nicht nur sich selbst in größte Gefahr …

Henning von Melle, geboren 1950, arbeitet seit über 15 Jahren erfolgreich als Autor von Soloprogrammen für Schauspieler und Songschreiber und als Wirtschaftsautor. Bisher sind vier Bücher von ihm erschienen.

Volkmar Joswig, geboren 1959 in Bremen, ist als Journalist für Tageszeitungen und Magazine tätig. Zusätzlich arbeitet er als Sprecher für Image- und Industriefilme sowie als Bühnen-, Literatur- und Musikkritiker.

Seit 2007 treten beide Autoren gemeinsam bundesweit mit amüsant-humorigen Bühnenprogrammen als Bremer Satire-Kabarett-Duo »DUO-9« auf. Neben Büchern sind auch CDs der beiden in Planung.

HENNING VON MELLE /
VOLKMAR JOSWIG

Stahlhart

Kriminalroman

Original

GMEINER

Personen und Handlung sind frei erfunden.
Ähnlichkeiten mit lebenden oder toten Personen
sind rein zufällig und nicht beabsichtigt.

Besuchen Sie uns im Internet:
www.gmeiner-verlag.de

Im Ehnried 5, 88605 Meßkirch
Telefon 07575/2095-0
info@gmeiner-verlag.de

1. Auflage 2011

Lektorat: Claudia Senghaas, Kirchardt
Herstellung: Christoph Neubert
Umschlaggestaltung: U.O.R.G. Lutz Eberle, Stuttgart
unter Verwendung der Fotos von: 106313 / photocase.com und
© DJI-FUNK / Fotolia.com
Druck: Appel & Klinger, Schneckenlohe
Printed in Germany
ISBN 978-3-8392-1194-6

Für Uta und Ursel

1

Rainer West trat aus dem Gerichtsgebäude.

Gerade hatte er eine deftige Ohrfeige erhalten. Obwohl das Gebäude praktisch sein zweites Zuhause war, erschien es jetzt auch als Ort der bittersten Niederlage. Er war gerade von seiner Frau geschieden worden, mit üblen Nebenwirkungen, die sein weiteres Leben erschwerten. Rainer musste erst einmal tief Luft holen und ließ sie lautstark wieder entweichen.

Langsam stiefelte er vom Amtsgericht über die Domsheide, am Dom vorbei, in Richtung des historischen Bremer Rathauses. Unter den Arkaden des Rathauses setzte er sich auf eine der Steinbänke, die noch frei war. Um ihn herum schnatterte es in diversen Sprachen, ein untrügliches Zeichen, dass wieder viele ausländische Besucher den Weg nach Bremen gefunden hatten.

Eine Zeit lang beobachtete Rainer eine Gruppe von Touristen, die vor dem Denkmal des Rolands einer Stadtführerin lauschten. Als Rainer merkte, dass ihn das fröhliche Gewimmel mehr störte als ablenkte, brach er wieder auf. Ihn zog es an die Weser. Er wählte die Teerhofbrücke, lehnte sich an das Brückengeländer und starrte in den ruhig dahin zuckelnden Fluss. In ihm kochte es, verbunden mit Resignation, Leere und Aufruhr gegen den Urteilsspruch. Seine Exfrau hatte ihn klassisch aufs Kreuz gelegt und reichlich zur Kasse gebeten. Unruhe trieb ihn nach einer Weile weiter. Er setzte sich, in Gedanken versunken, in sein Bremer Stammlokal an der Schlachte, in dem er fast regelmäßig hockte, und maulte vor sich hin. Einige, für ihn düstere, Vorgänge beschäftigten ihn. Eine Scheidung an sich war schon eine üble Sache, zumal er nicht derjenige gewesen war, der das Ende der Partnerschaft eingeleitet hatte.

Natürlich litt die Arbeit unter der seelischen Anspannung und der gedanklichen Beschäftigung. Rainer West war Gerichts- und Polizeireporter beim Bremer ›Weser Boten‹. Durch die wahrzunehmenden privaten Termine versäumte er schon mal einen beruflichen, und seine Leistungen wurden immer schlechter. Es hatte bereits Gespräche mit seinem Chefredakteur Dr. Kurt Koschnick gegeben. Da dieser aber die Situation kannte, brachte er Rainer ein gewisses Verständnis entgegen. Inzwischen war allerdings ein Punkt erreicht, wo es schwierig wurde, Rainer den Rücken freizuhalten. In dieser Situation saß Rainer West nun auf seinem Stuhl und ließ den Kopf hängen. Sein leerer Blick wanderte hin und her. Bisweilen streifte sein Auge eine hübsche Frau, die ihm, allein, schräg gegenübersaß und in ihrem Cappuccino rührte. Rainer bemerkte nicht, dass sie versuchte, seinen Blick zu fangen und festzuhalten. Dafür war er zu abwesend.

Solche Situationen hatte es schon oft gegeben, denn Rainer war immerhin ein gut aussehender Mann, schwarzhaarig, schlank, von 1,80 Meter Größe, mit wohlklingender Stimme. Rainer legte viel Wert darauf, körperlich gepflegt und adrett bis schick gekleidet zu sein. Er trug fast ausschließlich Anzug, oft Schlips. Er galt als charmant, smart. So stellte er eine ansehnliche Erscheinung dar und war Ziel vieler begehrlicher Blicke.

Hier und heute stellte er für sich aber fest, dass ihm

die Anwesenheit im Lokal nichts brachte, also stand er auf und zahlte.

Vielleicht war es besser, zu Hause seinen Gedanken nachzuhängen. Schließlich konnte es sein, dass er gesehen wurde, wie er hilflos, mit düsterem Blick rumhing. Das konnte sich schlecht auf seine Tätigkeit auswirken. Also zog er die Einsamkeit seiner Behausung der öffentlichen Zurschaustellung vor. Er saß schon lange an seiner Tasse Kaffee, bereits ständig präsent, dass es da noch den Nebeneffekt der Scheidung gab, er ziemlich blank war und das würde wahrscheinlich zum Dauerzustand werden, da er Unterhaltszahlungen leisten musste.

Rainer Wests berufliche Aufgabe war es, einerseits von Prozessen, die für die Öffentlichkeit interessant waren, zu berichten, andererseits Polizeiarbeit zu begleiten und darüber zu schreiben, wenn gerade eine Tat geschehen war. Er hatte sich gute Kontakte aufgebaut und war sogar zum gern gesehenen Kollegen geworden. Durch seinen Charme, aber auch Scharfsinn hatte er den Beamten manch wertvollen Tipp oder diese oder jene neue Sichtweise vermitteln können. So hatte er sich in Polizeikreisen Freunde geschaffen, die bereit waren, ihm manchen Hinweis zukommen oder einen Vorsprung vor seinen Kollegen erreichen zu lassen. Das wiederum führte dazu, dass er innerhalb der Zeitung seinen sicheren Platz hatte. Nun lief er Gefahr, diesen Platz aufs Spiel zu setzen.

Rainer West fuhr nach Hause, setzte sich vor den Fernseher und ließ die Sendungen an sich vorbeirauschen. Angesichts seiner Zukunft machte er sich keine Illusionen. Deprimiert gab er sich einigen Flaschen Becks Bier hin und schlief dann auf dem Sofa ein.

Günther Voss saß in seinem schmucken Haus am Weidedamm III vor dem Fernseher und sah sich die Tagesschau an. Seine Frau Martina werkelte in der Küche und bereitete das Abendbrot vor. Es war später als sonst geworden, weil ihr Mann, als Filialleiter der Commerzbank Bremen-Findorff, spät nach Hause gekommen war. Am nächsten Tag stand für ihn eine Betriebsprüfung an.

Die 16-jährige Tochter Emma saß oben in ihrem Zimmer am Computer. Es klingelte.

»Erwartest du noch jemanden?«, rief Günther Voss seiner Frau in der Küche zu. »Heute Abend kann ich wirklich niemanden gebrauchen.«

»Nein, Schatz, für mich kann das nicht sein. Vielleicht ist es ein Nachbar, sieh einfach nach«, antwortete Martina Voss.

Widerwillig rappelte sich Herr Voss hoch und schlurfte zur Haustür. Falls es Vertreter oder Zeugen Jehovas sein sollten, würden sie ihn kennenlernen. Ein fremder Mann stand draußen.

»Guten Abend, Herr Voss«, begann der Fremde.

»Ich brauche nichts, schon gar keine Störung. Außerdem ist es …« Weiter kam er nicht. Der Fremde drängte ihn in den Flur.

»Was soll das?«, erstaunt blickte Günther Voss auf den Fremden, der im gleichen Moment eine Pistole, Marke Heckler & Koch P 2000, aus seinem Hosenbund zog und mit fließender Bewegung gegen die Stirn des Herrn Voss presste. Der Fremde legte den Zeigefinger seiner anderen Hand auf die Lippen, als Zeichen für Stille. Dann packte der Mann Günther Voss an dessen rechter Schulter, drehte ihn und gab ihm einen Stoß in Richtung Wohnzimmer.

»Wer war es denn?«, erscholl die Stimme von Martina Voss aus der Küche.

Der Fremde entschied um und fragte mit leise gesprochener Stimme: »Küche?«

»Ja.«

»Gehen Sie hin!«

Martina Voss hörte den schlurfenden Schritt ihres Mannes, drehte sich vom Herd um und sah ihren Mann, hinter dem ein anderer stand, der ihrem Günther eine Pistole an die Schläfe hielt. Mit gedrosselter Stimme fragte der Fremde: »Ist sonst noch jemand im Haus?« Einen kurzen Augenblick zögerte die Hausherrin und dachte an ihre Tochter oben.

»N-nn-nein«, erklärte sie in der Hoffnung, Emma würde nicht erscheinen, bevor sie zum Essen rief.

»Ins Wohnzimmer!«, befahl der Fremde.

Dort angekommen, stieß der Mann Günther Voss in Richtung Sofa, bellte kurz »Hinsetzen« und in Richtung Frau Voss »Du auch«. Verängstigt, verschreckt, mit weit aufgerissenen Augen saß das Ehepaar Voss nebeneinander auf der Couch.

»Was wollen Sie? Sie bekommen alles Bargeld, das ich im Haus habe, sogar den PIN meiner Scheckkarte, nur tun Sie uns nichts«, begann Günther Voss nach einer Schrecksekunde und nachdem er etwas Mut gefasst hatte. Der Täter hatte sie nicht sofort umgebracht. Das sollte ein gutes Zeichen sein.

Mit den Worten: »Hier nimm das Klebeband und fessele deine Frau. Mach es stramm und richtig, ich kontrolliere es. Sitzt es nicht richtig, töte ich sie!«, warf der Fremde eine Rolle Paketklebeband in den Schoß von Günther Voss.

»Los Arme nach vorn!«, ordnete der Täter in Richtung Frau Voss an. »Und du umwickelst sie«, zeigte der Fremde, indem er mit einer Handbewegung die Waffe als Hilfsmittel einsetzte. Nachdem Martina Voss verschnürt war, kontrollierte der Fremde die Fesselung. Sie saß fest. Er nahm im Sessel Platz.«Wir fahren gleich zu deiner Bank. Dort will ich Geld, alles, was verfügbar ist.«

»Da ist nichts«, erklärte verschreckt Günther Voss. »Das ist alles im Safe, und da kann ich nicht allein ran. Ich brauche den Schlüssel meiner Stellvertreterin.«

»Gut. Dann rufst du sie an und bestellst sie her, mit Schlüssel!«

Günther Voss zögerte. Er wollte nicht auch noch seine Kollegin gefährden. Natürlich hatte er ein Seminar über Krisenmanagement in solchen Situationen absolviert.

»Los! Ruf an, sonst stirbt deine Frau. Und lass dir nicht einfallen, etwas Verräterisches loszulassen. Das hat den gleichen Erfolg!«

Günther Voss ergab sich in sein Schicksal. Er wählte die Nummer seiner Kollegin Gabi Dressler und bat sie unter dem Vorwand, er müsse wegen der Betriebsprüfung noch mal in die Bank und sie solle mitkommen, zu sich. Sie könne ihn doch bitte abholen. Die Stellvertretende Filialleiterin versprach umgehend zu kommen.

Emma Voss, die Tochter des Hauses, beendete ihr Spiel am Computer. Sie hatte Hunger, aber der Ruf ihrer Mutter war bisher ausgeblieben. Sie musste wohl etwas Druck machen, schließlich befand sie sich im Wachstum und brauchte ihre Mahlzeiten. Auf Strümpfen schritt sie Richtung Treppe, die nach unten führte. Sie hörte Stimmen. Das war wohl der Grund für die Verspätung des Abendessens: Die Eltern hatten Besuch. In diesem Moment verstand sie die Worte: »... sonst stirbt deine Frau!« Sofort hielt sie inne. Lief doch nur der Fernseher?, fragte sie sich.

An der Tür klingelte es. Es müsste die Kollegin sein, dachte Günther Voss.

»Geh hin und sieh nach. Wenn es deine Kollegin ist, bring sie hierher. Wenn es jemand anderes ist, schick ihn weg. Ich bleibe bei deiner Frau.« Mit diesen Worten setzte sich der Täter neben Martina Voss und drückte ihr die Pistole an die Schläfe. Ihre ängstlichen Augen weiteten sich über das Normale hinaus. Viel Weiß war zu sehen, ihr Atem stockte.

»Los, geh!«, befahl der Fremde.

Günther Voss erhob sich und warf einen Blick, von dem er hoffte, dass der Martina beruhigen würde, auf seine Frau. Dann ging er zur Eingangstür. Im Flur, auf der Mitte der gebogen nach oben führenden Treppe, sah er Emma. Erschreckt versuchte Günther Voss durch die Bewegung seiner Augen in Verbindung mit einer kaum wahrnehmbaren Kopfbewegung seiner Tochter zu signalisieren, sie solle verschwinden. Emma nickte kurz und tastete sich dann still zurück in ihr Zimmer.

Vor der Haustür stand die Kollegin Gabi Dressler.

»Was gibt es denn noch?«, begann sie.

»Danke für Ihr Kommen, Frau Dressler. Kommen Sie doch erst rein, wir besprechen das drinnen«, antwortete Günther Voss und machte den Weg frei.

Frau Dressler betrat den Flur und blickte in das schwarze Loch einer Pistolenmündung. Angst stieg sofort in ihr hoch, denn sie begriff, in welcher Situation sie sich befand.

»Tut mir leid. Er hat mich dazu gezwungen. Meine

Frau sitzt gefesselt im Wohnzimmer«, konnte Günther Voss schnell noch loswerden, bevor der Fremde wieder das Kommando übernahm: »Los, alle ins Wohnzimmer!« Dort angekommen saßen die drei Geiseln auf dem Sofa, während der Fremde in einem Sessel Platz nahm.

»Um es deutlich zu machen, es muss niemandem etwas passieren, wenn ihr kooperiert. Wir fahren gleich zur Bank, holen etwas Geld. Dann verschwinde ich, und allen geht es gut. Kommt ihr auf krumme Gedanken und aktiviert in der Bank den Alarm, gibt es Tote. Habt ihr das verstanden?«

Die Geiseln nickten eingeschüchtert. In dem kurzen Moment der Stille, die folgte, hörten die vier ein schwaches Gemurmel.

»Was ist das?«, fragte der Fremde.

»Ich höre nichts«, erklärte Günther Voss sofort. Der Fremde erhob sich gelassen, machte zwei Schritte auf ihn zu und schlug ansatzlos mit dem Lauf der Pistole zu. Haut platzte auf.

»Das ist eine Warnung. Beim nächsten Mal wird es tödlich. Woher wusstest du, dass ich auf das Geräusch anspielte? Ich frage noch mal: Ist noch jemand im Haus?« Dabei zeigte der Täter mit dem Pistolenlauf auf den Kopf von Martina Voss.

»Meine Tochter ist oben. Sie spielt am Computer. Dabei vergisst sie die Welt. Sie hat bestimmt noch nichts mitbekommen. Bitte, lassen Sie sie. Sie ist doch noch ein Kind.«

»Hol sie runter. Wir bleiben hier. Du hast 20 Sekunden. Dauert es länger, passiert etwas.«

Günther Voss holte seine Tochter. Nun saßen vier Personen auf dem Sofa.

»Was hast du oben gemacht?«, fragte der Fremde.

Emma, natürlich unerfahren in solcher Situation, fühlte sich stark und vor allem sicher: »Ich habe die Polizei angerufen. Sie wird gleich hier sein.«

Der Fremde stand langsam auf.

Ein Bremer Sondereinsatzkommando raste in Formation zu der angegebenen Adresse. Dort angekommen, wusste jedes SEK-Mitglied, was es zu tun hatte. Sofort schwärmte eine Anzahl Männer aus, umstellte das Haus des Günther Voss. Scharfschützen gingen in Stellung. Kurze, einsilbige Meldungen erreichten den Wagen des Einsatzleiters, die zeigten, dass die jeweiligen Stellungen eingenommen waren. Der Einsatzleiter nahm das Handy und wählte die Nummer der Familie Voss.

In dem Moment, als der Fremde die Tochter erreicht hatte, klingelte das Telefon.

Überrascht drehte sich der Täter zum Geräusch hin um.

»Geh ran!«, herrschte er Günther Voss an. Der nahm das Gespräch entgegen, reichte aber den Hörer an den Fremden weiter: »Für Sie.«

Der Fremde lauschte den Worten des SEK Einsatzleiters. Der erklärte die Situation und fragte nach Forderungen.

»Verschwinden Sie, ich will keine Polizei sehen. Wir werden das Haus verlassen. Erkenne ich einen Polizisten, erschieße ich eine Geisel. Keine weitere Störung mehr!« Damit beendete der Fremde kurzerhand das Gespräch.

»So, Mädel, da hast du aber schweren Schaden angerichtet. Brauchte ich dich nicht als Geisel, hätte ich dich jetzt getötet und deine Eltern dazu. Ist dir das klar? Ich gehe nicht in den Knast!«

Verängstigt nickte die Jugendliche. An Günther Voss gerichtet: »Hat deine Garage eine Verbindung zum Haus?«

»Ja«, bestätigte der Filialleiter.

»Gut. Dann gehen wir jetzt alle zum Wagen. Keine Mätzchen.«

Die Gruppe stiefelte los, an der Spitze Günther Voss. Als die fünf Personen die Tür zum Durchgang zur Garage erreichten und Günther Voss durchgegangen war, brach Emma flink nach links aus und sprintete zur Haustür. Der Schuss aus der Heckler & Koch schlug in ihren Rücken ein. Emma wurde durch die Wucht der Kugel gegen die Eingangstür geschleudert. Martina Voss schrie verzweifelt ein lang gezogenes »Neeeeeiiiiin«. Danach trommelte sie mit ihren Fäusten auf den Täter ein. Das »Warum?« konnte sie gerade noch zu Ende sprechen, bevor der Täter ihr in den Kopf schoss.

»Los, schnell durch«, befahl der Fremde den erstarrten Geiseln und stieß brutal Gabi Dressler an, die auf Günther Voss prallte. Das löste die innere Sperre. An der Eingangstür hörte man das Hämmern des SEK mit dem Türbrecher. Die Schüsse hatten jede Zurückhaltung aufgehoben. Gleichzeitig splitterte Glas, als andere SEK Mitglieder durch die Terrassentür kamen. Der Täter riss die Durchgangstür hinter sich zu. Das Garagentor wurde durch das SEK aufgebrochen. Der Fremde saß mit seinen zwei Geiseln im Durchgang zur Garage fest. Er sah sich um. Nur ein schmaler Durchgang, circa 1,50 Meter breit, gekalkte Wände. Keine Fluchtmöglichkeit, hinter sich das SEK, vor sich das SEK, das keine Rücksicht nehmen würde. Die hatten die Opfer gefunden und würden ohne jedes Zögern zum finalen Rettungsschuss ansetzen. Immer noch hielt er verzweifelt die Durchgangstür hinter sich zu, als wenn ihm das Sekunden bringen würde. Ihm war die Aussichtslosigkeit schlagartig bewusst. Zwar hatte die direkt davor liegende Tochter die Eingangstür blockiert, aber die Garage konnte er nicht mehr erreichen. Dort wartete das SEK. Bald würde hinter ihm die Tür aufgerissen, und er würde erschossen werden, die einzige Chance für die Geiseln. Aber selbst wenn die Polizei mit Rücksicht auf die Geiseln abwarten würde, aus dem Gang käme er nicht mehr raus. Spätestens in der Garage würde er erschossen werden. In dieser Ausweglosigkeit und aus Rache richtete der Fremde seine Pistole gegen den Hinterkopf von Gabi Dressler und drückte ab. Blut, Schädelteile und Gehirn spritzten an die Wände. Blut schoss aus Gabi Dressler, als sei ein Hahn geöffnet worden. Unmengen des roten Lebenssaftes bildeten in Sekundenschnelle eine riesige Pfütze auf dem Boden. In einem Sekundenbruchteil später schoss der Täter Günther Voss ins Herz. Der hatte sich gerade panisch umgedreht, um zu sehen, was passierte. Günther Voss hatte den Boden im Fallen noch nicht erreicht, als die Tür zur Garage aufflog, rote Zielpunkte der SEK-Waffen auf dem Gesicht des Täter aufleuchteten und die vier Geschosse des SEKs im Kopf und Gesicht des Fremden einschlugen. Für die Rettung vergebens.

Am nächsten Tag war Rainer verspätet in die Redaktion gekommen. Er hatte sich am Abend etwas dem Rotwein hingegeben. Dadurch hatte er das Zeitgefühl verloren und daraufhin verschlafen. In der Redaktion angekommen, war er sofort in das Büro seines Chefredakteurs beim ›Weser Boten‹ gerufen worden.

»Rainer, so kann das nicht weitergehen. Was hast du gestern Abend denn für eine Scheiße gebaut?«

»Wieso?«, fragte Rainer nach.

»Wieso?«, der Chefredakteur konnte es nicht fassen.

»Die Familie Voss, ermordet, sagt dir das nichts? Nur die Tochter wird überleben, sie ist aber schwer verletzt. Wo warst du?«

»Ich weiß von nichts, hatte mich hingelegt.«

»Eben. Wir haben versucht, dich zu erreichen. Ohne Erfolg. Jens Goldstein musste hin und wird berichten. Wir hatten von der Geschichte über Polizeifunk erfahren, aber du warst nicht erreichbar. So geht das nicht! Du lässt dich gehen und gibst mir keine Perspektive, dich halten zu können. Mensch, Junge, wach endlich auf! Andere haben das Gleiche oder Ähnliches durchgemacht und haben sich nicht hängen lassen. Du bist nur noch hier, weil du einen guten Ruf hast und ich dich dadurch schützen konnte. Wir hatten sogar Pläne mit dir, wollten dich nach oben ziehen und dir einen Posten in der überregionalen Berichterstattung anbieten, die auch von anderen Zeitungen beachtet wird. Du hättest dir einen Namen machen können. Jetzt ist Schluss. Ehe ich mich durch dich auch in den Strudel ziehen lasse, muss ich dir sagen, du bist kurz vor der Zielflagge. Rainer, wach auf! Ich kann dich nicht mehr lange halten. Du bist ein fescher Bursche, charmant. Es kann doch nicht so schlimm sein. Such dir eine Freundin. Ich hab einen Vorschlag für dich: Nimm eine Woche Urlaub. Überdenke deine Situation und mach was daraus. Danach will ich dich hier in alter Frische sehen, oder wir müssen uns trennen. Du weißt, ein Rauswurf hat fatale Folgen und spricht sich in der Branche schnell rum. Dafür sorgen allein schon die Kollegen. Also stecke die dunkelgelbe Karte ein und fahr nach Hause. In einer Woche sehe ich dich wieder. Übrigens, Jens Goldstein lauert schon auf deinen Job.« Chefredakteur Dr. Koschnick hatte seine Ermahnung beendet.

»Danke, Chef, für Ihr Verständnis.«

»Schon gut. Wir haben dir auch was zu verdanken und du weißt, ich mag dich. Du hattest mal eine Nase. Hol sie dir zurück, und du bist wieder im Geschäft. Also rede nicht lange und hau ab.«

Zwischen den beiden hatte es sich ergeben, dass Dr. Koschnick, als Mentor und väterlicher Freund, Rainer West duzte, während dieser aus Respekt vor der Persönlichkeit und der Position weiter beim Sie geblieben war.

2

Rainer verließ die Redaktion. Obwohl die Kopfwäsche noch relativ glimpflich abgegangen war, hatte sie doch gesessen. Was sollte er tun?

Als Erstes fuhr er in sein Lokal an der Schlachte. Er brauchte dringend Kaffee. Den hatte er zwar auch zu Hause, aber da fiel ihm doch nur die Decke auf den Kopf. Nachdem ihm der Kaffee gebracht wurde, schaute er sich beim langsamen Umrühren im Lokal um. Ihm fiel sofort ins Auge, dass die Dame von gestern wieder da war und in seine Richtung blickte. Er erkannte wieder, wie attraktiv sie war. Das gesamte Erscheinungsbild stimmte, seinem eigenen recht ähnlich. Neben dem hübschen Gesicht konnte er eine Topfigur erkennen. Jedenfalls soweit sie zu erahnen war. Ihre Haltung war gerade und verriet einen gewissen Stolz. Die Kleidung sah apart und nach dem Allerfeinsten aus, obwohl man heute schnell getäuscht werden konnte. An ihren feingliedrigen Händen sah Rainer nur wenig Schmuck, aber der schien ausgewählt. Ein Ehering fehlte. Die ganze Erscheinung stand unter dem Motto ›schlicht, aber elegant‹ und versprühte Flair.

Rainer setzte sein Lächeln auf. Ein Lächeln mit besonderer Wirkung bei Menschen, es war entwaffnend und strahlend. Sein sympathisches Gesicht wurde noch liebenswerter. Er nickte fast unmerklich in Richtung der Schönen und erhielt einen ebenso unauffälligen Gruß zurück.

Rainer gab sich keinen Illusionen hin, indem er glaubte,

für diese Frau interessant zu sein. Und wenn, dann höchstens als Kurzzeitlover, zur Befriedigung irgendeiner Laune der Gattin eines gut situierten Mannes. Also vertiefte er sich wieder in seine Gedanken, die ihn automatisch in die dunklen Gefilde seiner momentanen seelischen Verfassung führten. Sein Chefredakteur hatte leicht reden. Wie sollte er innerhalb einer Woche aus seiner Situation herauskommen? Wie konnte er wieder Boden unter die Füße bekommen? Vielleicht über Arbeit.

Rainer entschloss sich, bei der Polizei anzurufen, um nachzufragen, ob irgendetwas Interessantes im Gange war. Sein Ansprechpartner dort war Roland Ernst, seines Zeichens Hauptkommissar im Raubdezernat. Beide hatten schon viele Stunden miteinander verbracht. Rainer griff in die Tasche, dann fiel ihm ein, dass er sein Handy zu Hause hatte liegen lassen. Er stand auf und ging in Richtung Kellergeschoss, wo ein altmodisches Telefon hing, und rief Roland Ernst an.

»Hier Rainer. Du, Roland, ich wollte mal fragen, was sich bei euch tut. Hast du was für mich?«

»Tut mir leid, Rainer. Momentan ist es relativ ruhig. Nur Routinearbeiten stehen an. Kein Kaliber für dich dabei. Aber sag mal, wie geht es dir überhaupt? Habe da ein paar unschöne Dinge über dich gehört.«

»Erst einmal möchte ich dir mitteilen, dass ich mich im Urlaub befinde. Was hast du denn gehört?«

»Na ja, dass du seit deiner Scheidung auf dem absteigenden Ast bist und auch wohl deine Arbeit vernachlässigst. Junge, lass dich nicht hängen. Ich kenne das aus eigener Erfahrung. Wie du weißt, ist meine Scheidung auch noch nicht so lange her, und ich kann dir sagen, dass ich bestimmt eine tolle Frau hatte. Ich habe sie unheimlich geliebt. Aber ich habe nicht zugelassen, dass mich die Scheidung runterzieht, sondern mich in meine Arbeit gestürzt. Das Gleiche möchte ich dir empfehlen. Dann kommst du auf andere Gedanken.«

»Danke für den Rat, aber ich komme schon klar.«

Das Gespräch driftete ins Unergiebige ab und war dann relativ schnell beendet. Als Rainer sich umdrehte, um wieder zu seinem Platz zu gehen, kam die Schöne gerade aus der Damentoilette und lächelte ihm wieder zu. Rainer blieb stehen und blickte sie offen an.

»Entschuldigen Sie«, hörte er eine sympathische Frauenstimme sagen, »wenn ich Sie einfach so anspreche. Es ist sonst nicht meine Art. Schon gar nicht bei Männern. Aber mir fiel Ihre Traurigkeit auf. Sie passt überhaupt nicht zu Ihrer sonstigen Erscheinung. Dieser Widerspruch weckt mein Interesse, obwohl ich natürlich nicht unhöflich oder gar indiskret sein möchte. Aber ein Mann, der ein solches Lächeln hat wie Sie, sollte nicht traurig sein. Er schenkt der Menschheit mehr, wenn er lächelt. Ich hoffe, es ist Ihnen nicht unangenehm, wenn ich Ihnen das so offen sage.«

»Vielen Dank für ein unvergleichliches Kompliment. Nein, natürlich ist es mir nicht unangenehm. Darf ich Sie an meinen Tisch bitten und Sie zu einer Tasse Kaffee einladen?« Rainer verfügte auch über dem Standard liegende Umgangsformen.

Der Kontakt war geknüpft. Beide gingen an Rainers Tisch, und nachdem die Formalitäten beim Kellner geklärt waren, vertieften sie sich in ein Kennenlern-Gespräch. Rainer erfuhr, dass sie Britta Kern hieß und – viel wichtiger – nicht verheiratet war. Im Gegenzug ließ er sich ein wenig hinter den Vorhang schauen und erzählte, dass er sich im Urlaub befand, und dann von seiner Scheidung, dem Grund für seine Traurigkeit.

Sie hörte interessiert zu, hatte Mitgefühl für ihn und berichtete etwas von ihrer Familie. Außerdem hatte sie vor nicht allzu langer Zeit ebenfalls eine Scheidung hinter sich bringen müssen. Für sie sei es allerdings eine Befreiung gewesen. Rainer beschrieb seinen Beruf, was sie faszinierend fand. Sie erzählte, dass sie bei der Bremer Bank arbeitete. So ging es Zug um Zug fort. Beide fanden sich sehr sympathisch, beide fanden den Draht zum anderen. Die Zeit verflog regelrecht, und irgendwann war die Stunde des Abschieds gekommen. Rainer brachte Britta noch zu ihrem Auto, wo sie weiterredeten, bis sie schließlich ins Auto stieg und fortfuhr. Aber nicht, ohne sich vorher mit Rainer für den nächsten späten Nachmittag am selben Ort zu verabreden.

Für Rainer war es nicht nur ein gelungener, sondern auch ein aufregender erster Urlaubstag gewesen. Irgendwie fand er, dass die Sonne auf ihn geschienen hatte. Vielleicht war eine Wende eingetreten, und das Glück hatte den Weg zu ihm zurückgefunden. Wie anders war diese Situation – ohne sie zu überschätzen – zu erklären?

Der nächste Tag schien für Rainer nicht zu vergehen. Obwohl er versuchte, sich zu beschäftigen, wollte der Uhrzeiger nicht weiterwandern.

Als es endlich so weit war, sah Britta hinreißend aus. Beide zogen sich an einen Tisch im hinteren Teil des Lokals zurück, wo sie Ruhe hatten und ungestört ihre Gespräche vom Vortag fortsetzen konnten. Wieder gaben sie Zug um Zug Geheimnisse von sich preis. Sie verstanden sich wunderbar, und der Abend verlief ähnlich harmonisch wie das erste Treffen. Mit dem Unterschied, dass sie nach einiger

Zeit das Lokal verließen, um am Weserufer zu promenieren. Der Mond und die Promenadenbeleuchtung trugen zu einem romantischen Bild bei. Britta hatte sich bei Rainer eingehakt. So schlenderten sie am Ufer entlang, unterhielten sich, erzählten von sich. Die Vertrautheit nahm zu. Wobei Rainer allerdings stets darauf bedacht war, den Vorhang vor seinen Schattenseiten nicht zu weit zu öffnen.

Wieder verging die Zeit zu schnell. Wieder verabredeten sie sich für den nächsten Tag. Und wieder hatte Rainer ein wenig mehr Zuversicht gewonnen und einen Schritt nach vorn getan.

Einen kleinen Wermutstropfen gab es allerdings: Rainer hatte nicht den Mut gefunden, über seine prekäre finanzielle Situation zu sprechen. Immerhin arbeitete sie bei einer Bank. Irgendetwas musste er sich einfallen lassen. Zwar konnte er noch ein paar Tage Kaffee trinken, zumal, wenn er sich sonst einschränkte, aber auf Dauer konnte es knapp für ihn werden. Was tun?

Die Woche Urlaub verging für Rainer wie im Flug. Er gewann an Selbstsicherheit, fühlte alte Stärke in sich aufsteigen und war von Glück beseelt. Das Lächeln war in sein Gesicht zurückgekehrt. Sogar in der Zeit, in der er nicht mit Britta zusammen war, bestimmte sie seine Gedanken. Immer wieder wanderten sie zu der neuen Frau.

Ihr schien es nicht anders zu gehen, denn in den Mittagspausen klingelte bei Rainer das Telefon. Oder einfach nur so zwischendurch, wenn Britta die Gelegenheit hatte, anzurufen. Wenn beide sich trafen, geschah es zunächst immer im selben Lokal.

Dann schaffte es Rainer unter dem Hinweis, dass es doch schöner sei, spazieren zu gehen, als in einem vermieften Raum zu sitzen, dass man in den Wallanlagen flanierte oder in den Bürgerpark zog. Beiden gefiel die vermeintliche Einsamkeit. Britta kuschelte sich immer enger an Rainer. Zu mehr kam es jedoch nicht. Vorerst nicht. Rainer hatte Angst, zu weit zu gehen oder etwas zu tun, was Britta vielleicht verschrecken könnte.

Der erste Kuss kam völlig unvermittelt. Am Samstagnachmittag, beim Schlendern im Bürgerpark, besuchten sie das Tiergehege und verweilten einen Augenblick bei den Meerschweinchen. Das niedliche Bild fesselte sie einen Moment. Dicht nebeneinander stehend, beobachteten sie die Tierchen. Dann drehte Rainer seinen Kopf zur Seite, um nach Britta zu schauen, und blickte ihr plötzlich ganz nah in die tiefdunklen Augen. Beide hielten dem Blick lange stand. Langsam näherten sich ihre Gesichter, bis sich ihre Lippen begegneten. Erst zögernd, ja schüchtern fast. Dann fester und mit mehr Druck, bis sich die Lippen öffneten und die Zungen sich fanden. Es schien, als seien beide miteinander verwachsen und könnten sich nicht mehr lösen. Ab diesem Zeitpunkt fanden sich Brittas und Rainers Lippen fast regelmäßig nach wenigen Schritten an romantischen Orten, weil schon lange Minuten vergangen waren. Jeder der Vorbeigehenden konnte das Gefühl zwischen den beiden auf einen Blick erkennen.

Trotzdem ging Rainer nicht mit nach oben, als er Britta am späten Abend zu ihrer Haustür gebracht hatte.

»Lass es uns nicht zu schnell angehen, umso schneller könnte es wieder vorbei sein«, lautete seine Begründung.

Britta respektierte diese Ansicht, zeigte sich sogar anerkennend. Ihr war es recht, wenn Rainer langfristig plante.

3

Am Montag erschien Rainer in der Redaktion voll neuen Mutes. Er wurde sofort ins Büro des Chefredakteurs Dr. Koschnick gerufen. Der musterte Rainer eine Zeit lang argwöhnisch und brachte nur ein Wort heraus: »Erzähl!«

Rainer wusste zuerst nicht, was er sagen sollte. »Ich denke, es ist alles in Ordnung, Chef.«

»Ich will es gern glauben, und vor allem hoffe ich es für dich. Was hast du getrieben?«

»Ganz einfach. Ich habe Ihre Worte in meinem Herzen bewegt und Ihren Rat in die Tat umgesetzt. Natürlich kam mir das Glück ein wenig zu Hilfe. Ich habe eine neue Bekanntschaft gemacht. Die Sache läuft sehr gut, glaube ich. Dadurch bin ich innerlich freier geworden.«

Dr. Koschnick beäugte Rainer immer noch bei jedem Wort, bei jeder Bewegung und versuchte, aus allem zu lesen. Er sah aber auch, dass sich allein schon Rainers Körperhaltung deutlich gestrafft hatte, gegenüber dem letzten Gespräch.

»Okay, hört sich gut an. Wollen wir hoffen, dass es funktioniert und du dich gefangen hast. Also los, mach dich ran.«

Rainer drehte sich ab, um zu gehen. An der Tür angekommen, hörte er seinen Namen.

»Rainer!«

Er drehte sich zu Dr. Koschnick um.

»Ich wünsche dir viel Glück.«

»Danke, Chef.« Mit diesen Worten verließ Rainer das Büro seines Chefredakteurs.

Sofort rief er im Raubdezernat an, um seinem Freund Roland Ernst die Arbeitsaufnahme mitzuteilen. Sonst gab es nichts als den normalen Kleinkram, der nur dazu reichte, in kurzen Artikeln Löcher auf den Lokalseiten zu stopfen: Handtaschenraub, ein Rentner aus Findorff hatte in der Hemmstraße mit einem Luftgewehr auf Haustiere geschossen, Ladendiebstähle. Rainer schaltete den Polizeifunk an. Zwar ist das Abhören verboten, aber wo kein Kläger, da kein Richter. Außerdem gehörte das zu den Grundsatzarbeiten in Rainers Job. Schließlich musste er schnell und frühzeitig reagieren, wenn etwas geschehen war, um vor den Kollegen anderer Medien am Tatort zu sein, falls Roland Ernst keine Gelegenheit gehabt hatte, ihn zu informieren. Einige seiner Redaktionskollegen kamen vorbei, um ihn zu begrüßen, manche scheinheilig, manche ehrlich. Rainer holte sich Kaffee, sein Hauptnahrungsmittel, und machte es sich am Schreibtisch bequem. Er las Mitteilungen und aufgelaufene Post, mit einem Ohr immer am Polizeifunk.

Am nächsten Tag stand ein Prozess gegen einen ausländischen Mitbürger an, der seine Frau misshandelt hatte. Rainer recherchierte den Hintergrund und beschäftigte sich mit dem kulturellen Aspekt und den Gepflogenheiten des Heimatlandes des Täters. Für die Mittagszeit hatte er sich mit Britta verabredet.

Durch seine Tätigkeit hatte er jederzeit die Möglichkeit, das Büro zu verlassen, um Außendienst zu machen. Keiner kontrollierte ihn, was auch Unsinn gewesen wäre.

Den Nachmittag verbrachte er mit Routinearbeit. Sein

Chef Dr. Koschnick nahm den Artikel mit einem »Siehste, geht doch« zur Kenntnis. Auch weitere Beiträge zeigten, dass Rainer wieder auf dem Weg nach oben war. Überall, wo sein Spürsinn gefragt war, tauchte er auf. Rührig setzte er sich ein und verfolgte jede interessante Spur. Andererseits hatte er den Mut gefunden, einen Gang nach Canossa zu machen.

Um aus seiner finanziellen Klemme herauszukommen, die latent immer noch die Gefahr in sich barg, dass Britta einen Rückzieher machte, hatte er bei Koschnick um Vorschuss bitten müssen. Rainer hatte das Glück, auf einen verständnisvollen Chef zu treffen, der die Situation aus eigener Erfahrung kannte, wenn auch durch sein Chefredakteursgehalt nicht in solch dramatischer Form. Zudem hatte Rainer inzwischen gezeigt, dass er wieder im Kommen war und ihm Vertrauen entgegengebracht werden konnte. So bekam er seinen Vorschuss. Nun war er Britta gegenüber wieder etwas freier und flexibler.

Inzwischen hatte sich auch der körperliche Kontakt zwischen den beiden ergeben. Rainer war eines Abends doch mit Britta in die Wohnung gegangen. Sie hatten Rotwein getrunken und passende Musik aufgelegt. Sie hatten geschmust und gekuschelt. Es war immer enger, immer wilder geworden. Die Küsse wurden heftiger, verlangender. Die Bewegungen der Zungen wurden drängender, heftiger. Die Hände begannen zu wandern und erforschten den Körper des anderen. Ungeduldig wurden Knöpfe geöffnet und an Reißverschlüssen gezerrt, bis beide nackt auf dem Sofa saßen. Schließlich konnten sie es nicht mehr aushalten und erwarten.

»Komm«, war es der schwer atmenden Britta entfahren, als sie sich zurückgleiten ließ und ihre Schenkel für Rainer öffnete. Im Rausch der Sinne erlebten beide den Liebesakt, der sie gleichzeitig und ekstatisch dem Höhepunkt entgegentrieb. Es war ein relativ kurzes Spiel gewesen, denn beide waren viel zu erregt gewesen, als dass ein kontrolliertes Vorgehen die Zeit hinauszögern hätte können. In tiefer Umarmung, mit den Lippen aneinander und den Blick ineinander vertieft, hatten sie lange still auf dem Sofa gelegen. Sie tranken später wieder Wein, liebten sich erneut, hielten sich, sprachen sich zärtliche Worte ins Ohr. Von da ab hatte die Beziehung der beiden eine Bereicherung erfahren, hatte eine höhere Stufe erklommen.

Rainer blieb die ganze Nacht und erlebte ein außergewöhnlich schönes Frühstück. Außergewöhnlich schön deshalb, weil es von Zärtlichkeit und Harmonie geprägt war. Beide reichten sich kleine Bissen in den Mund, küssten sich immer wieder flüchtig auf die Lippen, sprachen über sich und machten erste Zukunftspläne. Allerdings ging es um die nahe Zukunft. Es ging um einen gemeinsamen Urlaub. Britta hatte sich vorgestellt, in Griechenland ein Insel-Hopping zu machen. Mit dem Flugzeug von Insel zu Insel reisen, ein paar Tage bleiben und dann zur nächsten fliegen. Rainer musste etwas schlucken. Wie sollte er den Urlaub finanzieren? Aber egal, im Moment zählte nur das Jetzt.

Beruflich lief es auch immer besser für Rainer. Er konnte über einige Morde berichten, für die Opfer schlimm, für ihn attraktiv. Untersuchungen der Zeitung ergaben, dass Rainer West gern gelesen wurde. Glücklich und stark dank seiner neuen Flamme, trotzte er allen Schwierigkeiten.

Inzwischen hatte Rainer bei Britta Weiteres aus seiner verkorksten Ehe erzählt. Britta hatte es ohne Probleme weggesteckt. Sie stand hinter Rainer, auch bei den Intrigen seiner Exfrau. Diese Tatsache machte ihn noch stärker. Auch Britta gab immer mehr von sich preis und erzählte aus ihrer Exehe. Ihr Mann hatte unregelmäßige Arbeitszeiten, war zu Hause, wenn andere arbeiteten, und arbeitete, wenn andere schliefen, oder sonntags. Das war schon belastend genug gewesen, aber er war dazu noch krankhaft eifersüchtig, hatte Britta auf Schritt und Tritt kontrolliert, ihr die Luft zum Atmen genommen. Das hatte zum Aus geführt.

Eigentlich lief für Rainer alles nach Wunsch. Wenn da eben die finanzielle Misere mit den ewigen Vorschüssen nicht wäre. Die Buchhaltung beschwerte sich über Mehrarbeit und Mehrkosten, sodass Rainers Chef langsam unter Druck geriet.

»Rainer, obwohl ich dich verstehe und so sehr ich deine Situation nachvollziehen kann, mach dem ein Ende. Ich kann das nicht mehr lange dulden, dafür zieht es zu große Kreise. Der Verleger hat mich schon angesprochen. Bald ist Schluss mit Vorschüssen. Sieh zu, dass du in geregelte Bahnen kommst. Im Moment schützen dich deine Arbeitserfolge, aber was ist, wenn sie es nicht mehr können?«, stellte er eines Tages klar. Damit war das Thema erledigt.

Rainer versuchte daraufhin, einerseits seine Ausgaben zu reduzieren, andererseits Quellen aufzutun, wo er Geld bekommen konnte.

Allerdings hatte Rainer hier und da den Mut gefunden, Britta zu erklären, dass er vorübergehend etwas schlecht bei Kasse sei. Immer hatte sich eine vernünftig anzuhörende Begründung gefunden: Geld an Informanten, zum Beispiel. Britta hatte selbstverständlich so reagiert, wie Rainer es gehofft hatte. Inzwischen wohnte Rainer mehr bei Britta als bei sich. Sogar die Redaktion war informiert, ihn dort erreichen zu können.

Es ist müßig zu erwähnen, dass Britta von sich aus schon gewisse Dinge ahnte, ohne sie allerdings anzusprechen. Sie wollte Rainer nicht in Verlegenheit bringen,und sie wollte, dass er ihr von sich aus die nötige Offenheit entgegenbrachte und sich ihr anvertraute. Das war für sie so eine Art letzter Test. Aufgrund ihres Verdachts erfand Britta immer öfter Gründe, die Rechnungen zu übernehmen oder gar nicht erst aus dem Haus gehen zu müssen. Daheim sei es doch viel gemütlicher. Natürlich war Rainer die Situation unangenehm, erleichterte ihn aber gleichzeitig. Trotz des Schattens auf der Beziehung war es dennoch eine glückliche Zeit zwischen beiden, Tag für Tag.

Längst hatte Rainer seine berufliche Durststrecke vergessen gemacht. Er schaffte es immer wieder, aus kleinsten Fällen von Eierdiebstahl sensationell fesselnde Artikel zu verfassen. Er bekam jeden Platz in der Zeitung, den er beanspruchte, auch wenn andere dafür zurückstehen mussten. Trotzdem gab es kaum Konflikte mit den Kollegen, die sein Können neidlos anerkannten.

Auf höchster Ebene wurde bereits wieder diskutiert, Rainer in ein anderes Ressort zu versetzen und ihm größere Aufgaben anzuvertrauen. Der Verleger war bereit, Rainer zu testen. Sein privates Problem wurde als abgehakt betrachtet. Rainer war voll rehabilitiert.

»Rainer, bist du bereit, höhere Aufgaben zu übernehmen?«, fragte folgerichtig sein Chefredakteur eines Tages.

Rainer strahlte.

»Klar, Chef.«

»Auch wenn die Aufgabe ab und an mit Reisen und Übernachtungen verbunden ist?«

»Selbstverständlich, es wäre mir eine Freude.«

»Was würde denn deine Freundin dazu sagen? Du weißt, häufige Geschäftsreisen können in einer Beziehung zu Problemen führen.«

»Natürlich werde ich mit Britta sprechen. Aber ich bin mir sicher, sie hat Verständnis. Außerdem führt sie noch ein eigenes Leben, für das sie Zeit braucht. Wenn also eine neue Aufgabe nicht bedeutet, Korrespondent im Jemen zu sein, wird das sicher okay gehen. Zudem hat Britta in letzter Zeit ihre Familie etwas vernachlässigt. Auf die Art fände sie wieder Zeit für Besuche.«

»Also gut, Rainer. Klär das bitte ab und sag mir Bescheid.«

»Mach ich.«

Am Abend bei der Verabredung mit Britta sprach Rainer das Thema an. Britta war im ersten Moment etwas zurückhaltend oder hatte gewisse Bedenken, aber Rainer konnte ihre Vorbehalte zerstreuen oder zumindest in eine abwartende Haltung ummünzen.

»Lass uns doch erst einmal sehen, was daraus wird, Britta. Bisher ist es lediglich ein Angebot. Du wärst doch sicher auch stolz auf mich, wenn du meinen Namen in überregionalen Zeitungen lesen könntest, weil andere Blätter meinen Artikel übernommen haben. Außerdem sollen es nur Kurztrips werden, immer mal wieder ein paar Tage. Und letztlich hoffe ich darauf, noch so viel Zeit mit dir verbringen zu können, dass ein paar Tage nichts ausmachen. Zudem gibt es elektronische Kommunikationsmittel. Wir können jede freie Minute miteinander telefonieren oder uns E-Mails schreiben. Und eines verspreche ich dir jetzt in die Hand: Wenn es uns, sprich dir, zu viel wird, lasse ich die Sache sausen.«

Der Hinweis auf ›noch so viel Zeit miteinander verbringen‹ war der erste, der darauf schließen ließ, dass die Beziehung langfristig angelegt war. Bisher hatten beide trotz ihrer Gefühle füreinander noch nicht über ein gemeinsames Leben gesprochen.

Dieser Hinweis war es auch, der Britta dazu bewog, ihre Bedenken hintenan zu stellen. Ihr war klar, dass sie kein Recht hatte, Rainers beruflicher Zukunft im Weg zu stehen. Aber es gab so viele Beispiele, einschließlich ihres eigenen, was aus Paaren wurde, die regelmäßig getrennt waren. Schließlich war Rainer ein Frauentyp, zugegebenermaßen, was ihm glücklicherweise nicht unbedingt bewusst war. Aber konnte Britta sagen, wie andere Frauen auf ihn reagierten, wenn er unterwegs war und später allein im Hotelzimmer saß? Sie hatte ihn ja auch angesprochen und das nicht ohne Hintergedanken. Allein solche Befürchtungen konnten gefährlich sein. Jedoch wollte sie sich keiner Gefahr aussetzen, in der sie umkam. Letztlich stimmte sie einer Testphase zu und ermutigte Rainer sogar, die Chance zu nutzen.

»Britta, eine Sache habe ich dir allerdings noch verschwiegen«, gestand Rainer plötzlich.

Britta erschrak ein wenig. Was kam noch?

»Ohne auf das vorherige Thema Bezug nehmen zu wollen, vergiss das jetzt, möchte ich mit dir über etwas sprechen, was mir schon länger auf der Seele liegt.«

Rainer nahm ihre Hand. »Ich bin mir inzwischen ganz sicher, dass ich dich liebe.«

Britta traf der Schlag. Damit hatte sie nicht gerechnet. Natürlich war die tiefe Bindung beiden klar, aber wie sie tatsächlich aussah, war noch nicht abgeklärt. So kam der Überfall doch überraschend. Ihr Herz machte einen Sprung.

»Oh, mein Schatz, mein Liebling, mein Rainer, ich liebe dich doch auch so sehr!«

Sie sanken sich in die Arme. Britta hatte feuchte Augen, als sie die Wärme von Rainers Körper spürte.

Am nächsten Tag stolzierte Rainer unangemeldet in Dr. Koschnicks Büro. Seit gestern Abend fühlte er sich endgültig unbesiegbar.

»Alles klar, Chef. Ich bin bereit, mich Ihren Zwängen zu unterwerfen. Machen Sie mit mir, was Sie wollen.«

Koschnick grinste. »Okay, Rainer. Machen wir einen Test, ob es gutgeht. Du weißt, am Montag in einer Woche beginnt in Berlin der Prozess gegen den Schauspieler, der seine Frau getötet haben soll. Mach dich mit den Fakten vertraut und recherchiere noch Details. Wir werden Prozessberichte nicht von der dpa kaufen. Du machst uns die komplette Story. Wenn du dich dabei bewährst, werden wir weitersehen.«

»In Ordnung, Dr. Koschnick. Danke für die Chance. Was ist mit den Sachen, die ich jetzt gerade bearbeite?« Rainer war voller Eifer.

»Schon gut«, winkte Dr. Koschnick ab, »du hast es dir verdient. Deine momentan laufenden Artikel kann der Jens Goldstein übernehmen, ich werde ihm Bescheid sagen.« Er räusperte sich. »Zwei Sachen noch: Obwohl der Beginn eines solchen Prozesses geprägt ist von taktierendem Geplänkel der Anwälte, die mit allen möglichen Anträgen den Prozess torpedieren wollen, und zu Anfang, wie du weißt, nur Personalien und Administratives aufgetischt wird, musst du von der ersten Minute an dabei sein. Du darfst nicht Gefahr laufen, etwas Wichtiges oder Überraschendes zu verpassen. Da sage ich dir nichts Neues, das ist mir klar, ich möchte nur, dass du dich darauf einstellst.«

»Sicher und zweitens?«

»Geh in die Buchhaltung und lass dir einen Spesenvorschuss geben. Die sollen mich anrufen, um die Höhe zu besprechen. Du musst gut ausgestattet sein. Die Prozessdauer ist auf eine Woche festgelegt, wenn nichts dazwischenkommt. Und vergiss deine Akkreditierung nicht!«

»Ist klar. Nochmals danke, Dr. Koschnick.«

»Gern geschehen. Und nun hau ab und fang an, dich vorzubereiten.«

Rainer war sehr zufrieden. Endlich eine Chance, auf die er lange hatte warten müssen.

Sein erster Weg führte ihn zu Jens Goldstein, um ihn einzuweisen und ihm mitzuteilen, dass er natürlich für etwaige Fragen zur Verfügung stünde. Goldstein war nicht so erfreut, wie Rainer es erwartet hatte. Irgendwie hatte Rainer den Eindruck, Jens hielte sich ihm gegenüber zurück. Zumindest reagierte er reserviert. Doch Rainer hatte keine Zeit, sich weiter damit zu befassen. Er rief Roland Ernst an, um sich einerseits für die angegebene Zeit abzumelden und gleichzeitig seinen Kollegen Jens an seiner Stelle zu platzieren. So hatte es sein Vorgänger auch bei Rainer gemacht. Kontakte wurden weitergereicht. Es zählte schließlich nicht nur die persönliche Arbeit, sondern vor allem das Ergebnis in der Zeitung.

Danach machte sich Rainer sofort an die Arbeit, ging ins Archiv und holte alles zum bevorstehenden Prozess, was bisher erschienen war. Aus dem Computer druckte er sich zusätzliches Material anderer Zeitungen und von Presseagenturen aus.

Am Abend erzählte er alles Britta und sprach mit ihr über die kommenden Tage.

»Liebling, der Prozess ist für eine Woche angesetzt, also nicht so schlimm. In der Zeit kannst du dich intensiver um deine Familie kümmern. Und wir telefonieren, so oft es geht. Eine Bitte habe ich allerdings. Ruf nicht über Handy an oder nur, wenn du weißt, dass ich nicht im Gerichtssaal sitze. Ich melde mich aber sowieso sofort, sobald ich Zeit habe. Das brauche ich allein schon für mich, um dich in meiner Nähe zu wissen. Du gibst mir die Kraft und den Mut für alles. Ich liebe dich.«

4

Am späten Sonntagnachmittag sollte es für Rainer mit dem Zug nach Berlin gehen. Er wählte diesen Weg, um in Ruhe noch einmal die Unterlagen durchgehen zu können. Britta ließ es sich natürlich nicht nehmen, Rainer zum Hauptbahnhof zu begleiten. Eine ganz neue Erfahrung für Rainer, zum Zug geleitet zu werden. Er fand es wunderbar, vermittelte es ihm doch das Gefühl, nicht allein zu sein und später während seiner Abwesenheit von jemandem vermisst zu werden, so wie er Britta vermissen würde.

»Nachher fährst du gar nicht nach Berlin, sondern willst nur Urlaub von mir, um dir eine andere Tussi anzulachen«, scherzte Britta.

Als beide über den Bahnhofsvorplatz schlenderten, bemerkte Rainer vor der Wurstbude von Kiefert Roland Ernst. Im ersten Moment dachte er daran, dass Roland ihn ebenfalls verabschieden wollte. Rainer wollte die Gelegenheit nutzen, um seine neue Partnerin vorzustellen, aber bevor Rainer Britta auf den guten Bekannten aufmerksam machen konnte, bemerkte er an einer kleinen Geste Rolands, dass ein Zusammentreffen im Moment nicht angezeigt war. Vielleicht steckte Roland in einer Ermittlung oder wollte sich mit einem Informanten treffen und Rainers Anwesenheit wäre dabei höchst kontraproduktiv. Rainer schlenderte vorbei, tat so, als kenne er Roland nicht, blickte bewusst auf Britta, küsste sie und ging turtelnd mit ihr weiter.

Ein endlos langer Kuss entließ Rainer aus den Armen

seiner geliebten Britta, und er bestieg den ICE in Richtung seines Zieles Berlin.

Im Hotel angekommen, war seine erste Handlung, Britta anzurufen, ihr seine Adresse mitzuteilen und zu berichten, dass er gut angekommen sei. Es wurde ein langes Telefonat.

Für den nächsten Morgen, den ersten Prozesstag vor dem Berliner Landgericht, war klar, dass Menschenmassen zu erwarten sein würden. Ein Verfahren gegen einen Prominenten zog immer riesige Mengen neugieriger Menschen an.

Selbstverständlich waren auch die Medien extrem stark vertreten. Allein die Anzahl der Fotografen würde die Räumlichkeiten sprengen. Also war ein Auswahlverfahren eingeführt worden. Zum Glück gehörte Rainer zu den Eintrittsberechtigten. Es gab Absperrgitter, die die Menschen zurückdrängen und leiten sollten. Wie vorherzusehen war, begann der Prozess mit dem Auftritt der Verteidiger. Anträge über Anträge musste sich das Gericht anhören. Der Richter sei befangen, der Verhandlungsort sei falsch gewählt, weil der Prominente seinen ersten Wohnsitz in München hatte, das Vorgehen gegen ihren Mandanten sei nicht korrekt gewesen und so weiter und so fort. Über alles musste entschieden werden. Wahrscheinlich hätte man den eigentlichen Prozess an einem Tag abhalten können.

Abends telefonierte Rainer wieder unendlich lang mit Britta.

Der nächste Tag brachte keine großen Überraschungen. Nichts ist so alt wie die Sensationen von gestern.

Rainer freute sich am Abend auf sein Gespräch mit Britta. Zuerst hatte er allerdings Pech, da lange besetzt war. Er wurde erst ungeduldig, dann aus Enttäuschung etwas ärgerlich. Wenn Frauen anfangen zu schnattern, murmelte er griesgrämig vor sich hin.

Der kommende Prozesstag brachte die Vernehmung des Schauspielers. Der gab an, seine Frau im Affekt getötet zu haben. Es sei zum Streit gekommen, das Opfer habe immer wieder hysterisch auf ihn eingeschlagen, bis er es nicht mehr ausgehalten habe.

Abends war bei Britta wieder besetzt. Rainer versuchte es immer und immer wieder, aber eine Verbindung kam nicht zustande. Als Britta nach Mitternacht anrief, zeigte sich Rainer bockig.

»Tut mir leid, Schatz, ich habe mit meiner Familie telefoniert. Es gab da einiges zu besprechen. Bitte sei nicht böse auf mich«, flötete Britta in den Hörer.

Damit verrauchte Rainers Missempfinden, und es wurde doch noch ein nettes Gespräch.

Im Prozess stand die Zeugeneinvernahme an. Es wurde angegeben, dass es in letzter Zeit häufiger zu Unstimmigkeiten der Eheleute gekommen sei. Besonders, seit der Schauspieler eine Affäre mit einer Kollegin begonnen habe.

Da war sie, die Sensation!

Bei Britta war wieder besetzt. Begründung die gleiche. Langsam kam Rainer die Sache komisch vor. Jeden Abend so lange mit der Familie telefonieren, obwohl sie wusste, wie sehr er auf das Gespräch mit ihr wartete? Statt mit

Britta sprach Rainer an diesem Abend mit Roland Ernst. Als Rainer seine Nöte schilderte, spielte Roland die Sache herunter und ergriff Partei für Britta: »In einer Familie kann immer mal was sein. Sie will wahrscheinlich nicht mit dir darüber am Telefon sprechen. Beruhige dich und rede später mit ihr darüber.«

Diesmal war bei Britta relativ kurz besetzt. Rainers Beschwerde hatte wohl Früchte getragen. Obwohl sich seine Gedanken, die in Richtung Eifersucht, ja sogar in Richtung eines neuen Mannes gingen, verschärften. Jeden Tag mit der Familie telefonieren statt mit dem geliebten Mann? Immer zur gleichen Zeit, obwohl dazu vorher doch genug Gelegenheit gewesen wäre? Wenn sie mit einem anderen Mann Liebesgeflüster austauschen würde, käme das eher hin. Das wusste Rainer aus eigener Erfahrung. Er fing an, sich unwohl zu fühlen. Seine Gedanken drehten sich im Kreis. Dementsprechend lief auch das Telefonat mit Britta. Rainer entschuldigte sich mit anstrengender Arbeit, er sei ziemlich geschafft und müde. Er sei froh, dass die Sache bald vorbei wäre, und er freue sich unglaublich darauf, Britta bald wieder in den Armen halten zu können. Trotzdem hörte sich Rainers Entschuldigung etwas unwirsch an.

»Ist etwas mit dir, du bist so komisch?«, fragte Britta.

Rainer wiegelte ab und erklärte sein Verhalten mit Müdigkeit.

Am Montag wurde das Urteil erwartet. Die Plädoyers standen an. Die Staatsanwaltschaft plädierte auf Totschlag und meldete sogar Zweifel an, ob nicht sogar Mord infrage käme, da ein niederes Motiv, nämlich Geldgier, vorläge.

Rainer zog sich in sein Hotelzimmer zurück, um den Artikel weiterzuschreiben. Der Anruf von Britta kam recht früh.

»Kannst du nicht übers Wochenende herkommen?«, bat sie sehnsuchtsvoll.

»Ich würde sehr gern, aber ich muss meinen Artikel zu Ende schreiben. Du weißt, was für mich davon abhängt.«

Rainer hatte sich das so zurechtgelegt. Natürlich plante er, nach Bremen zu fahren. Aber er wollte Britta überraschen. So hatte er es mit Roland Ernst besprochen, der auf die Idee gekommen war, Britta auf diese Weise eine Freude zu bereiten.

»Schade. Irgendwie hatte ich gehofft, du würdest kommen. Du fehlst mir so.«

»Du mir auch. Du weißt es, aber bitte sei nicht enttäuscht. Außerdem bin ich Dienstag wahrscheinlich wieder bei dir.«

So ging es eine Weile hin und her, bis beide auflegten. Rainer schoss zum Schrank, suchte sich einige Sachen, die er benötigte, rannte die Treppe hinunter, bestellte sich beim Portier ein Taxi und fand sich wartend vor dem Hotel wieder. Mit dem Taxi ging es Richtung Flughafen. Rainer hatte sich schon einen Flug Berlin–Bremen raussuchen lassen und gebucht. Alles klappte reibungslos. Der Flieger startete und war in einer Stunde auf dem Airport Bremen. Rainer konnte es kaum erwarten. Wieder mit dem Taxi, diesmal zu Brittas Wohnung, klingeln. Keine Antwort. Nochmals klingeln. Wieder kam keine Antwort. Rainer war enttäuscht. Am Freitagabend war Britta nicht zu Hause. Nun ja, sie konnte bei einer Freundin sein, obwohl es in Rainers Innerstem rebellierte. Es passte zu den vergeblichen Anrufen. Er probierte, Britta über das Handy zu erreichen, aber die Mailbox war eingeschaltet.

Was tun? Rainer entschied sich, in sein Lokal an die Schlachte zu fahren und es später noch einmal zu versuchen. Also zuckelte er zu einem Taxistand und ließ sich in die Stadt fahren. Als er das Lokal betrat, schaute er sich um. In einer Ecke sah er sie. Britta saß da, in Begleitung eines jungen Mannes. Er war viel zu jung für sie und seine Kleidung entsprach nicht Brittas Stil. Rainer traf es wie mit der Keule. Er taumelte regelrecht. Erinnerungen kamen hoch. Diese Szene kannte er. Ohne bemerkt worden zu sein, tastete er sich rückwärts zur Tür und verließ das Lokal. Er schleppte sich ans Weserufer. Im Moment konnte er keine Empfindung feststellen, so tief saß der Schock. Lange stand er unterhalb der Stefaniebrücke. Düstere Visionen tauchten in seinem Gehirn auf. Ich ahnte es, ich wusste es. Wer telefoniert jeden Abend, den ganzen Abend mit seiner Familie? Rainer ging, in sich zusammengesunken, vom Weserufer ziellos die Straßen entlang.

Er schleppte schwer an dem Wenigen, das er in der Tasche bei sich trug. Die Gedanken wirbelten konzeptlos durch seinen Kopf. Zwischen ihnen war es doch harmonisch gewesen. Kurz vor Reisebeginn hatte Britta ihm zum ersten Mal gesagt, dass sie ihn liebe. Dann muss er ein paar Tage beruflich weg und sie sitzt am Freitagabend mit einem anderen Mann zusammen. Was war falsch gelaufen? Britta hatte gar keinen Grund. Selbst wenn sie der Beziehung überdrüssig geworden wäre, hätte sie schließlich was sagen können, anstatt ihn derart vorzuführen. Hatte sie einen Anlass, ihn dermaßen zu demütigen? Sie musste doch damit rechnen, gesehen zu werden. Sie musste damit rechnen, dass jemand aus Rainers Kollegen- oder Bekanntenkreis sie in der Öffentlichkeit antraf und Rainer alles brühwarm erzählte. Er ging in ein geöffnetes Lokal in der Knochenhauerstraße und setzte sich ganz weit hinten in eine dunkle Ecke. Kaffee und Cognac sollten ihn wieder etwas zur Ruhe bringen, aber der gewünschte Effekt trat nicht ein. Rainer spürte Tränen, aber auch Wut in sich aufsteigen. Er war nur ein Spielball einer reichen Schnepfe geworden, ganz so, wie er es am Anfang einen Moment überlegt hatte. Verwöhnt und einsam. Nur, dass sie eben nicht verheiratet war. Das machte die Sache für sie einfacher und eleganter. Er bemerkte kaum etwas von dem, was um ihn herum vorging. Der aufkommende Groll bescherte Rainer wieder einen klaren Kopf. Er musste nach Berlin zurück. Da in Bremen Nachtflugverbot herrschte, ging es nur per Bahn. Rainer trank aus und marschierte Richtung Bahnhof, der nicht weit entfernt lag.

Es fuhr noch ein ICE. Er kaufte sich die Karte, bestieg den Zug und ließ die Schmach des Abends hinter sich. Er redete sich ein, dass es vielleicht sogar gut für ihn sei, wenn er allein blieb. Wenn es mit der neuen Aufgabe klappte, konnte er sowieso keine Partnerin gebrauchen, weil er viel unterwegs wäre. Sie würde nur seine Karriere behindern, jetzt, wo er auf dem steilen Weg nach oben war. Bei diesen Gedanken liefen Rainer die Tränen über die Wangen.

Das Hotel war durchgehend geöffnet. Der Portier sah einen sichtlich zerschlagenen Gast, reichte aber ohne nachzufragen den Zimmerschlüssel.

»Es gab ein paar Anrufe für Sie.«

»Etwas Wichtiges?«

»Nein, ich glaube, es war privat.«

»Danke. Bitte stellen Sie ab jetzt keine Anrufe mehr durch. Ich muss mich aufs Schreiben konzentrieren, da kann ich keine Störung gebrauchen. Nur wenn meine Zeitung anruft, können Sie weiterleiten.«

»Sehr wohl. Gute Nacht.«

Rainer schlich nach oben. Im Zimmer ließ er die Tasche fallen und warf sich aufs Bett. Er weinte nun hemmungslos, bis er in einen unruhigen Schlaf fiel.

Am nächsten Morgen setzte er sich hin und versuchte zu schreiben. Sein Beruf durfte nicht noch einmal unter seiner privaten Krise leiden, so schwer das auch fallen mochte. Sonst wäre er weg vom Fenster. Da das Schreiben nicht recht klappte, dafür waren seine Gedanken noch zu konfus, machte Rainer einen Spaziergang. Er ließ sich einfach treiben, suchte sich dann ein Taxi und fuhr zum Kudamm. In der Menschenmenge wollte er auf andere Gedanken kommen. Dort musste er sich zusammenreißen. Doch trotz der vielen Leute, trotz freundlicher Ansprachen an ihn, fühlte sich Rainer hilflos, leer, einsam. An Essen war nicht zu denken.

»Es gab erneut etliche Anrufe«, empfing ihn der Portier. »Immer die gleiche Dame.«

»Vielen Dank, aber Sie wissen ja. Ich wäre Ihnen sehr verbunden, wenn Sie mir den Rücken freihielten. Momentan kann ich keine Unterbrechung gebrauchen.«

»Sehr wohl.«

Rainer ging auf sein Zimmer und ließ sich wieder aufs Bett fallen. Später versuchte er, sich an seinen Artikel zu setzen, aber relativ erfolglos. Rainer rief Roland Ernst an, um ihm von seiner erfolglosen Reise zu erzählen. Doch bevor er anfangen konnte zu berichten, ergriff Roland das Wort.

»Du, lass mich ganz kurz anfangen. Hier ist etwas geschehen. Es gab gestern Abend einen Bankraub bei der Bank in der Bergstraße in Worpswede. Eigentlich gehört der Fall ja nach Niedersachsen, aber wir sind involviert, weil der oder die Täter noch nicht gefasst werden konnten. Er oder sie flüchteten Richtung Bremen. Nun müssen wir hier ebenfalls ermitteln. Es ist eine Sonderkommission von Polizisten aus Niedersachsen und Bremen, also länderübergreifend, gebildet worden.«

»Sobald ich weg bin, passiert etwas Außergewöhnliches«, maulte Rainer. »War der Schaden groß? Ist Jens vom ›Weser Boten‹ dran?«

»52.000 Euro! Das Ungewöhnliche war, dass der Täter – es wurde immer nur von einem Täter gesprochen, obwohl wir das noch offen lassen – abends beim Filialleiter in die Privatwohnung eingedrungen war, die Ehefrau fesselte und dem Filialleiter drohte, ein Komplize würde die Frau töten. Dann fuhr der Täter mit dem Filialleiter zur Bank und raffte auf die Schnelle alles greifbare Geld zusammen. Er machte keine Anstalten, an den Tresor zu kommen. Es ging nur um Geld, das schnell erreichbar war. Der Bankautomat musste geöffnet werden. Danach fuhr der Täter mit dem Filialleiter wieder nach Hause, fesselte auch ihn und verschwand. Alles in allem hat es eine halbe Stunde gedauert. Der Täter hat wohl gehofft, dass sein Verbrechen länger, wegen des Wochenendes, unentdeckt blieb, aber die Tochter, eine Studentin, kam übers Wochenende nach Hause und fand die beiden. Sie benachrichtigte sofort die Polizei. Jens Goldstein ist dran!«

»Gibt es denn schon eine Spur?«, wollte Rainer wissen.

»Eigentlich nicht. Der Täterwagen war nur später in Lilienthal gesehen worden, wie er Richtung Bremen fuhr. Das Wichtige an diesem Fall ist etwas anderes. Erinnerst du dich noch an den Fall Voss, als die ganze Familie ausgelöscht wurde und nur die Tochter überlebte? Es scheint in dem neuen Fall Parallelen zu geben. Nun stellt sich die Frage, ob der damalige Täter vielleicht doch nicht allein gehandelt hat, sondern einen Komplizen hatte. Die jetzige Vorgehensweise ist ähnlich, aber wir hatten damals nicht so viele Details an die Öffentlichkeit gegeben, um in Ruhe untersuchen zu können. Der Täter war tot und die Medien zogen ab. Jetzt eröffnet sich eine neue Sichtweise. So, Rainer, aber erzähl du von deiner Reise nach Bremen. Hat alles geklappt?«

Rainer West erzählte von seinem Flop und wie er Britta an der Seite eines fremden Mannes gesehen hatte.

»Typisch, aber das kann dir immer passieren, wenn eine Partnerschaft relativ neu ist«, meinte der Kommissar lapidar. »Am Anfang weiß man nie, wie es und vor allem wie lange es läuft. Trenn dich, solange du noch die Kraft dazu hast. Ich kenne diese Situation, wie du weißt. Meine Exfrau hat mich auch hängen lassen, aber ich hatte nicht die Kraft, einen Schlussstrich zu ziehen, weil ich sie zu sehr liebte. Das hätte mich beinahe in den Abgrund gerissen.«

»Wahrscheinlich hast du recht«, stimmte Rainer zu. »Ich mache hier erst mal meine Arbeit fertig und lasse alles Weitere auf mich zukommen, wenn ich wieder in Bremen bin.«

»Ich gebe dir den Rat, mache kurzen Prozess. Alles andere bringt nichts. Wenn ihr Herz für einen neuen Mann schlägt, hast du verloren und keinerlei Chance mehr. Du hast ihr eben nicht gereicht. Was soll sich denn ändern?

Du wirst nur wieder in den Strudel nach unten gezogen, und du weißt genau, was das heißt. Mir wäre das Risiko zu groß, aber du musst selbst entscheiden, was du machst.«

»Wahrscheinlich hast du recht«, wiederholte Rainer. »Aber im Moment geht meine Arbeit vor. Allerdings, wenn ich zurück bin, kläre ich alles. Ich habe dem Portier schon Anweisung gegeben, keine privaten Anrufe durchzustellen. Und an mein Handy gehe ich auch nicht ran, wenn sie anruft.«

»Braver Junge«, lobte Roland Ernst.

Bevor sie das Gespräch beendeten, verabredeten sie sich für die kommende Woche in Bremen.

Am nächsten Tag schaffte Rainer es allerdings, sich immer besser in den Griff zu bekommen und sich zusammenzureißen. Er wollte nicht noch einmal das Gleiche erleiden müssen, was er nach der Scheidung erlebt hatte. Er wollte nicht noch einmal in ein solches Loch fallen und seine Zukunft aufs Spiel setzen. Dafür war er zu jung. Und je mehr er sich darauf konzentrierte, desto besser kam er zurecht.

Der Montag brachte das Urteil gegen den Schauspieler. Was alle annahmen, trat ein. Der Mime wurde zu sechs Jahren Haft verurteilt.

Rainer gab das Ergebnis der Redaktion durch. Gleichzeitig bat er den Chefredakteur, vorerst in Berlin bleiben zu können, um den Fall noch einmal nachzubearbeiten. Rainer dachte an eine Story über mehrere Tage. Immerhin war der Schauspieler prominent. Der Chefredakteur stimmte zu. Er vertraute Rainers Nase. Rainer sollte seine Artikel mailen.

Die Berichterstattung über den eigentlichen Prozess war ein Erfolg geworden. Die Auflage der Zeitung hatte sich erhöht. Eine große Story wurde angekündigt und von den Lesern erwartet.

Rainer rief nicht bei Britta an. Dafür stürzte er sich in die Arbeit. Er besuchte alle Orte, an denen der Schauspieler gesehen worden war, sprach mit Bekannten des Mannes und allen, deren Adresse er im Zusammenhang mit ihm bekam. Er recherchierte bei den örtlichen Zeitungen, fotokopierte Artikel, die er nicht kannte.

Eine penibel recherchierte, großartige Story bahnte sich an. Die Tage zogen vorüber, ohne dass Rainer es merkte. Er war überall und ständig unterwegs. So hatte er wenigstens keine Gelegenheit, seinen Gedanken nachzuhängen.

Als Rainer eines Abends ins Hotel kam, saß Britta im Foyer.

»Rainer, sag mir sofort, was los ist«, ging sie gleich auf ihn los. »Du rufst mich nicht an, ich kann dich nicht erreichen und habe den Eindruck, du lässt dich am Telefon verleugnen. Ich will sofort wissen, was hier gespielt wird. Bist du mich leid?«

»Ich dich leid? Ich habe dir vor meiner Abreise noch gesagt, dass ich dich liebe. Was machst du überhaupt hier? Musst du nicht arbeiten?«

»Ich kann nicht! Nachdem ich nichts mehr von dir hörte, habe ich mir Sorgen gemacht und musste sofort herkommen. Rainer, bitte, sei offen zu mir.« Ihre Stimme klang schon fast hysterisch. Vorwurfsvoll erzählte Rainer ihr von der Fahrt nach Bremen, was er gewollt und was er stattdessen gesehen hatte.

»Du Idiot!«, entfuhr es Britta, als er geendet hatte.

»Warum fragst du mich nicht, wer das in dem Restaurant war? Warum besprichst du dich nicht mit mir? Hast du kein Vertrauen zu mir? Du bist wirklich ein Idiot! Der Mann, mit dem du mich gesehen hast, war mein Bruder.« Britta ließ es sich nicht nehmen, an Rainers Brust zu stürmen. Tränen liefen über ihre Wangen.

So ganz überzeugt war Rainer trotzdem noch nicht.

»Dein Bruder? Von dem höre ich zum ersten Mal. Du hast mir nie etwas von ihm erzählt. Und ich habe versucht, mit dir zu reden, aber entweder war stundenlang besetzt oder es nahm keiner ab.«

Britta schmiegte sich enger an Rainer, während der noch zurückhaltend und abwartend blieb.

»Ich hatte nichts erzählt, weil es mir etwas unangenehm war. Er ist das schwarze Schaf der Familie, und ich wollte nicht, dass du da etwas falsch verstehst. Er hat im Moment einige Probleme und bat mich um Hilfe, da er sonst keinen Menschen hat. Ich bin jetzt seine einzige Bezugsperson, nachdem er zu Hause rausgeflogen ist. Wir haben jeden Abend miteinander telefoniert und uns schließlich getroffen. Er ist mein kleiner Bruder, und ich muss ihn unterstützen. Aber das Wichtigste ist: Ich liebe dich.«

Langsam begann auch Rainer, sich aus seiner starren Haltung zu lösen. Einerseits betörte ihn der vertraute Duft ihres Haares, die Wärme ihres Körpers an seinem, andererseits vor allem die einleuchtenden Erklärungen Brittas. Es schien, als sei er tatsächlich ein Idiot gewesen. Beinahe hätte er alles aufs Spiel gesetzt, wegen ein paar dummer, voreiliger Schlussfolgerungen, mit denen er zu Unrecht jemanden verdächtigt hatte. Auch gut, dass er nicht auf Roland Ernst gehört hatte, obwohl der es ja nur gut gemeint hatte.

»Komm, Schatz, lass uns nach oben gehen. Es müssen

ja nicht alle mitbekommen, was los ist. Wir reden auf dem Zimmer weiter.«

Den Portier fragte Rainer, ob es möglich sei, ein Doppelzimmer zu bekommen. Der wollte alles in die Wege leiten. Auf dem Zimmer fielen sich beide in die Arme. Sie weinten, wussten aber nicht, warum. War es Glück, war es Liebe, war es Erleichterung? War es alles zusammen? Sie liebten sich wild und leidenschaftlich.

Der nächste Tag brachte ein zärtliches Frühstück im Hotel wie nach der ersten Nacht.

»Wie heißt denn eigentlich dein Bruder?«

»Ulf«

»Weiß er von mir?«

»Natürlich. Ich habe ihm alles über dich erzählt.«

»Was heißt alles? Ob ich gut im Bett bin?«

»Blödmann!«, kicherte sie. »Na, alles halt, wer du bist, was du machst und dass ich mit dir glücklich bin. Dass ich allein war und so weiter. Er wünscht vor allem mir, aber auch uns von ganzem Herzen Glück. Du wirst ihn sicher bald kennenlernen.«

Britta blieb zwei Tage. Dann hatte Rainer seine Arbeiten abgeschlossen und seine Artikel durchgegeben. Mit dem Flugzeug ging es zurück nach Bremen.

5

Ulf war ein sympathischer, gut aussehender junger Mann. Er hatte ein offenes Gesicht mit einer ebensolchen Lebenshaltung und Sprache. Rainer bekam sofort einen Draht zu ihm. Umgekehrt war es genauso. Ulf akzeptierte, dass das der Mann war, der seiner Schwester so viele glückliche Stunden schenkte.

Alle saßen in Brittas Wohnung. Sie hatte sofort nach ihrer Rückkehr aus Berlin ihren Bruder angerufen und ihn eingeladen. Einerseits wollte sie ihm Rainer vorstellen, andererseits auch die allerletzten Reste eines Zweifels bei Rainer beseitigen. Natürlich war sie froh, dass die beiden Männer sich so gut verstanden.

Als Rainer am nächsten Morgen zurück in die Redaktion kam, setzte sofort ein lautes Klatschen ein. Alle Kollegen beteiligten sich. Kurt Koschnick kam zu Rainers Schreibtisch und beglückwünschte ihn.

»Tolle Arbeit, Rainer. Es hat sich ausgezahlt, dass ich zu dir gehalten habe. Deine Story war ein voller Erfolg. Gut recherchiert, gut geschrieben, rundum gute Arbeit, Junge. Andere Zeitungen haben deine Story übernommen. Du machst dir einen Namen. Weiter so.«

»Danke, Chef«, meinte Rainer etwas verlegen.

»Alles klar.« Dr. Koschnick drehte sich ab.

»Und, Chef ...«

»Ja, ist noch was?« Dr. Koschnick blieb auf der Türschwelle stehen.

»Danke für die zweite Chance.«

»Ist schon gut. Hat ja geklappt.«

Auch Jens, sein Nachfolger als lokaler Gerichtsreporter, kam direkt zu ihm, um Rainer persönlich zu gratulieren.

»Danke, Jens«, freute der sich aufrichtig. »Wie läuft es bei dir? Und wie geht es mit Roland Ernst?«

»Ich kann eigentlich nicht klagen. Ich werde mit Arbeit zwar nicht gerade überhäuft, aber zu berichten gibt es immer was, und deine Einführung bei Roland hat mir sehr geholfen. Wir kommen gut miteinander aus. Bald bin ich so weit, deinen jetzigen Posten zu übernehmen.«

Trotz der Glückwünsche hatte Rainer den Eindruck, die Worte von Jens klängen etwas defensiv.

»Na prima.« Auf den als Scherz gedachten letzten Teil ging er nicht näher ein.

Rainer traf sich, wie verabredet, mit Roland Ernst. Er erzählte von dem Verlauf der Geschehnisse um Britta. Statt erwarteter Glückwünsche konterte Roland nur kurz: »Tja, alte Berufsweisheit. Manchmal sieht alles anders aus, als es ist. Ist wohl noch mal gut gegangen.«

Damit schien das Thema für ihn erledigt zu sein, und er berichtete übergangslos, dass im Fall des Bankraubes in Worpswede keinerlei Erfolg zu verbuchen sei. Der Täter musste ein Profi sein, so wie der die Spuren verwischt hatte.

Rainer war verwirrt: »Ich dachte, du freust dich für mich und Britta«, sagte er etwas enttäuscht.

Roland sah ihn an: »Und ich dachte, du interessierst dich für den Bankraub. War doch dein Metier. Sicher freue ich mich für dich.«

Am gleichen Abend saß Christian Wollund, der Filialleiter der Bremer Bank im Ortsteil Walle, zu Hause vor dem Fernseher, als es klingelte. Draußen wurde es bereits dunkel. In der Erwartung, seine Frau sei von der Geburtstagsfeier einer Freundin zurückgekehrt, schlurfte er zur Tür und riss sie auf: »Warum klingelst du, du hast doch einen …« Er erstarrte mitten im Satz, denn vor ihm stand nicht seine Frau, sondern eine ganz in Schwarz gekleidete Person mit Motorradhelm, dessen Visier ebenfalls abgedunkelt war.

»Ja, Sie wünschen?«, begann der Filialleiter, doch der Besucher gab keinen Ton von sich, sondern schob den Hausherrn mit beiden Händen vor sich her in den Flur des Altbremer Hauses.

»Was soll das? Verschwinden Sie!«, begehrte der Banker mit zittriger Stimme auf.

Statt einer Antwort zückte der Schwarzgekleidete einen Revolver und drückte die Mündung an die Schläfe des Filialleiters. Eine tiefe Stimme fragte: »Sind noch mehr Personen im Haus?«

»N-n-nein«, antwortete der Hausherr wimmernd.

»Wehe, wenn du mich angelogen hast. Los, führ mich durchs Haus!«

Mit diesen Worten schubste der Schwarze seine Geisel an. Raum für Raum wurde inspiziert.

»Gut, du hast nicht gelogen. Los, hol die Schlüssel der Bank, wir machen eine Spazierfahrt.«

Der Gedanke an einen Raubüberfall auf seine Bank ließ den Filialleiter wütend werden.

»Das werde ich nicht. Außerdem würde es Ihnen nichts nutzen, alles Geld ist im Safe oder im Geldtransportsystem für den Schalter. Es gibt eine Zeitschaltuhr. Erst morgen früh kann alles aktiviert werden.«

»Hab ich um deine Meinung gebeten?«, entgegnete der Schwarzgekleidete barsch und schlug zu. Das Korn des Revolvers riss eine Schramme in die linke Wange des Bankers. Er stürzte zu Boden.

»Los, steh auf, oder soll ich nachhelfen?«, fauchte sein Peiniger.

»Mir wird schlecht!« Der Verletzte versuchte sich aufzurappeln, auf allen vieren, den Kopf zu Boden gesenkt, erhielt er einen Tritt.

»Los, hoch, aber dalli!« Christian Wollund versuchte, weiter hochzukommen. Eine Hand auf der Sessellehne, wollte er sich hochziehen. Einen Moment hielt er inne, dann sackte er in sich zusammen.

Als seine Frau eine Stunde später von der Feier nach Hause kam, fand sie ihren Mann leblos hinter einem Sessel liegend. Der sofort gerufene Notarzt konnte nur den Tod feststellen. Er diagnostizierte einen Herzinfarkt. Merkwürdig war nur die Schramme auf der linken Wange. Da niemand etwas fand, an dem der Filialleiter sich verletzt haben könnte oder das Blutreste aufwies, wurde die Leiche zur genaueren Untersuchung in die Gerichtsmedizin gebracht. Aufgrund der Tatsache, dass die Fleischwunde nicht erklärbar war, auch nicht durch einen Sturz, wurden Rechtsmediziner hinzugezogen. Die fanden in der Wunde, bestätigt durch Blutanalysen, eine Legierung, die nur bei Waffen einer bestimmten Sorte verwendet wurde. Obwohl der Filialleiter einen Waffenschein besaß, wurden keine Waffen im Haus gefunden. Eine Befragung der Ehefrau ergab, dass sich dort auch zu keiner Zeit welche befunden hätten. Sie habe sich nie mit dem Gedanken anfreunden können, Waffen im Haus zu haben. Damit kam für die Verletzung nur ein Fremdverschulden in Betracht.

Bei Rainer stand der Urlaub mit Britta an. Am Tag vor dem Abflug trafen sich beide zu letzten Absprachen. Britta verwies darauf, keinen Koffer mitzunehmen. Beim Inselhopping seien große Gepäckstücke fehl am Platz. Eine Tasche mit wenigen T-Shirts und Unterwäsche, ein bis zwei Hosen, Badezeug und Kulturbeutel sollten reichen. Andere Dinge könne man vor Ort kaufen. Sie sprachen noch einmal alles durch, was bis zum Abflug zu erledigen war. Beide hatten sich früh genug um die Pässe und andere administrative Fragen gekümmert, waren beim Arbeitgeber abgemeldet. Sie gingen früh zu Bett, um am nächsten Tag frisch und ausgeruht zu sein.

Obwohl sich Rainers Konto etwas erholt hatte und er sich den Urlaub leisten konnte, vor allem durch den Verkauf der Berliner Artikel, war er immer noch nicht auf Rosen gebettet. Seine Exfrau hatte von der Gehaltsanhebung Wind bekommen und neue Atteste vorgelegt. Ihr geschäftiger Anwalt hatte erneut alle Register gezogen und für Missstimmung gesorgt. Britta wusste nach wie vor von all dem nichts. Da Rainer sich auf dem aufsteigenden Ast befand, hoffte er, er könne sich so sanieren, ohne dass Britta etwas mitbekam. Dann hätte er den ganzen Stress vermieden und sich nicht der Gefahr ausgesetzt, dass Britta etwas in den falschen Hals bekam. Die Krise während seines Berlinaufenthaltes hatte gezeigt, wie sehr sie zu ihm stand. An Geld wäre die ganze Sache sicher nicht gescheitert. Aber Rainer sah jetzt eigentlich keinen Grund mehr, das Thema anzusprechen. Er hatte einige Schläge getan, die seinem Konto gutgetan hatten. Außerdem waren ihm die Finanzen zu unwichtig, um bedacht und besprochen zu werden.

6

Griechenland brachte eine wunderbare Zeit. Erste Anlaufstation sollte Rhodos sein. Das verliebte Paar nutzte die meiste Zeit dafür, sich ausgiebig im Bett auszutoben. Dann ging es an den Strand, um die heißesten Stunden des Tages am kühlenden Wasser zu verbringen. Der Wind bescherte zusätzlich etwas Erfrischung. Am Abend gingen sie aus, durchstreiften Kneipen, suchten ein lauschiges Lokal, wo sie draußen sitzen und sich hinter Weinlaub verstecken konnten, um zu turteln. Nach reichlichem Genuss von dunkelrotem Wein zockelten sie, eng umschlungen, zu ihrem Hotel. So konnte der Urlaub weitergehen.

Die nächsten Tage brachten keine wesentlichen Änderungen des Ablaufes. Außer den langen Spaziergängen am Strand nach Genuss von Wein und Essen. Innig verkeilt gingen beide barfuß durch die wunderschönen Nächte, nur unterbrochen von zärtlichen, verlangenden Küssen unter einem vollen Mond, der mit silbernen Strahlen das Meer beleuchtete und die passenden Lichtverhältnisse lieferte.

»Du siehst hinreißend aus«, flüsterte Rainer in die laue Sommernacht und ins Meeresrauschen.

»Kommst du mit mir ins Wasser?«

»Nacktbaden?«, kicherte Britta wie ein Schulmädchen. »Das habe ich seit meiner Jugend nicht mehr gemacht. Aber warum nicht?« Während dieser Worte drückte sie sich von hinten an Rainer heran, schlang ihre Arme um seinen Körper, sodass er ihren warmen Atem im Nacken und ihre harten Brustwarzen an seinem Rücken spürte. Eine Hitze durchflutete ihn.

»Dann komm«, sagte er mit rauer Stimme. Hastig zogen sie sich aus, schmissen ihre Kleider achtlos in den Sand und stiegen Hand in Hand in das lauwarme Wasser. Nach gegenseitigem Nassspritzen unter lautem Gelächter, das eher an das Gehabe zweier Teenager erinnerte, schwammen sie ein paar kleine Runden. Schnell bemerkten beide allerdings, dass es Britta an Kondition fehlte.

»Hätte nicht gedacht, dass ich so schnell kurzatmig werde«, rief sie Rainer keuchend zu, der mit kräftigen Schwimmzügen ausholte.

»Komm, lass uns wieder an den Strand schwimmen«, rief Rainer ihr zu und glitt ihr elegant entgegen, noch rechtzeitig, bevor Britta aus dem Wasser steigen konnte.

Sanft umklammerte er ihren Körper, suchte ihre Lippen und drängte mit seiner Zunge leicht kreisend in ihren Mund.

Vor Verlangen begann Britta zu stöhnen. Ihre rechte Hand glitt abwärts von seiner Schulter, über sein Becken auf seinen strammen Hintern.

»Nimm mich, Rainer«, zitterte ihre Stimme, und sie spürte seinen erigierten Penis an ihrem Bauch. Rainer nickte, küsste zärtlich ihre Brustwarzen und ließ sich auf die Knie sinken, sodass nur noch Hals und Kopf aus dem Meer ragten. Das war das Zeichen für Britta, sich auf seinen mächtigen Schwanz zu setzen.

»Reite mich«, entfuhr es Rainer genüsslich, und Britta kam der Aufforderung mit wiegenden Hüften nach. Wild küssend liebten sie sich in Ekstase. Das Wasser spritzte des

Öfteren auf, was von den beiden Verliebten aber unbemerkt blieb.

Nach lustvollen Minuten stiegen beide Händchen haltend aus dem warmen Nass ans Ufer, ließen sich eng umschlungen und erschöpft am Strand auf dem Sand nieder.

»War geil mit dir«, hauchte Rainer ihr ins Ohr, und beide lachten herzlich über ihr spontan empfundenes Glücksgefühl, an dem ganz offensichtlich die Hormone schuld waren.

»Du bist ein toller Liebhaber«, gab Britta zurück. »Ich kann mir ein Leben ohne dich nicht mehr vorstellen.« Ohne etwas zu entgegnen, kuschelte sich Rainer an sie, und beide ließen sich von der warmen Nachtluft trocknen.

In den folgenden Tagen wurde zwischen beiden erstmals auch von Heirat gesprochen. Zunächst schüchtern, kurz darauf häufiger und konkreter, ohne allerdings Details und Termine festzulegen. Beiden war klar, dass sie zusammen gehörten, dass sie gemeinsam alt werden wollten.

Nach Korfu ging es mit einem Sportflugzeug. Die Tagesabläufe waren die gleichen. Tagsüber am Meer, abends romantische Essen in lauschigen Lokalen und Spaziergänge bei Mondschein vor einer Liebesnacht. Beide konnten nicht genug voneinander bekommen. Als das Paar am zweiten Tag auf Korfu vom Strand zurückkehrte, wurde es vom Portier überrascht: »Sie haben Besuch, ein Herr wartet im Restaurant auf Sie.«

Rainer und Britta schauten sich ratlos an. Was für ein Herr sollte sie in ihrem Urlaub aufsuchen? Hatten sie auf Rhodos irgendeinen Fehler begangen, der unwissenden

Touristen passieren kann? Hatten sie versehentlich Sandstrand in ihren Schuhen mitgenommen? Sie hatten doch keine wertvollen Relikte aus alten Zeiten eingesteckt. Sie waren nicht mit der Polizei in Konflikt geraten, aber wer sollte es sonst sein? Natürlich hatten sie jeweils bei Abreise von ihrem letzten Aufenthaltsort ihre neue Adresse hinterlassen. Auch waren die Familie und die Redaktion über die Reiseroute informiert. Gewissheit konnte nur der Gang ins Restaurant bringen.

»Hallo, Schwesterlein«, rief es ihnen beim Betreten des Lokales entgegen. Es war Ulf, Brittas Bruder. Alle vorherigen Gedanken waren überflüssig gewesen.

»Ulf? Was machst du denn hier? Was soll das? Ist zu Hause etwas passiert?«

»Keine Angst, Schwesterchen, nix ist passiert. Ich hatte einfach nur Sehnsucht nach dir. Das ist alles. Setzt euch doch erst einmal.«

»Du weißt, dass du hier störst. Und das mit der Sehnsucht nehme ich dir nicht ab. Also, was ist los?«

Ehe eine kritische Auseinandersetzung beginnen konnte, mischte sich Rainer ein: »Gemach, gemach, mein Schatz. Lasst uns das unverhoffte Wiedersehen feiern. Ich hole eine Flasche Wein, und dann können wir in Ruhe reden.« Er stand auf und ging zu einem Kellner hinüber, um seine Bestellung aufzugeben. Bei der Rückkehr sprach er so locker wie möglich: »So, Ulf, erzähl. Was führt dich her? Willst du uns im Urlaub begleiten?«

»Nein, nein. Natürlich will ich euch in eurem Liebesurlaub nicht belästigen. Ich hatte Zeit und hielt einen kurzen Besuch für ganz nett. Das ist alles.«

»Na ja, wenn wirklich nichts Wichtiges anliegt, ist

gegen eine kurze Stippvisite tatsächlich nichts einzuwenden. Eigentlich ist es ganz schön, dass du gekommen bist.«

Britta schien etwas beruhigt.

»Hast du ein Zimmer gemietet?«

»Nein, noch nicht. Ich wusste ja nicht, ob ich euch finde und treffe. Deshalb habe ich mir alle Möglichkeiten einer etwaigen sofortigen Weiterreise offengelassen.«

Das Versäumnis wurde sofort nachgeholt. Allerdings nur für eine Nacht. Ulf wollte am nächsten Tag wieder zurück nach Deutschland fliegen. Britta hatte dagegen trotz aller Beschwichtigungsversuche ihres Bruders den leisen Verdacht, dass mehr hinter der Sache steckte.

Alle zusammen suchten sich ein ruhiges Lokal, um miteinander reden zu können. Der Abend fing vielversprechend an. Britta schenkte Rainer zur Erinnerung einen Kugelschreiber aus Sterlingsilber.

»Wie komme ich denn zu der Ehre?«, fragte Rainer überrascht.

»Es ist ja nur eine kleine Gabe, ein Alltagsgegenstand, aber du musst beruflich viel schreiben und ich wollte dir unbedingt etwas schenken, was dich täglich an mich erinnert. Etwas, was du viel in der Hand hast, damit du immer daran erinnert wirst, wer auf dich wartet«, erklärte Britta.

Rainer beugte sich zu ihr, küsste sie zärtlich und bedankte sich: »Das ist keine kleine Gabe, es ist eines der schönsten Geschenke, die ich jemals bekommen habe. Das ist kein Kugelschreiber, das ist ein Symbol für deine Liebe.«

»Mir hast du nie so etwas Schönes geschenkt. Das hätte ich auch gern«, moserte Ulf.

»Wenn dein Herz an solchen Sachen hängt, kaufe ich dir morgen ebenfalls so einen Kugelschreiber. Natürlich aus einem anderen Grund, aus Liebe zu meinem Bruder«, konterte Britta.

»Wenn ich darum bitten darf. Ich erinnere mich eben auch gern an meine Schwester. Außerdem ist es ein außergewöhnliches Stück, das nur wenige haben«, entgegnete Ulf zufrieden.

»Aber verscherbele ihn nicht gleich wieder«, rutschte es Britta raus, die dafür einen ernsten Blick von Ulf erntete.

Als Rainer sich wegen eines Bedürfnisses für kurze Zeit entschuldigen musste, nutzte Britta die Gelegenheit: »Los, Ulf, was ist nun tatsächlich los?«

»Ich muss dringend mit dir reden. Ich sah keinen Ausweg mehr, deshalb habe ich mir das Geld geliehen, um hierher zu kommen. Du musst mir helfen, sonst weiß ich nicht mehr weiter. Vor Rainer kann ich aber darüber nicht reden.«

»Ach, Ulf, was ist nun schon wieder? Okay, ich werde versuchen, dass uns Rainer die Gelegenheit gibt, allein zu sein.«

Der Abend verlief weiter ganz harmonisch, obwohl sich Britta dabei ertappte, dass sie immer wieder verstohlen zu Ulf hinüberblickte. Sie bemerkte auch, dass Ulf ab und an ihren Blick zu fassen versuchte.

Der Spaziergang am Strand im Mondlicht entfiel. Stattdessen saßen alle lange beisammen und unterhielten sich. Ulf war ein charmanter Plauderer.

Später, im Hotel angekommen, sorgte Britta dafür, dass sie sich ungestört mit ihrem Bruder besprechen konnte. Sie erklärte Rainer, dass Ulf um ein Gespräch gebeten hatte. Während Rainer vor ihr auf das gemeinsame Zimmer ging, setzten sich Britta und Ulf in eine stille Ecke der Bar.

»Erzähl, Ulf, was hast du auf dem Herzen?«

»Britta, du bist meine letzte Chance. Ich brauche dringend 15.000 Euro, sonst ist alles vorbei.«

»15.000? Mein Gott, Ulf!« Britta war ihr Entsetzen deutlich anzusehen. Ulf wurde verlegen.

»Ich bin da in so eine Runde reingeraten. Wir haben gezockt. Zuerst lief es auch wunderbar. Ich habe gewonnen, und zwar reichlich. Ich dachte, ich hätte eine Glückssträhne, und es ginge so weiter. Ich fühlte mich den anderen überlegen. Dann brach plötzlich mein Spiel, und ehe ich mich versah, hatte ich alles verloren. Ich habe Schuldscheine unterschreiben müssen und glaube mir, meine Spielkumpane sind keine Typen, mit denen man privat gern Kontakt hätte.«

»Warum lässt du dich mit solchen Leuten denn ein?« Britta verstand es nicht. Wie konnte ihr Bruder nur so naiv sein?

»Das sind die Einzigen, die solche Abende veranstalten. Ist auch egal. Das Kind liegt im Brunnen. Die Schuldscheine müssen ausgelöst werden, sonst bin ich dran. Sie werden mir die Knochen brechen, jeden einzelnen. Bitte, Britta, hilf mir.« Ulf hatte Brittas Hand ergriffen, in seinen Augen spiegelte sich die blanke Angst. »Ich weiß nicht mehr weiter«, schluchzte er, »Rainer soll davon aber nichts erfahren.«

»Mein Gott, Ulf, wo hast du dich da nur wieder reingeritten? Kannst du nicht endlich normal leben, wie andere Menschen auch?« Ärgerlich zog Britta ihre Hand zurück.

»Ich hatte mir vorgenommen, nur dieses eine Mal noch. Ehrlich, Schwesterherz. Mit dem gewonnenen Geld hätte ich all meine Schulden begleichen können. Ich hätte mir etwas Neues aufgebaut. Nur aus diesem Grund habe ich mich darauf eingelassen. Bitte … bitte, Britta, lass mich nicht im Stich, ich bitte dich inständig.«

Britta atmete tief durch.

»Natürlich werde ich dir helfen«, sagte sie schließlich. »Aber wir müssen verhindern, dass so was noch mal geschieht. Ich will und kann dich nicht dauernd aus der Scheiße holen. Und selbst wenn ich es wollte, meine Mittel sind auch begrenzt.«

»Aber du kannst doch von zu Hause immer etwas kriegen.«

»Ulf, es geht nicht nur darum, ob ich etwas bekommen kann. Ich will einfach nicht. Wenn du nicht endlich erwachsen wirst und dein Leben in den Griff kriegst, ist Schluss. Hör mir jetzt gut zu: Dieses eine letzte Mal helfe ich dir. Du brauchst es danach nie mehr zu versuchen. Ist das klar?«

»Klar, Britta, ich danke dir.« Ulf schniefte.

»Ich werde dir morgen einen Scheck schreiben, und du kannst dir das Geld holen. Aber denk daran: Danach gibt es nichts mehr, wirklich nie wieder!«

»Ich habe verstanden, Britta. Du kannst dich auf mich verlassen.« Ulf drückte seine Schwester erleichtert an sich.

Nach einer kurzen Verabschiedung gingen beide auf ihr Zimmer. Rainer war zwar interessiert, was gewesen war, aber Britta mauerte. Natürlich war die Stimmung für heiße Liebesspiele an diesem Abend dahin. Britta kuschelte sich lediglich besonders eng an Rainer, als könnte seine Nähe sie von allem Unheil fernhalten.

Am nächsten Morgen frühstückten alle drei gemeinsam. Ulf wollte ziemlich früh wieder nach Hause. Britta steckte ihm den Scheck unauffällig zu, als Rainer gerade am Buffet Nachschub holte. Ulf verabschiedete sich gleich nach dem Frühstück. Er gab Rainer freundlich die Hand, fand ein paar charmante Worte und umarmte Britta besonders lange, als sei es ein Abschied für immer. Dann verschwand er so schnell, wie er aufgetaucht war.

Rainer merkte, dass Britta irgendetwas beschäftigte. Er fand, dass das Wiedersehen mit dem Bruder keine glückliche Fügung gewesen war, wollte Britta jedoch nicht durch Nachfragen weiter belasten. Stattdessen schlug er vor, die Insel zu wechseln, er sei nicht so begeistert von Korfu. Insgeheim hoffte Rainer, dass der Ortswechsel Britta guttun würde. Vielleicht kam sie auf andere Gedanken.

Also packten die beiden ihre Sachen zusammen, bezahlten die Hotelrechnung und machten sich auf den Weg zum Flughafen, wo sie eine kleine Maschine charterten. Vorher hatte Britta noch das Andenken, den zweiten Kugelschreiber, für Ulf besorgt. Der Flug passte sich Brittas Stimmung an. Böige Winde brachten das kleine Flugzeug schwer ins Schwanken. Es war, als hätte der Pilot Kängurubenzin getankt oder das Flugzeug flöge über Kopfsteinpflaster. Die Maschine hüpfte und bockte. Der Pilot hatte alle Hände voll zu tun, sie auf Kurs zu halten. Trotzdem erreichten sie ihr nächstes Ziel.

Die erhoffte Wirkung des Ortswechsels trat bei Britta ein. Vielleicht war der bewegte Flug hilfreich gewesen. Sie hatte jedenfalls die miese Stimmung hinter sich gelassen. Die Tage verliefen wieder so, wie sie geplant waren, mit Faulenzen am Meer, gemütlichen Abenden in verträumten Gaststätten, Spaziergängen im Mondschein am

Strand, unterbrochen durch leidenschaftliche Küsse und sehnsüchtige Blicke hinaus aufs Meer. Die Leidenschaft im Bett war ebenfalls zurückgekehrt.

Der Urlaub verflog nur so. Britta und Rainer waren glücklich. Britta hatte die Angelegenheit um ihren Bruder verdrängt. Der Urlaub hatte beiden klargemacht, dass sie zueinander gehörten und dass es passte zwischen ihnen.

Als ihnen in den letzten Tagen des Urlaubs diese Tatsache aufging, begannen sie, darüber zu sprechen, wie es sei, bald zusammenzuziehen. Dieser neue Aspekt schien eine Art Turbowirkung auf das Paar zu haben, denn die Liebesbezeugungen wurden noch intensiver. Doch dann waren die unbeschwerten Tage vorbei, der Urlaub neigte sich dem Ende entgegen. Von Athen aus ging es mit dem Flieger wieder in die Heimat.

7

Auf dem Bremer Airport wollte Britta sich noch schnell eine Tageszeitung besorgen, um auf dem neuesten Stand der Dinge zu sein, während Rainer sich um das Gepäck kümmern sollte. Er lief direkt Roland Ernst in die Arme.

»Was machst du denn hier?«, war dessen erste Frage.

»Ich komme gerade aus dem Urlaub zurück. War einige Tage in Griechenland, Inselhopping.«

»Oh, schön, ist bei dir der Reichtum ausgebrochen? Ich denke, dir geht es finanziell nicht so gut?« Der Kommissar zeigte sich überrascht. »Bist du allein gereist?«

»So etwas macht man nicht allein. Ich war mit meiner Freundin unterwegs. Ach, du kennst sie ja noch gar nicht.«

Rainer spähte über Rolands Schulter und winkte Britta aufgeregt zu sich.

»Da hinten ist sie. Komm, ich möchte euch einander vorstellen. Hast du Zeit für einen Kaffee?«

Roland Ernst blickte in die angezeigte Richtung.

»Das wäre nett, aber ich bin in Eile, war beruflich unterwegs. Lass uns das ein anderes Mal machen, wenn es besser passt.«

Sie verabredeten sich für drei Tage später im Café ›emma am see‹ im Bürgerpark, bevor Roland Ernst zügig auf den Ausgang zusteuerte.

Kurz darauf hatte Britta Rainer erreicht.

»Wer war der Mann?«, wollte sie wissen.

»Ach, ein guter Bekannter, mit dem ich ab und an beruflich zu tun habe oder hatte.« Rainer nahm das Gepäck auf, legte die andere Hand um Brittas Hüfte und führte sie aus dem Flughafengebäude heraus.

In Erinnerungen an die letzten Tage schwelgend, fuhren sie nach Hause, das heißt in Brittas Wohnung. Für beide war der Urlaub noch nicht ganz zu Ende. Sie hatten zwei weitere freie Tage. Rainer und Britta hatten dies absichtlich so geplant, um die nötigen Nacharbeiten wie Wäsche waschen et cetera in Ruhe erledigen zu können. Außerdem mussten sie sich erst wieder ein wenig eingewöhnen und in ihren Alltag zurückfinden, womit sie sich gern etwas Zeit ließen.

Der nächste Tag warf die Planungen allerdings durcheinander. Um 6 Uhr morgens klingelte das Telefon. Brittas Vater war in der Leitung. Ihre Mutter war in der Nacht ins Krankenhaus eingeliefert worden. Britta machte sich sofort auf den Weg zu ihr, und Rainer blieb allein zurück. Zuerst versuchte er, Roland Ernst zu erreichen, um das Treffen vorzuziehen, aber der lehnte aufgrund von dringenden Arbeiten ab. Rainer entschloss sich, in der Redaktion vorbeizuschauen, um sich auf die laufenden Projekte vorzubereiten. Er erfuhr, dass der Chef ihn sofort nach Urlaubsende sehen wolle, aber leider traf Rainer ihn nicht an. So trieb er sich noch ein wenig in der Redaktion herum, um sich mit dem ein oder anderen Kollegen bei einer Tasse Kaffee auszutauschen.

In der Zwischenzeit saß Britta auf der Inneren Station des Krankenhauses Bremen-Mitte, in der St.-Jürgen-Straße, am Bett ihrer Mutter.

Abends erzählten sich Britta und Rainer, wie ihr Tag

verlaufen war. Für morgen war geplant, dass Britta wieder ins Krankenhaus fuhr, während Rainer Einkäufe tätigte.

Beim Frühstück erfuhr Britta aus der Zeitung, dass es erneut einen Banküberfall in Bremen-Hemelingen gegeben hatte, wieder eine Filiale der Bremer Bank. Die Sache war sehr schnell gegangen. Eine Rein-Raus-Aktion eines einzelnen Täters, der gleich morgens beim Öffnen der Bank als erster und einziger ›Kunde‹ in die Schalterhalle gestürmt war, die Angestellten mit seiner Waffe bedroht hatte und mit einer Beute von mehreren Tausend Euro entkommen war. Das Überwachungsvideo zeigte angeblich einen dunkel gekleideten, vermummten Mann, mit schwarzem Motorradhelm. Zwar war die Vorgehensweise nicht mit den anderen Taten identisch, trotzdem ordneten die Ermittler den Fall den vorangegangenen Taten zu. Allerdings könne ein Trittbrettfahrer nicht vollkommen ausgeschlossen werden. Möglich wäre auch, dass der Täter seine Arbeitsweise umgestellt hatte. Ausschlaggebend für die Vermutung der Polizei, es mit einem Täter zu tun zu haben, war die Beschreibung des Täters, die sich in allen Fällen kaum voneinander unterschied.

Während Britta Kern sich um ihre kranke Mutter bemühte, kümmerte sich Rainer um eine Möglichkeit, etwas für ihre Gesundheit, Fitness und ihre Körper zu tun und gleichzeitig mit einer gemeinsamen Unternehmung die Partnerschaft zu stärken. Er las Werbetexte von Sportstudios, schaute sich etliche davon vor Ort an. Als er das vermeintlich richtige gefunden hatte, erzählte Rainer davon: »Du, erinnerst du dich noch an Griechenland, als wir über unsere konditionelle Form sprachen? Du fühltest dich beim Schwimmen nicht so fit.«

Britta musste bei der Erinnerung daran schmunzeln. »Ja, ich erinnere mich genau und so lange ist es ja auch noch nicht her.«

»Weil ich dachte, wir sollten etwas für unsere Körper tun, hatte ich mir einige Sportstudios angesehen und eines für uns ausgesucht. Ich denke, dass das nicht nur unserer Kondition und Konstitution guttut, sondern wir erleben gleichzeitig Gemeinsamkeit.«

»Rainer, an sich eine gute Idee. Aber ich hätte einen ganz anderen Vorschlag. Wir haben in Bremen doch eine besondere Situation und auch Institution. Bremens Tanzclubs sind in Deutschland und international führend. Tanzen ist nicht nur Sport, sondern auch Ästhetik. Wir bewegen uns dabei im Gleichklang und spüren uns, statt Gewichte zu stemmen. Radfahren können wir im Sommer im Blockland immer auf dem Deich entlang.«

»Tanzen?«, Rainer sah Britta erstaunt an.

»Ja, Tanzen! Was meinst du, wie wir unsere Muskeln spüren werden. Hinzu kommt, das wir Tanzen immer mal brauchen werden, bei Feiern, Festen zu denen wir eingeladen werden, Betriebsfeiern, Hochzeiten …«

»Na, willst du auf ein bestimmtes Thema hinaus?«, fragte Rainer amüsiert.

»Nein, diesmal nicht. Oder eigentlich doch. Wir haben hier eine der größten Tanzkoryphäen überhaupt. Der Name Roberto Albanese sagt dir bestimmt etwas.«

»Der von der RTL Show ›Let's Dance‹?«

»Ja, genau der. Ich kenne ihn persönlich und kann es sicher einrichten, dass wir in der Tanzarena – das ist seine Tanzschule – aufgenommen werden.«

»Du, meine Tanzfähigkeiten beschränken sich darauf, eine Partnerin beim Blues durch den Saal zu schieben. Das wäre wohl eine Nummer zu groß für mich.«

»Schatz, im Gegenteil. Außerdem ist dann ein Weltmeistertrainer, der das Tanzen selbst ist, genau der richtige für dich.«

»Tanzen? Ich? Da wäre Motocross wohl besser.«

»Lass es uns wenigstens versuchen. Tanzen ist gut für die Gesundheit, macht fit und ist etwas für gesellschaftliche Ereignisse. Es gibt immer Ereignisse, wo man Tanzen können sollte. Außerdem fühle ich mich in deinen Armen so wohl.«

»Das ist unfair! Aber in Gottes Namen. Ich werde Roberto etwas geben, woran er sich die Zähne ausbeißt.«

»Und ich sage dir: Er macht ein Ass aus dir.«

»Na, mal sehen, wer recht hat.«

Der erste Arbeitstag nach dem Urlaub brachte für Rainer ein Gespräch mit Kurt Koschnick.

»Rainer, wir sind der Meinung, dass du zu schade für den seichten Kram bist. Wir würden es sehr gern sehen, wenn du in das Politikressort wechselst. Das ist eine riesige Chance für dich, die du dir verdient hast. Du weißt, dass dieser Bereich bei jeder Zeitung und auch in anderen Medien besondere Beachtung findet. Die meisten Chefredakteure entstammen dieser Position. Das kann ein Sprungbrett für dich sein. Wir glauben, du hast das Zeug dazu. Deine Schreibe fesselt die Leser, du kannst analytisch denken und mit deinem Charme und deiner Persönlichkeit gegen die zukünftigen Interviewpartner bestehen. Was sagst du dazu?«

»Ich –!« Rainer räusperte sich. »Im Moment bin ich

wie umgehauen. Natürlich wäre die Chance toll, und ich wäre Ihnen unendlich dankbar.«

»Das klingt nach einem Aber …«

»Nein, kein Aber. Ganz und gar nicht!« Rainer begann zu strahlen.

»Na, gut, dann wollen wir es versuchen. Zu Anfang bleibst du hier und schreibst von der Redaktion aus. Klar, dass bei wichtigen Vorgängen eine Reise angezeigt ist. Zunächst ändert sich nur der Aufgabenbereich, nicht aber deine persönliche Situation. Wir denken dabei auch an deine Partnerschaft, die dir wohl sehr viel Halt zu geben scheint. Also, Junge, mach dich ran und enttäusche uns nicht.«

»Is klar, Chef. Bisher konnten Sie wohl immer auf mich zählen.«

»Sicher. Das war ja auch der Hauptgrund für unsere Entscheidung.« Koschnick streckte Rainer die Hand entgegen.

»Nochmals vielen Dank. Sie können auf mich zählen«, schlug der ein. »Dann arbeite ich mich mal ein.«

»Tu das und jetzt raus hier.« Mit einem freundschaftlichen Klaps auf die Schulter schickte Koschnick Rainer aus seinem Büro.

Die meisten Mitarbeiter wussten schon um die Entscheidung und kamen Rainer entgegen, um ihm zu gratulieren. Auch Jens Goldstein, der in Rainers Position als Gerichtsreporter geschlüpft war, freute sich anscheinend für den Kollegen, aber auch für sich selbst.

»Übrigens, Rainer, hast du die Geschichte von den Banküberfällen gehört?«, wollte er nach den üblichen Glückwünschen wissen.

»Eigentlich nur am Rande und überflogen, warum?«, gab Rainer überrascht zurück.

»Na, es scheint deutlich einen Bremer Bezug zu geben. Alles deutet darauf hin, dass mindestens drei Banküberfälle von ein und demselben Täter ausgeführt worden sind. Die ersten beiden ähneln sich in der Durchführung, der in Hemelingen weist die Gemeinsamkeit der Verkleidung des Täters auf: Schwarze Klamotten und Motorradhelm. Außerdem entspricht die Beschreibung der Statur des Täters den Aussagen der Zeugen, die zu den ersten Überfällen vernommen worden sind, der der Videoüberwachung in Hemelingen. Der Täter wird so um die 1,80 Meter groß sein.«

»Na und, das trifft auf viele zu. Der Täter könnte dicke Sohlen oder Einlagen getragen haben, und 1,80 Meter ist fast eine Standardgröße. Ich bin zum Beispiel auch so groß, mein zukünftiger Schwager ebenfalls oder denk an Roland Ernst. Und wer sagt eigentlich, dass es sich um einen männlichen Täter handelt? Es könnte doch auch eine Täterin gewesen sein.«

Abends gab es für Rainer und Britta die Beförderung zu feiern. Beide hübschten sich auf und fuhren zum Essen ins El Mundo nach Walle. Britta war nicht ganz bei der Sache, da sie gedanklich natürlich bei ihrer Mutter war.

»Wie geht es ihr?«, erkundigte sich Rainer mitfühlend.

»So weit ganz gut, aber für sie ist es der erste längere Krankenhausaufenthalt. Da ist sie verständlicherweise besonders ängstlich, aber ich glaube, das gibt sich bald.«

Die Wirkung des Weines und Rainer schafften es, sie aus ihrem gedanklichen Tal zu hieven, und es wurde doch noch ein harmonischer, zärtlicher Abend.

Rainer begann am nächsten Tag seine neue Tätigkeit in der Politik-Redaktion. Er arbeitete sich ein, vertiefte sich in die aktuelle politische Lage, las alles zu den Parteien, was er bekommen konnte. So würde es die nächsten Tage weitergehen, bis er jeden Namen, jedes Gesicht, jeden Ausspruch, jeden Flügel aller Parteien kannte. Hinzu kam die außenpolitische Lage. Die Zeit verstrich. Ab und an setzte sich Jens auf Rainers Schreibtischkante, und sie plauderten über die Bremer Verbrechen. Jens informierte Rainer darüber, dass der Filialleiter der Bremer Bank in Walle leider an einem Herzinfarkt verstorben sei. Die Polizei war in der Sache keinen Schritt weitergekommen. Der Täter hatte praktisch keine verwertbaren Spuren hinterlassen. Allen Beteiligten war klar, dass es sich um einen Profi mit Insiderkenntnissen handeln musste. Die Polizei aus Bremen und Niedersachsen – betraut mit dem Worpsweder Überfall – überprüfte gerade die üblichen Verdächtigen. Ehemalige Täter, die noch lebten und gerade nicht in Haft saßen. Jens sah Rainer über die Schulter, wie der sich auf Interviews vorbereitete, die er im Bremer Senat zu führen gedachte, als beide zum Chefredakteur gerufen wurden.

»Ich habe da eine Sache, die euch beide betrifft. Deshalb will ich euch gemeinsam darauf ansetzen. Es geht um einen Prozess in Hannover über die Neonazi-Szene. Wie unsere Informanten erklärten, werden auch die Bremer Mitglieder stark vertreten sein. Deshalb solltest du, Jens, zugegen sein. Du kennst einige der Jungs aus vergangenen Prozessen, und da es gleichzeitig eine politische Dimension beinhaltet, solltest du, Rainer, die Angelegenheit aus diesem Blickwinkel beleuchten. Vielleicht kommt nur einer von euch zum Tragen, aber ich will euch beide da haben«, erklärte Kurt Koschnick seinen Mitarbeitern.

»In Ordnung«, willigte Rainer ein, und auch Jens erklärte sich einverstanden.

»Jetzt stehen wir also in direkter Konkurrenz«, meinte Jens, als sie das Chefbüro wieder verlassen hatten.

Rainer war irritiert.

»Das siehst du falsch«, widersprach er. »Wir beide sind immer noch Kollegen. Konkurrenz kommt von anderen Blättern. Wir schreiben doch nur für unterschiedliche Ressorts. Vielleicht erscheinen wir sogar beide. Wir fahren doch zusammen?«

»Klar!«, nickte Jens und machte sich auf den Weg zu seinem Schreibtisch.

Den Abend hatte Rainer für Britta reserviert. Er hatte alle Termine abgeblockt, groß eingekauft und wollte sie mit einem besonderen Essen überraschen. Vielversprechend fing der Abend auch an. Rainer empfing die Heimkehrende mit einem Glas Champagner. Gerade als sich Rainer in die Küche zurückgezogen hatte, klingelte es, und Ulf stand vor der Tür. Obwohl sich das Paar auf ungestörte Stunden eingerichtet hatte, freuten sich beide über den Besuch. Rainer zog sich schnell wieder in die Küche zurück und fing an, das geplante Essen nun für drei Personen zuzubereiten. Allerdings hatte sich das alsbald erledigt. Britta kam in die Küche und erzählte, dass Ulf etwas mit ihr zu besprechen habe.

»Hast du etwas dagegen, wenn ich mit Ulf rausgehe? Er möchte mit mir unter vier Augen sprechen und wäre vor dir gehemmt. Wir sind sicher bald zurück.«

Obwohl Rainer enttäuscht war, weil seine Pläne durchkreuzt wurden, gab er Britta grünes Licht: »Schatz, er ist dein Bruder. Geht nur. Ich mache das Essen fertig, und wir speisen dann hinterher zusammen.«

Britta und Ulf fuhren in das Picasso in der Wachmannstraße. Dort suchten sie sich einen Tisch etwas abseits des Trubels.

»Also, was gibt es so Dringendes, Bruderherz?«, wollte Britta wissen.

Ulf knetete nervös seine Hände.

»Britta, ich brauche deine Hilfe. Ich weiß, was du in Griechenland gesagt hast, aber ich bin da schon wieder in etwas hineingeschlittert.«

»Bitte sag, dass das nicht wahr ist«, seufzte Britta. Ein Blick in Ulfs ängstliches Gesicht ließ jegliche Hoffnung in ihr schwinden.

»Worum geht es? Raus mit der Sprache.«

Ulf druckste herum.

»Los, ich will alles hören«, ließ Britta nicht locker.

»Mir war ein Geschäft angeboten worden. Sichere Sache. Zuerst lief auch alles glatt.«

»Was für ein Geschäft?«, unterbrach ihn Britta. Sie hatte so eine Vorahnung.

»Na ja, es ging um Kokain«, begann Ulf.

»Bist du denn von allen guten Geistern verlassen?« Brittas Stimme zitterte vor Empörung. »Drogen? Womit willst du dich denn noch kaputt machen? Seit Langem weißt du, dass Drogen das Schlimmste sind, was du dir selbst antun kannst!«

»Es hörte sich aber so verlockend an, ein schnelles, leichtes Geschäft.«

»Wie alt bist du eigentlich?«, zischte Britta. »Alles, was

mit Drogen zu tun hat, hört sich leicht und schnell an, aber nur für die Bosse. Die Handlanger müssen alles ausbaden, die wandern ins Gefängnis.«

»Sei's drum. Du hast ja recht, aber es ist nun mal passiert.«

»Und wie soll ich dir helfen? Brauchst du einen Anwalt?«

»Nein, das nicht«, gab Ulf kleinlaut zurück, »ich bitte dich um Geld. Mein Dealer behauptet plötzlich, mir eine größere Menge gegeben zu haben, als der Wahrheit entspricht. Aber ich habe die Lieferung ordnungsgemäß bezahlt, und auf einmal sagt er, es ist mehr gewesen und ich muss bezahlen. Du kannst dir vorstellen, was passiert, wenn ich solchen Leuten ihr Geld schuldig bleibe.«

»Du hast doch angeblich auch etwas verdient. Hättest du ihm eben dein Geld gegeben.«

Ulf schüttelte den Kopf. »Das hatte ich leider nicht mehr. Ich habe damit alte Schulden beglichen.«

»Was denn nun schon wieder für alte Schulden?«, hakte Britta nach.

»Ist doch jetzt total unwichtig«, versetzte ihr Bruder unwillig. »Bitte, leihst du mir was?«

»Was heißt leihen?«, schnaubte Britta verärgert.

»Seit unseren Kindertagen habe ich dir Geld geliehen und bisher nicht einen Cent wiederbekommen! Ulf, ich kann dir kein Geld leihen, und ich will es auch nicht. Ich hatte dir in Griechenland gesagt, wie ich dazu stehe.«

»Ich weiß, was du in Griechenland gesagt hast, aber ich bin in einer absoluten Notlage. Bis übermorgen muss ich das Geld auftreiben. Die killen mich sonst.«

Britta rang zunächst sichtlich mit sich, fasste dann jedoch einen Entschluss.

»Diesmal bleibe ich hart. Von mir bekommst du kein Geld. Da musst du allein durch!«

Ihr Bruder beugte sich zu ihr vor.

»Britta, hast du überhaupt zugehört?«, sagte er eindringlich, »Die killen mich, wenn du mir nicht hilfst. Ich habe sonst niemanden, den ich fragen kann. Es gibt keinen, der mir helfen kann.«

»Um welche Summe geht es überhaupt?«, wollte Britta wissen.

»50.000 Euro«, murmelte Ulf.

»Sag mal, bist du verrückt geworden? 50.000 Euro sind unheimlich viel Geld. Die habe ich nicht einfach so rumliegen. Und überhaupt, ich hatte dich gewarnt. Jetzt ist Schluss. Von mir bekommst du das Geld definitiv nicht.«

Ulf brach in Tränen aus.

»Britta, bitte, bitte, hilf mir nur noch dieses eine Mal! Ich höre dann wirklich auf.«

»Das habe ich schon so oft von dir gehört. Als du zu Hause ausziehen musstest, nach unzähligen Polizeibesuchen, nachdem du in der Schule rausgeflogen warst und, und, und. Jedes Mal kam dieser Satz von dir.«

»Schwesterlein, glaub mir doch, ich höre auf. Die werden mich umbringen.«

Britta ließ sich nicht erweichen. Nachdem sie Ulf im Café hatte sitzen lassen, kam sie völlig aufgelöst nach Hause. Rainer wunderte sich zwar, aber Britta erzählte nichts.

»Es hat Ärger mit Ulf gegeben«, war ihr einziger Kommentar. Wie stark Rainer auch versuchte nachzubohren, Britta verriet nichts. Die Stimmung war natürlich dahin. Britta stocherte lustlos in ihrem Essen herum und wich

Rainers Blicken aus. Erst als beide später auf dem Sofa saßen, schmiegte Britta sich an Rainers Brust und fing leise an zu weinen.

8

Rainer traf sich am nächsten Tag mit Roland Ernst im Lankenauer Höft. Inzwischen gab es so etwas wie einen Mittwochstreff. Jede Woche um die gleiche Zeit saßen beide zusammen. Rainer wollte den Bezug zu seinem alten Thema, außerdem sah er Roland inzwischen als engen Freund an.

»Kannst du mir über deine Hannoveraner Kollegen erste Informationen zum anstehenden Prozess besorgen?«, bat er den Kommissar.

»Jens hat mich auch schon gefragt. Was interessiert dich besonders?«, entgegnete der.

Rainer lieh Roland seinen Stift, damit er sich Notizen machen konnte.

»Ich schreibe ja mehr über die politischen Hintergründe«, begann er dann. »Vielleicht könntest du mir was vom Verfassungsschutz besorgen?«

»Das wird schwierig werden. Mal sehen, was sich machen lässt.«

»Ich finde das nicht sehr fair«, ging Jens ihn überraschend an, als Rainer das Großraumbüro der Redaktion betrat.

»Was findest du nicht fair?«, tat der überrascht.

»Ich finde es nicht fair, dass du meine Quellen anzapfst.«

»Du meinst Roland Ernst. Was soll daran nicht fair sein?«, fragte Rainer. »Roland ist erstens ein Freund von mir, zweitens muss ich mich ebenfalls vorbereiten und einarbeiten und was du drittens vergisst, ist, dass deine Quelle von mir an dich übergeben wurde. Roland war lange vor dir meine Kontaktperson bei der Polizei. Also komm wieder runter.« Rainer stellte mit Besorgnis fest, dass Jens die Zusammenarbeit zwischen ihnen tatsächlich eher als Konkurrenz ansah.

Roland Ernst hatte beide Journalisten inzwischen in gleicher Weise mit Informationen über die Neonazi-Szene versorgt, so gut er es gekonnt hatte. Mit ihren Notizen im Gepäck fuhren Rainer West und Jens Goldstein zwei Tage später zusammen nach Hannover.

Rainer musterte seinen Kollegen von der Seite.

»Kann es sein, dass du in unserem Auftrag einen Wettbewerb siehst?«

»Wie meinst du das?«, gab Jens zurück.

»Ich finde, wir sollten unser Wissen austauschen, um beide auf dem bestmöglichen Stand zu sein.«

Jens schüttelte den Kopf. »Hier geht es auch darum, Geld zu verdienen. Ich glaube nicht, dass uns die Zeitung beiden so viel Platz einräumt. So interessant ist die Story für die Leserschaft nun auch wieder nicht, dass sich das rechnen würde. Also stellt sich die Frage: Du oder ich? Ich für meinen Teil brauche das Geld.«

»Ich sehe das nicht ganz so wie du. Wenn wir beide hingeschickt werden, werden beide Ressorts zu Wort kommen.«

Der erste Prozesstag brachte nur allgemeines Geplänkel. Die Anklage warf den vier Beschuldigten vor, spätabends einen Anschlag auf ein von Afrikanern betriebenes Restaurant verübt zu haben. Brandsätze waren durch zwei Fenster geworfen worden. Als der Besitzer und zwei Familienmitglieder aus den Räumen stürmten, hatten die Angeklagten diese brutal mit Baseballschlägern attackiert und krankenhausreif geschlagen. Als Stellungnahme der Angeklagten wurde ein Pamphlet verlesen. Ergüsse von geistig Verwirrten, voll mit politisch-populistischem Geschwätz. Der Tag ging vorüber, ohne dass für Rainer West eine Eröffnungsstory drin gewesen wäre. Für ihn würden die Zeugenaussagen ergiebiger werden. Auf der Rückfahrt von Hannover erklärte Rainer Jens Goldstein seine Einstellung.

»Das war heute ein Tag für dich. Für mein Ressort gibt es keinerlei Interessantes. Ich schreibe dazu nichts. Du kannst den Eröffnungsartikel komplett übernehmen.«

Von Jens kam nur ein halbherziges: »Danke.« Ihm war auch klar, dass Rainer keinen Ansatz gefunden hatte. Das verlesene Statement der Angeklagten war sicher nicht erwähnenswert für das Politik-Ressort.

Später traf sich Rainer wieder mit Roland Ernst. Britta war zu ihrer Mutter in die Klinik gefahren. Da es ein lauer Abend war, hatten die beiden Freunde beschlossen, sich bei Port Piet in Findorff am Torfhafen zu treffen. Bei einem Flammkuchen erzählte Rainer vom Prozess.

»Wie zu erwarten war, kam von den Angeklagten nur propagandistisches Geschwätz: Deutschland den Deutschen, die türkische Gefahr durch Unterwanderung, Wegnahme von Arbeitsplätzen, die üblichen Plattitüden eben.«

»Ich hatte mich schon gewundert, wieso ihr mit zwei Mann da hinsollt«, stimmte Roland Ernst zu. »Solch eine Sensation ist ein Prozess dieser Art nun wirklich nicht mehr.«

»Ich soll mich eben einarbeiten«, erklärte Rainer. »Ich soll die politische Komponente übernehmen.«

Roland nickte. »Etwas anderes«, fragte er dann, »wie

läuft es privat bei dir? Ist etwa stille Messe zwischen euch beiden, weil du abends so oft zur Verfügung stehst?«

»Eigentlich läuft alles prima. Britta ist die Frau meines Lebens. Zurzeit ist sie nur täglich bei ihrer kranken Mutter. Da habe ich sozusagen frei. Wahrscheinlich wird das noch eine Weile so weitergehen.«

Der nächste Tag in Hannover brachte erste Aussagen von Zeugen, die die Angeklagten wiedererkannten, obwohl es auch widersprüchliche Aussagen gab. Da sich die Typen der Szene optisch sehr ähnelten durch ihre Kleidung mit oft dunkelgrünen Blousons und den kurz geschorenen Köpfen, wollten zwei Zeugen sich nicht auf die Beschuldigten festlegen. Tatsächlich machten sie vor Gericht einen eingeschüchterten Eindruck, aber diesbezügliche Rückfragen wurden vehement verneint.

Tags darauf rief sehr früh morgens Jens Goldstein bei Rainer an und meldete sich für Hannover ab. Am Abend zuvor war in Wildeshausen der Leiter einer Filiale der Oldenburgischen Landesbank überfallen worden. Ein Unbekannter war in sein Haus eingedrungen, um ihn zu zwingen, mit ihm in seine Bank zu fahren.

Als sich der Mann weigerte, brachte der Täter dessen Ehefrau in seine Gewalt. Bei dem Versuch, seiner Frau zu helfen, kam es zu einem Handgemenge, bei dem der Filialleiter von dem Unbekannten erschossen wurde. Unklar war noch, warum er daraufhin ebenfalls die Ehefrau hinrichtete. Die Polizei machte aus ermittlungstaktischen Gründen keine genaueren Angaben. Allerdings war durchgesickert, dass der Banküberfall dadurch zwar gescheitert war, der Täter jedoch Beute im Haus des Filialleiters gemacht hatte.

Der Prozess in Hannover brachte weitere Zeugen- und Gutachteraussagen. Dazu schrieb Rainer Artikel. Grundsatzfragen zur Politik, ob es sinnvoll sei, die Wehrsportgruppen, die weniger die Fitness als umso mehr ideologische Schulungen ihrer Mitglieder zum Ziel hatten, nur vom Verfassungsschutz beobachten zu lassen. Rainer schrieb darüber, dass es geheime Zeichen zur Kommunikation zwischen den Beteiligten gab. Bestimmte Aufdrucke auf den T-Shirts galten als Erkennungsmerkmale. Die Zahl 88 wurde als Gruß getragen. Der achte Buchstabe des Alphabetes ist das ›H‹. 88 ergab ›HH‹ und das wiederum bedeutete ›Heil Hitler‹. Die Zahl 18 stand dementsprechend für ›AH‹, ›Adolf Hitler‹.

Wie Jens Goldstein es vorausgesehen hatte, gingen meist die Artikel von Rainer in Druck und erschienen auf der ersten oder zweiten Seite des ›Weser Boten‹. Goldsteins Artikel kamen, wenn überhaupt, im Innenteil des Blattes. Die Stimmung zwischen Rainer West und Jens Goldstein war inzwischen etwas getrübt, die ungleiche Situation ließ in Jens einen gewissen Neid aufkommen.

Jens war am nächsten Tag allein mit dem Zug unterwegs, während Rainer später mit dem Auto nachkommen wollte. Er führte noch ein Gespräch mit dem Chefredakteur über seine Artikel und die Bedeutung seiner Prozessbeobachtungen. Rainer sah keine Notwendigkeit, weiter nach Hannover fahren zu müssen.

»Die Angeklagten sind kleine Fische, die man an die Wand nagelt, während die Hintermänner ungeschoren davonkommen. Solche Prozesse hat es schon häufig gegeben. Lassen Sie das den Jens allein machen. Der kriegt das auch hin«, war er überzeugt.

Jens Goldstein machte sich derweil in Hannover ganz

andere Gedanken. Er sah sich als Opfer und war überzeugt, dass Rainer beim Chef gegen ihn intrigierte, um seine Position beim Prozess und im Kampf um die Artikel zu stärken.

»Okay, Rainer, machen wir es so: Du fährst heute noch mal hin und wenn nichts Sensationelles passiert, sagst du Jens, er soll das allein übernehmen.«

Vor diesem Hintergrund fuhr Rainer mit dem Wagen nach Hannover. Auf der A 27, kurz nach der Abfahrt Achim Ost, fing sein alter Mercedes erst an zu hoppeln, als sei Hasenbenzin getankt worden. Kurz danach stiegen weiße Rauchwolken hinter dem Wagen auf. Als diese den nachfolgenden Verkehr stark beeinträchtigten, fuhr Rainer den Wagen rechts ran und rief über Handy den ADAC an. Der schleppte den Wagen in eine Achimer Werkstatt. Die Kosten für die Reparatur stünden in keinem Verhältnis zum Wagenwert. Rainer hatte inzwischen den Chefredakteur informiert, dass er ausfiel. Damit war der Weg für Jens Goldstein frei.

Rainer West besprach sich am Abend mit Britta.

»Ich muss mir wohl einen neuen kaufen«, erklärte er, nachdem er von seiner Autopanne erzählt hatte. »Eine Reparatur lohnt sich nicht.«

Er verschwieg allerdings, dass ihm der Neukauf schwerfallen würde. Zwar war er finanziell in etwas ruhigeres Fahrwasser gekommen, aber die Unterhaltszahlungen an seine Exfrau Ruth ließen es nicht zu, großartig Rücklagen zu schaffen. Nun würde also eine Riesensumme auf ihn zukommen. Zuerst ließ sich das Problem dadurch beheben, dass Rainer sich Brittas Wagen lieh. Das konnte allerdings keine Dauerlösung sein, denn Britta benötigte ihr Auto selbst, um nach ihrer Mutter zu sehen, die zwischenzeitlich aus dem Krankenhaus entlassen worden war. Für normale Besuche konnte sie ein Taxi nehmen, aber wenn Einkäufe und Fahrten zu Ärzten anstanden, wäre das nicht nur mühsam, sondern auch teuer.

Nach einigen heftigen Debatten sah sich Rainer derart in die Enge getrieben, dass er sich entschloss, bei Britta reinen Tisch zu machen. Ihre Partnerschaft schien dafür gefestigt genug. Also begab er sich auf den Gang nach Canossa. Britta reagierte, für Rainer fast überraschend, gelassen auf sein Geständnis.

»Ich habe mich schon gefragt, wann du endlich mit der ganzen Wahrheit rauskommst. Ihr Männer denkt immer noch, wir Frauen seien die Dummchen am Herd und würden nichts mitkriegen. Finde dich damit ab, dass ich klüger bin, als du offensichtlich denkst. Selbst der Dümmste wäre mit der Zeit darauf gekommen, dass du versucht hast, größere Geldausgaben zu vermeiden. Ich habe mit der Zeit etwas geahnt. Außerdem weiß ich, dass Exfrauen teuer sind. Warum hast du mir so wenig zugetraut?«

Rainer versuchte sich wortreich zu entschuldigen, doch Britta war nicht nachtragend.

»Dir kostet ein neuer Wagen zu viel, stimmt's? Schau dich einfach mal um, wir schaffen das. Ich helfe dir. Aber auf eins muss ich bestehen. Kauf dir einen Neuwagen, auf den du Garantie hast. Und nimm ein vernünftiges Auto, das dir größtmögliche Sicherheit und Zuverlässigkeit verspricht.«

Nach dem Gespräch schien es Rainer, als sei ihm ein ganzer Gebirgszug vom Herzen gefallen. Nicht nur das Problem mit seinem Auto war gelöst, auch die letzten Unsicherheiten im Bezug auf Britta waren wie weggeblasen.

Da Rainer, in Absprache mit seinem Chef, nicht mehr nach Hannover musste, hatte er Zeit, sich um den Neukauf eines Wagens zu kümmern. Es würde wieder ein Mercedes werden, das stand für ihn fest. Rainer fuhr in die Emil-Sommer-Straße zu Mercedes, ließ sich beraten und entschied sich für ein silbernes Modell der E-Klasse. Er würde Brittas Unterstützung annehmen, und den Rest finanzieren müssen. Auf die Frage Roland Ernsts, ob bei ihm der neue Reichtum ausgebrochen sei, erzählte Rainer beim nächsten Treff im Port Piet von seinem Pech.

»Ich denke, du hast dich gerade finanziell aus dem Sumpf gezogen, und dann kannst du dir solch einen teuren Wagen leisten?«, hakte Roland nach.

»Nein, leisten kann ich ihn mir nicht. Aber Britta bestand auf diesem Kauf. Sie wollte, dass ich ein möglichst sicheres Auto fahre. Da erschien ihr der Mercedes als beste Wahl.«

»Es gibt auch andere gute Autos, die lange nicht so teuer sind und vor allem nicht die horrenden Inspektions- und Reparaturkosten haben. Aber das soll nicht mein Problem sein. Du wirst schon wissen, was du machst. Hast ja eine anscheinend gute Beraterin an deiner Seite?«

»Das stimmt. Es ist schade, dass du noch keine Zeit hattest, sie kennenzulernen.«

»Das kommt sicher bald, Rainer, mach dir darum keinen Kopf. Du, ich habe noch was: Interessiert dich die Geschichte von den Banküberfällen noch?«

Rainer blockte ab. »Eigentlich nicht so sehr. Ich habe momentan anderes im Kopf, und das ist auch mehr die Angelegenheit von Jens«, erklärte er. »Banküberfälle sind nicht unbedingt hochaktuelle Themen.«

Die beiden saßen noch eine Weile beisammen, bis sie

sich verabschiedeten. Roland Ernst teilte Rainer mit, dass er am nächsten Tag ein Treffen mit Jens Goldstein verabredet hatte. Er wolle sich mit ihm in der Kogge in Worpswede treffen.

»Kogge? Wo ist das?«, fragte Rainer nach.

»Das ist die Gaststätte, die direkt an oder in der Music Hall, Findorffer Straße, liegt.«

Rainer informierte Roland Ernst im Gegenzug darüber, dass er plante, mit Britta für ein verlängertes Wochenende in den Harz zu fahren.

»Wir wollen mal sehen, wie sich der neue Wagen fährt, und das kann man nicht im Stadtverkehr«, war seine Erklärung.

9

Roland Ernst und Jens Goldstein saßen zusammen in der urig-gemütlichen Kneipe, der Kogge. Sie hatten sich in eine Nische direkt unterhalb des Raumes für Kleinkunstauftritte zurückgezogen. Eine Band spielte Livemusik.

»Was macht die Kunst?«, begann Jens.

»Es gibt eine ganz neue Entwicklung im Fall der Banküberfälle. Übrigens hatte ich mit deinem Kollegen Rainer West darüber gesprochen. Aber komischerweise interessierte es ihn überhaupt nicht.«

»Na, das ist jetzt ja auch mehr mein Gebiet«, scherzte Jens Goldstein.

»Das stimmt zwar, aber seine Begründung machte mich stutzig. Er hätte momentan andere Sorgen. Kannst du dir erklären, was er damit meint? Es läuft doch zurzeit recht gut bei ihm.«

»Ich habe auch den Eindruck, Rainer macht in letzter Zeit auf wichtig«, stimmte Jens zu.

»Er sagte außerdem, Banküberfälle seien so interessant nun auch wieder nicht.«

»Grundsätzlich hat er recht«, erklärte Jens. »Die Zeitung verwendet solche Meldungen meist nur für eine kleine Spalte oder als Lückenfüller. Meist sind es finanziell in die Enge getriebene Menschen, die solch eine Tat als letzten Ausweg sehen.«

»Mag ja sein«, widersprach Roland Ernst. »Aber dieser Fall liegt etwas anders. Es geht hier um tote Menschen, wir haben es sehr wahrscheinlich mit einem Serientäter zu tun. Wenn solche Verbrechen in meiner Heimatstadt geschehen, ist es doch mehr als sensationell, zu wichtig, um es abzublocken oder zu ignorieren. Dann war das Thema jahrelang sein Arbeitsgebiet. So etwas schiebt man nicht einfach beiseite. Irgendwie bleibt das Herz doch an dem alten Wirkungskreis hängen.«

Jens nickte nachdenklich.« Stimmt, da bin ich ganz deiner Meinung. Und jetzt erzähl, habt ihr Spuren?«

»Etwas Neues gibt es«, erklärte Roland Ernst. »Wir sind nicht mehr federführend in den Fällen.«

»Was?« Jens blickte ungläubig auf.

»Man hat uns so eine Tussi, Uta Hansen, vom LKA Niedersachsen aufs Auge gedrückt und vor die Nase gesetzt. Die hat die Leitung der Untersuchungen übernommen.«

»Warum das denn? Wart ihr überfordert?«

»Quatsch«, winkte Roland ab. »Die Begründung ist ganz einfach«, erklärte er. »Erstens passierten die Verbrechen länderübergreifend in Bremen und Niedersachsen, wobei der erste Fall mit Worpswede in Niedersachsen stattfand. Zweitens, und das ist deren Hauptargument, gehen die Oberen von organisiertem Verbrechen aus.«

»Und wie kommen sie zu der Annahme?«, fragte Jens Goldstein nach.

»Weil die Spurenlage mehr als dürftig ist. Es muss sich um Profis handeln, die alles berücksichtigen. Die gehen nicht einfach rein in die Schalterhalle, ballern zweimal in die Decke und schreien ›Geld raus‹. Der oder die Täter sind bis zur Unkenntlichkeit vermummt. Selbst die Körpergröße ist nur vage zu erahnen. Sie könnten Einlagen in den Schuhen tragen, höhere Absätze. Die Kleidung lässt keine Rückschlüsse zu, und erst recht nicht der Motorradhelm. Die wenigen Videoaufzeichnungen, die es gibt, verraten praktisch nichts. Hinzu kommt, dass die Täter später kaum gesichtet werden. Das alles riecht nach organisiertem Verbrechen oder Terrorbanden, die sich Geld beschaffen wollen. Denk nur mal an die Mafia, die inzwischen europaweit agiert, oder an rumänische Verbrecherbanden. Solche Leute aufzugreifen, ist fast unmöglich. Die kommen einzeln als Touristen nach Deutschland, verüben die Tat und reisen umgehend wieder aus. Selbst Indizien wie ein leichtsinniger Fingerabdruck sind so schwer zuzuordnen. Man kann solche Leute praktisch nur auf frischer Tat ertappen, sonst gibt es kaum eine Chance für die normale Polizei. Deshalb greift das LKA mit seinen Möglichkeiten und Verbindungen bis hin zum Geheimdienst ein.«

»Ein interessanter Aspekt. Tut mir leid für euch Bremer«, zeigte Jens Goldstein sich teilnahmsvoll. Er konnte sich vorstellen, wie die Ermittlergruppe sich gefühlt hatte, als sie hörte, dass ihnen jemand vor die Nase gesetzt wurde. Ihnen wurde nicht zugetraut, die Taten allein aufzuklären.

»Aber mal ehrlich, Roland, was ist denn deine private Meinung?«, hakte er schließlich nach.

»Ich weiß nicht, was ich denken soll«, erklärte der Kommissar. »Es spricht vieles für diese Theorie, trotzdem habe ich so ein Bauchgefühl, als wenn hier keine auswärtigen Banden im Spiel sind. Die Taten passierten alle in Bremen und umzu.

Nur Wildeshausen liegt mit 50 Kilometern etwas weiter weg, aber immer noch relativ dicht bei. Wenn es um organisiertes Verbrechen ginge, warum nur hier? Außerdem war die Beute bisher fast unbedeutend gering. Irgendwie glaube ich, dass es anders ist, als wir denken.« Er machte eine kurze Pause. »Was meinst du?«, fragte er schließlich Jens Goldstein.

»Da ihr eine Nachrichtensperre verhängt habt und ich nur die Details kenne, die ihr rausgebt, habe ich mir bisher keine Meinung bilden können. Ich kenne nur die Fakten, die keinen tieferen Einblick erlauben.«

»Es gibt da was«, begann Roland Ernst, »aber ich muss davon ausgehen können, dass du keinerlei Gebrauch davon machst. Kein Wort zu niemandem, nichts Schriftliches, keine Einbeziehung Dritter. Kann ich mich darauf verlassen?«

Jens Goldstein schaute Roland Ernst erstaunt an. Ein Freundschaftsbeweis ersten Grades mit immens hohem Vertrauenspotenzial. Das hatte er in dieser Form nicht erwartet.

»Ich werde doch meine Quellen nicht zuschütten«, versuchte er zu scherzen.

»Ich werte das als ein Ja und vertraue dir«, erwiderte Roland. Er zog Fotos aus seiner Tasche. »Diese Fotos stammen vom letzten Tatort in Wildeshausen. Der oder einer der Täter hat nun doch einen Fehler gemacht. Die Spurensicherung fand das hier.«

Mit diesen Worten schob Roland Ernst ein Bild über den Tisch. Es zeigte einen silbernen Kugelschreiber, scheinbar zufällig an einem Tischbein liegend.

»Ein Kugelschreiber?«, fragte Jens, »was ist damit?«

»Der ist absolut nicht zuzuordnen«, erklärte Roland Ernst. »Wir haben schon recherchiert, dieses Modell wird weder in Deutschland hergestellt noch vertrieben.«

»Das spricht für die Theorie des organisierten Verbrechens«, stellte Goldstein fest.

Rainer West fuhr mit Britta für ein längeres Wochenende in den Harz. Beide waren übereingekommen, Ulf zu dieser Fahrt einzuladen. Einerseits wollte Rainer die Fahrt nutzen, um seinen neuen Wagen kennenzulernen und einzufahren, andererseits ergab sich für Britta vielleicht die Chance, auf ihren Bruder Ulf einzuwirken. Der hatte sich in letzter Zeit rargemacht, was in Brittas Augen kein gutes Zeichen war. Außerdem wollte Britta die Ruhe der Gegend nutzen, um Ulf ins Gebet zu nehmen und erfahren, wie er aus der letzten Schuldenkrise herausgekommen war.

Für Ulf gab der neue Wagen einen Anlass zu sticheln: »Mensch, Rainer, da hast du dir aber eine richtige Arbeitgeberkutsche an Land gezogen. Die ist doch mordsmäßig teuer. Als Journalist muss man ja gut verdienen, oder bist du die Treppe raufgefallen?«

»Da liegst du mit beidem falsch. Der Wagen wird finanziert, und deine Schwester hat mir ein Darlehen gegeben. Für uns beide bedeutet das sicher auch Einschränkungen an anderer Stelle.«

»Das merke ich gerade. Da wird an den neuen Wagen gleich ein Urlaub drangehängt und der Bruder, das schwarze Schaf, wird dazu eingeladen. Bringt mir doch mal bei, wie man sich in dieser Weise einschränkt.«

»Ich glaube, Ulf, du solltest dich lieber etwas zurückhalten«, ein böser Blick Brittas begleiteten diese Worte.

»Schwesterchen, das hast du in den falschen Hals gekriegt. Ich will euch die Fahrt nicht kaputtmachen. War nur ein Scherz.«

In Braunlage hatte Britta in einem guten Hotel ein Doppel- und ein Einzelzimmer gebucht. Abends trafen sich die drei im Hotelrestaurant und aßen gemütlich zusammen.

»Und, was habt ihr so geplant?«, begann Ulf das Gespräch.

»Eigentlich ist nichts geplant. Wir wollen ein ruhiges Wochenende verbringen, uns etwas erholen, und wir freuen uns, dass du dabei bist«, erwiderte Britta.

»Verstehe. Hast du vor, mir den Kopf zu waschen? Habe ich etwas angestellt?«

»Nein, ich will nur meinen Bruder an meiner Seite haben und etwas Familienleben genießen. Du musst dich in keiner Weise einschränken und kannst dich natürlich frei bewegen«, lächelte Britta.

»Danke, Schwester, du bist zu gut zu mir.«

Während Ulf auf die Toilette verschwand, gab Rainer Britta den Rat, es ruhiger anzugehen, wenn sie mit Ulf etwas klären wollte.

»Wir sind doch vorhin erst angekommen, gib ihm etwas Zeit, sich einzugewöhnen, bevor du ihn durch den Wolf drehst.«

»Das habe ich gar nicht vor«, erklärte Britta erneut. »Ich möchte ihm nur zeigen, wie schön es sein kann, eine Familie zu haben. Außerdem wird er für ein paar Tage aus seinem Umfeld rausgezogen. Wo er nur bleibt?«

Kurz darauf war Ulf zurück.

Nach dem Essen wollte Rainer seine E-Mails checken und gegebenenfalls darauf reagieren. Anschließend plante er, mit Britta noch etwas an der Bar zu sitzen. Für den nächsten Tag war ein Spaziergang angedacht.

»Bist du nachher dabei, wenn wir wieder runtergehen?«, fragte Britta ihren Bruder.

»Nein, lass man. Ich weiß ja nicht, wie lange ihr braucht, und etwas Zeit für euch sollt ihr auch haben. Der Bruder muss nicht überall dabei sein. Ich bin doch schon groß und kann mich allein beschäftigen. Ich werde mich etwas im Ort umsehen.«

Rainers Arbeit am Laptop zog sich doch länger hin als gedacht. Britta hatte zuerst auf dem Bett gelegen und gelesen. Doch als Rainer zu ihr rüberschaute, lag ihr Buch neben ihrem Arm und sie war eingeschlafen. Das traf sich für Rainer deshalb gut, weil er noch mal an den Wagen musste, um einen USB-Stick zu holen, den er vergessen hatte. Er schlich sich leise aus dem Zimmer, schritt durch die Hotellobby Richtung Parkplatz. Sein Wagen war nirgends zu sehen. Rainer schaute verdutzt. Hatte er den Wagen doch woanders geparkt? Er sah sich um. Doch das Auto blieb verschwunden. Rainer ging zum Empfang.

»Entschuldigen Sie, aber ich kann meinen Wagen nicht finden. Wurde er aus irgendeinem Grund umgeparkt?«

»Nein, Herr West, mir ist nichts dergleichen bekannt.«

»Aber mein Wagen ist nicht mehr dort, wo ich ihn abgestellt hatte.« Rainer wurde nervös. Er stürzte hoch zu Britta, weckte sie und erklärte, was passiert war.

»Hat Ulf sich vielleicht von dir den Zweitschlüssel geben lassen?«, fragte er.

»Nein, du warst doch die ganze Zeit bei mir. Wann sollte das geschehen sein?«

»Es war nur so eine Idee, der Versuch einer Erklärung. Dann ist der Wagen geklaut worden. Wir müssen die Polizei verständigen.«

»Rainer, bitte warte noch einen Moment, ich klopfe erst noch bei Ulf.«

Doch in Ulfs Zimmer meldete sich niemand. Unverrichteter Dinge kehrte Britta zu Rainer zurück.

»Trotzdem, lass uns bis morgen warten«, bat sie. »Wir

könnten doch auch dann erst festgestellt haben, dass der Wagen weg ist. Gib Ulf die Chance, wenn er etwas damit zu tun haben sollte.«

Widerwillig gewährte Rainer Britta den Wunsch. Es wurde für beide eine unruhige Nacht. Immer wieder versuchten sie, Ulf zu erreichen. Aber auf seinem Zimmer reagierte niemand.

»Schatz, hast du seine Handynummer?«, fragte Rainer, um alle Möglichkeiten auszuschöpfen.

»Ulf hat kein Handy«, erklärte Britta. »Zwar hatte unser Vater und auch ich ihm mal ein Handy zur Verfügung gestellt, aber Ulf hat immer alles verkauft, wahrscheinlich um seine Spielsucht zu finanzieren.«

Beiden blieb nichts anderes übrig, als darauf zu hoffen, dass Ulf zurückkam. Am Morgen, nachdem Ulf sich immer noch nicht gemeldet hatte, geriet Britta in Panik.

»Vielleicht hat er doch den Wagen genommen und hatte einen Unfall.« Sie ließ sich von der Rezeption alle Telefonnummern der umliegenden Krankenhäuser geben, aber Ulf blieb unauffindbar.

»Wir müssen jetzt die Polizei holen, sonst riskieren wir unseren Versicherungsschutz«, bestimmte Rainer. »Außerdem finden die eher etwas heraus. Es muss ja nichts Schlimmes passiert sein, aber bei der Suche nach dem Auto finden sie vielleicht auch Ulf, wenn er tatsächlich einen Unfall gehabt haben sollte. Außerdem steht ja nicht mal fest, dass er etwas damit zu tun hat. Vielleicht hat er gestern auf seiner Tour durch die Stadt eine Frau kennengelernt und ist jetzt bei ihr, während unbekannte Autodiebe Richtung Ukraine unterwegs sind. Wir können nicht länger warten.«

»Also gut«, ließ Britta sich umstimmen.

Die Polizei nahm die Fakten auf. Eine Fahndung nach dem Mercedes und eine Suchmeldung nach Ulf gingen raus, doch beides blieb vorerst ergebnislos. Erst jetzt erinnerte Britta sich an den Zweitschlüssel. Trotz Rainers Frage danach war ihr nicht in den Sinn gekommen zu überprüfen, ob der Schlüssel noch da war. Erschrocken musste sie feststellen, dass der Zweitschlüssel zum nagelneuen Mercedes fehlte.

»Ulf, Ulf, was hast du dir nun wieder geleistet?«, murmelte Britta unter Tränen der Wut und Enttäuschung. Sie klärte Rainer auf.

»Na also, zumindest gibt es eine erste Spur«, reagierte der. »Er wird eine Spritztour machen, vielleicht mit einer Frau. Hoffentlich fährt er keine Schrammen rein. Was machen wir nun? Rufen wir die Polizei an und sagen Bescheid?« Bevor sie einen Entschluss gefasst hatten, meldete sich die Rezeption und teilte mit, dass zwei Polizisten in der Lobby warteten. Sie seien wegen des Wagens gekommen.

»Sie sollen raufkommen«, bestimmte Rainer.

Nach ein paar Minuten klopfte es an der Zimmertür, und die Beamten traten ein.

»Sie können davon ausgehen, dass Ihr Mercedes gestohlen wurde«, erklärte der Wortführer. »Der Wagen wurde in Bad Harzburg vor dem Spielcasino gesehen. Dort muss er übergeben worden sein, denn ein anderer Mann fuhr mit dem Wagen weg. Der Fahrer, der mit ihm ankam, war eine Weile im Casino, hat gespielt und verloren. Dann ist er verschwunden. Die Fahndung nach beiden Tätern läuft. Das ist der momentane Stand der Dinge.«

Als die beiden gegangen waren, schauten sich Rainer und Britta lange an, ohne ein Wort zu sagen.

»Rainer, es tut mir leid, was Ulf dir angetan hat«, brach Britta schließlich als Erste das Schweigen. Erneut brach sie in Tränen aus. Rainer ging zu ihr, nahm sie zärtlich in den Arm, streichelte ihr übers Haar und beruhigte sie, während Britta hemmungslos schluchzte.

»Du kannst doch nichts dafür«, begann Rainer, aber es klang hilflos, auch seine Stimme war belegt. »Komm, pack deine Sachen, wir fahren nach Hause. Das Wochenende ist doch eh gelaufen. Wir können genauso gut in Bremen auf das Kommende warten.«

Gesagt, getan. Niedergeschlagen packten sie ihre Sachen, checkten aus und fuhren mit dem Zug zurück nach Bremen.

Der Bremer Bahnhofsvorplatz war mit Menschen überfüllt. Neben einer immens hohen Polizeipräsenz war alles voll mit grölenden Menschen. Werder-Bremen-Fans hielten ihre grün-weißen Werder-Schals mit beiden Händen in die Höhe und sangen mit Alkohol verzerrter Stimme ihr Olé-olé-olé. Werder hatte sein Pokal-Halbfinalspiel gegen den Hamburger Sportverein gewonnen und war wieder einmal in das Pokalendspiel in Berlin eingezogen. Dementsprechend klang von allen Seiten das: ›Berlin, Berlin, wir fahren nach Berlin.‹ In diesen Freudentaumel allerseits passte nicht das Bild des Paares, das in sich zusammengesunken den Bahnhofsvorplatz überquerte und der Haltestelle der Straßenbahnlinie 4 zustrebte, die Richtung Schwachhausen fuhr.

10

Das Leben hielt noch mehr Überraschungen für Rainer West bereit. Als er am Montag in die Redaktion des ›Weser Boten‹ kam, wurde er sofort zum Chefredakteur zitiert.

»Hast du Probleme?«, fragte ihn Kurt Koschnick.

»Mein Wagen wurde geklaut«, bestätigte Rainer verwundert. »Warum?«

»Nach dir wurde gefragt, Kriminalpolizei. Wenn du in ernsthaften Schwierigkeiten steckst, kannst du mir das sagen. Ich werde dir helfen. Wie du weißt, habe ich Kontakte zum Innensenator.«

»Außer dem Mist mit dem Auto gibt es nichts. Das wird wohl der Grund für den Polizeibesuch gewesen sein. Ich habe jedenfalls keine Tankstelle überfallen«, scherzte Rainer, obwohl ihm wenig zum Lachen zumute war.

»Das hoffe ich für dich. Ruf die Leute an – hier ist ihre Karte – und klär das.«

Rainer nahm die Visitenkarte entgegen, ging in sein Büro und wählte die angegebene Telefonnummer.

»Hier Rainer West, Sie hatten nach mir gefragt. Es geht wahrscheinlich um meinen gestohlenen Wagen«, meldete er sich.

Die Frauenstimme am anderen Ende der Leitung klang freundlich: »Hallo, Herr West, mein Name ist Hansen. Ja, wir hätten Sie gern gesprochen, das ist richtig.«

»Kein Problem. Könnten Sie noch mal in der Redaktion vorbeischauen?«

»Ich denke, es wäre besser, wenn Sie zu uns aufs Revier kommen. Sie wissen ja, wo Sie uns finden.«

»Sicher«, zeigte sich Rainer kooperativ. »Wenn es Ihnen recht ist, komme ich sofort rüber.«

»Das wäre schön«, antwortete Frau Hansen.

Als sie sich verabschiedet hatten, machte Rainer West sich zu Fuß auf den Weg zur Wache. Von der Martinistraße war der Weg nur kurz. Rainer durchschritt die Langenstraße, überquerte den Marktplatz, wobei er ein reges Touristentreiben beobachten konnte. Eine Gruppe umstand eine in dunkles Blau gekleidete Touristenführerin, die gerade von der Geschichte des Rolands berichtete, der das alte Rathaus bewachte, eine andere Fremdenführerin erklärte den interessierten Zuhörern den Baustil des Gebäudes der Bremer Bürgerschaft. Wieder eine andere schlenderte beim Erzählen des Märchens der Bremer Stadtmusikanten zur Ecke des Rathauses, an dessen Seite die Bronzestatue mit den vier Tierfiguren aufgestellt war. Jeder Tourist durfte einmal den Huf des Esels streicheln, was Glück bringen soll. All diese Beobachtungen verkürzten Rainer West den Weg über die Domsheide, am Hauptpostamt vorbei, zum Polizeigebäude gegenüber dem Amtsgericht.

Durch die Einfahrt für Polizeifahrzeuge erreichte er über den kleinen Innenhof die Flure. Das alte, dunkle Gemäuer wirkte von außen schon bedrohlich und einschüchternd. Innen wurde es noch beklemmender. Durch die ebenfalls alten, winzigen Fenster drang nur wenig Licht, das sich fast schon an den hohen, gegenüberliegenden Gebäuden, die den kleinen Innenhof umgaben, vorbeistehlen musste. Dementsprechend lagen die Flure mit den davon abgehenden schweren, dunklen Holztüren in einer Art Dämmerlicht. Aber diese beängstigende

Umgebung beeindruckte Rainer nicht, kannte er sich doch bereits aus. Viele Male hatte er hier zu tun gehabt, Roland Ernst besucht, versucht, in den Zellen Untersuchungshäftlinge zu interviewen. Rainer klopfte an und betrat den Raum, den ihm Uta Hansen genannt hatte.

»Rainer West«, stellte er sich vor. »Ich möchte zu Frau Hansen.«

»Nehmen Sie bitte vor der Tür Platz, Frau Hansen wird Sie abholen«, wies ihn eine Schreibkraft an, die er nicht kannte. Rainer West setzte sich auf einen der Stühle, die vor dem Zimmer standen. Für Rainer eine ganz andere, neue Sicht des Flures, den er gut kannte. Bisher war er immer durchmarschiert, direkt in das Büro von Roland Ernst. Nun saß er hier als Wartender und kam sich mit einem Mal ganz klein vor. In dem düsteren Ambiente des Gebäudes fühlte man sich beinahe automatisch schuldig.

Ein emsiges Gewusel umgab ihn. Manchmal gingen Türen auf, ein Polizeibeamter führte eine Person aus dem Zimmer, oder Männer und Frauen kamen aus einem der Räume und verschwanden in einem anderen. Rainer West saß lange und wartete – oder kam es ihm nur so vor? Seine Gedanken wanderten zurück in den Harz. Er versuchte sich alles in sein Gedächtnis zurückzurufen, um eine möglichst exakte Aussage machen zu können. Hatte man Ulf und den Wagen gefunden? Die Tür neben ihm ging auf. Eine dunkelhaarige Frau trat heraus.

»Herr West, kommen Sie doch bitte mit. Ich bin Uta Hansen.«

Rainer West folgte der Beamtin durch die Schreibstube in ihr Büro. Nachdem er sich gesetzt hatte, begann er sofort: »Haben Sie meinen Schwager gefunden?«

»Bitte?«, fragte die Polizistin.

»Es geht doch um den Diebstahl meines Wagens, nehme ich an. Ist er gefunden worden?«

»Nein, Herr West, Sie sind nicht hier wegen Ihres Wagens. Was verbindet Sie mit Worpswede?«

»Was, ich verstehe nicht?« Rainer war verwirrt.

»Was ist so schwer an der Frage, welche Verbindung Sie zu Worpswede haben?«

»Nichts. Aber ich begreife nicht, was das soll.«

»Wenn es nicht schwer ist, beantworten Sie doch einfach meine Frage.«

Frau Hansen sah ihn durchdringend an.

»Mich verbindet nichts mit Worpswede. Es ist ein wunderschöner Ort. Nicht nur wir Bremer fahren am Wochenende gern mal hin, gehen spazieren, schauen uns die Künstlerwerkstätten an, trinken gemütlich Kaffee und fahren wieder nach Hause. Was interessiert Sie daran? Brauchen Sie Informationen über Ausflugsziele im Bremer Umland?«, versuchte Rainer die Stimmung etwas aufzulockern.

»Nein, dazu habe ich keine Zeit. Und in welcher Verbindung stehen Sie zur Bremer Bank?«

»Was soll das nun wieder? Viele Bremer haben ihr Konto bei der Bremer Bank, die allerdings bald in Commerzbank umbenannt wird.«

»Und wie steht es mit Ihnen? Haben Sie auch ein Konto bei der Bremer Bank?« Die Polizistin wich keinen Millimeter von ihrem Kurs ab.

»Ja, sicher. Für mich gehört es zur Heimatverbundenheit, bei der Bank mit dem Stadtnamen ein Konto zu haben. Aber bevor ich weitere Fragen beantworte, möchte ich wissen, warum ich hier bin. Das alles wirkt auf mich wie ein Verhör.«

»So weit sind wir noch lange nicht. Was wir hier jetzt machen, ist nur eine einfache Befragung. Sie sollten sich doch etwas auskennen.«

»Und wozu genau werde ich befragt? Meines Wissens habe ich in den letzten 30 Jahren niemanden umgebracht.«

Die Beamtin war nicht zum Scherzen aufgelegt.

»Genau das wollen wir versuchen herauszufinden«, erklärte sie kühl, »sind Sie nicht in der Lage, auf einfache Fragen einfache Antworten zu geben?«

»Vorweg eine Frage von mir«, entgegnete Rainer nun ernster, »sollte ich besser einen Anwalt hinzuziehen?«

»Das bleibt Ihnen überlassen. Wenn Sie es für nötig erachten, nur zu. Dies ist eine Befragung, die in Zusammenhang mit den Banküberfällen in Bremen und Umland stehen.«

»Was?« Rainer wähnte sich im falschen Film.

»Ich denke, Sie haben verstanden. Also, was verbindet Sie mit der Bremer Bank?«

»Ich habe dort, wie gesagt, ein Konto und meine Lebensgefährtin arbeitet da.«

»Ist sie zufrieden mit ihrer Arbeit?«

»Das müssen Sie sie fragen.«

»Sagt Ihnen der Name Günther Voss etwas?«

»Was?«

»Günther Voss?«

»Nein«, antwortete Rainer. »Ich kenne keinen Herrn Voss! Schuldet der Ihnen noch Geld?«, versuchte Rainer selbst in die Offensive zu gehen.

»Für Scherze ist hier kein Platz, Herr West. Herr Voss wurde getötet!«, konterte die Hauptkommissarin. »Er war Filialleiter einer Bank in Bremen-Findorff.«

»Ich glaube nicht, dass ich in Findorff je eine Bank betreten hätte«, erklärte Rainer.

»Er wurde auch nicht in seiner Bank getötet, sondern zu Hause.«

»Und wo soll das nun wieder sein, denn Sie fragen sicher gleich, ob ich schon einmal dort war«, konnte Rainer in die Zukunft sehen. Dann fiel ihm der Fall ein, bei dem er den Anschiss vom Chefredakteur erhalten hatte, weil er nicht erreichbar gewesen war.

»Wollen Sie mir etwas anhängen?«, fragte er direkt. »Mit dem Fall habe ich nicht auch nur annähernd etwas zu tun, nicht mal beruflich.«

Das Spiel ging noch eine Weile so hin und her. Rainer West war dazu übergegangen, jede Frage auf eine mögliche Falle hin zu überdenken. Die Zeit verstrich.

»Ist Ihnen in letzter Zeit etwas Ungewöhnliches aufgefallen?«, kam die nächste knallharte Frage von Uta Hansen.

Rainer dachte nach. »Ich gehe davon aus, dass Sie die Geschichte um meinen verschwundenen Wagen kennen«, gab er zurück.

»Ja, und sonst?«

Rainer überlegte wieder. »Ich kann mich eigentlich an nichts Erwähnenswertes erinnern«, war sein Ergebnis.

»Was heißt ›nichts Erwähnenswertes‹?«

»Damit meine ich die normalen Probleme und Fragen des Alltags, eben nicht erwähnenswert.«

»Haben Sie etwas verloren, oder vermissen Sie etwas?«

»Was soll das? Nein, ich vermisse nichts! Außer meinem Auto, wie gesagt.«

»Würden Sie mir dann bitte den silbernen Kugelschreiber zeigen, den Sie von Ihrer Lebensgefährtin geschenkt bekommen haben?«

»Wie bitte?« Rainer West griff irritiert in die Innentasche seines Sakkos, holte einen Füller und einen Drehbleistift hervor, aber keinen silbernen Kugelschreiber. Er zögerte.

»Nun?«, fragte Frau Hansen nach.

»Ich habe ihn wohl in einem anderen Sakko.«

»Gut, lassen wir es für heute dabei. Es wäre sehr freundlich von Ihnen, wenn Sie uns in den nächsten Tagen Ihren Kugelschreiber vorbeibringen würden.«

Rainer war verunsichert, verwundert und verwirrt zugleich.

»Sicher«, war alles, was er sagen konnte. »Kann ich gehen?«

»Ja«, kam militärisch knapp Uta Hansens Antwort.

Mit schwirrendem Kopf verließ Rainer West das Büro. Er wandte sich sofort dem Zimmer seines Freundes Roland Ernst zu. Rainer hoffte auf Erklärungen, aber Roland saß nicht an seinem Platz.

»Sagen Sie ihm bitte, dass ich ihn dringend sprechen muss«, bat Rainer den Beamten, mit dem sich Roland das Büro teilte, und machte auf dem Absatz kehrt. Der lange Flur zum Ausgang sah plötzlich anders aus als bei den vielen Besuchen, die er früher hier gemacht hatte.

In Gedanken versunken schlurfte Rainer zur Redaktion zurück. Er hatte keinen Blick für die Touristen, die in Gruppen beieinanderstanden, die das alte malerische Rathaus fotografierten und die sich von Bremens guter Stube, dem Marktplatz, beeindrucken ließen. Durch einen Seiteneingang in der Langenstraße betrat er die Redaktionsräume.

»Na, Rainer, wer ist dir denn gegen die Karre gefahren?«, kam ein Spruch von Jens Goldstein, aber Rainer reagierte nicht. Er ging direkt ins Büro des Chefredakteurs, der erstaunt aufblickte.

»Rainer, was ist denn mit dir los? So wie du aussiehst, war das kein angenehmes Gespräch mit Frau – wie hieß sie doch gleich?«

»Hansen. Nein, es war wahrlich kein angenehmes Gespräch. Ich werde wahrscheinlich doch Ihre Hilfe brauchen. Ich bin, mir vollkommen unverständlich, zu den Banküberfällen vernommen worden. Dabei weiß ich so gut wie nichts darüber.«

Rainers Verwirrtheit verwandelte sich allmählich in Verzweiflung.

»Beruhige dich erst einmal. Vielleicht wollte die bei dir nur mal auf den Busch klopfen, um zu hören, ob du durch deine alte Tätigkeit Informationen hast, die die nicht haben. Momentan ist alles reine Spekulation, also mach dir keine Gedanken. Und wenn dir etwas gegen den Strich geht, werden wir uns zu wehren wissen. Ich brauche dir nicht noch einmal zu sagen, dass ich Kontakte zu ihren Chefs habe. Erledige, was du erledigen musst, und dann geh für heute nach Hause.«

Geknickt trottete Rainer an seinen Arbeitsplatz, allerdings konnte er nicht die notwendige Konzentration aufbringen, um seiner Arbeit nachzukommen. Das Telefon klingelte, Roland Ernst war dran.

»Rainer, du wolltest etwas von mir?«

Beunruhigt erzählte der Journalist von seinem merkwürdigen Gespräch mit Frau Hansen und fragte, was los sei. Roland räusperte sich verlegen.

»Du giltst als vage Spur. Wir müssen allem nachgehen, du kennst das ja.«

»Und warum hast du mir keinen Tipp gegeben?« Rainer konnte es nicht fassen.

»Das durfte ich nicht. Auch das weißt du. Und wenn ich dir trotzdem etwas gesagt hätte, hättest du im Gespräch vielleicht falsch reagiert und die Sache noch verschlimmert. Können wir uns irgendwo treffen?«

»Das sollten wir unbedingt«, gab Rainer zurück. »Wie wäre es mit der Waterfront?«

Roland wehrte ab. »Halte ich für keine gute Idee. Mir sind da zu viele Leute, und es ist bestimmt jemand dabei, der uns kennt.«

»So schlimm?«

»Weiß ich noch nicht. Wie ist es mit dem Café ›emma am see‹ im Bürgerpark, in einer Stunde?«, fragte Roland Ernst.

»Du hast wahrscheinlich recht. Also gut, in einer Stunde.«

Rainer erledigte seine dringendsten Arbeiten und fuhr auf den Parkplatz in der Findorffallee des Bürgerparks.

»Seid ihr bei der Polizei jetzt durchgedreht oder wisst ihr nicht, was ihr mit eurer Zeit machen sollt, weil ihr seit Neuestem unbescholtene, unschuldige Bürger belästigt?«, fiel Rainers Begrüßung wenig herzlich aus.

»Ich verstehe deine Aufregung, aber Frau Hansen ist vom LKA, die wird schon wissen, was sie tut. Es gab einen Hinweis, der zu dir führte, und wir müssen eben alle Spuren auf Tauglichkeit abklopfen.«

»Sie sprach von meinem silbernen Kugelschreiber. Was ist damit?«

»Ein silberner Kugelschreiber ist an einem Tatort gefunden worden. Keine deutsche Marke. Stammt aus Griechenland. Ich weiß, dass du einen solchen Schreiber hast. Aber diesen Hinweis habe ich nicht gegeben. Er stammt von Jens Goldstein. Er hatte dich mit dem Stift arbeiten sehen und machte eben an unpassender Stelle eine Bemerkung darüber. Du darfst ihm allerdings nicht böse sein. Als Bürger ist er dazu verpflichtet, Hinweise zu geben und der Polizei zu helfen. Im Grunde wollte er dich nicht belasten, vielmehr seine Pflicht tun. Es ist doch ganz einfach, Rainer. Du zeigst Frau Hansen deinen Kugelschreiber und bist aus der Nummer raus.«

»Und schon tut sich ein Problem auf. Ich weiß nämlich nicht, wo er ist. Ich dachte, ich hätte ihn immer dabei. Ich schreibe so viel, mache mir überall Notizen und trage diverse Stifte mit mir herum. Ich mache mir auch keine Gedanken, welchen ich am besten nehme oder dass das ein Geschenk von Britta ist, sondern ich nehme einen und schreibe. Dann tue ich ihn wieder da hin, wo er herkommt. Ich benutze auch Schreiber von anderen Leuten, wenn es sein muss. Irgendwann muss der silberne eben irgendwo verschwunden sein.«

»Dann hast du gleich mehrere Probleme. Frau Hansen wird sich wundern, und deine Britta wird auch verschnupft sein.«

»Das ist wohl die geringste Sorge, die ich jetzt habe.«

»Trotzdem, Rainer, noch ist gar nichts passiert. Es gibt ein Indiz, mehr nicht. Die Hansen muss allem nachgehen. Bald hast du wieder Ruhe.«

»Roland, kann ich davon ausgehen, dass du zu mir stehst und mir glaubst, dass ich mit der Sache nichts zu tun habe?«

»Natürlich glaube ich dir, selbstredend«, versicherte der Kommissar.

»Kann ich mich dann darauf verlassen, dass du mir frühzeitig einen Tipp gibst?«

»So es denn in meiner Macht liegt, natürlich. Lass es erst mal ruhig angehen. Vielleicht solltest du dich mal hinsetzen, dich mit den Fakten der Fälle vertraut machen und überlegen, wann du wo warst. Dann hast du Argumente und wirst nicht so schnell überrascht.«

Die beiden saßen noch eine Weile beisammen, bevor sie sich trennten. Rainer war froh, über so einen Freund wie Roland Ernst zu verfügen. Seine Art hatte eine beruhigende Wirkung auf ihn gehabt. Etwas selbstsicherer fuhr er in die Martinistraße zur Zeitung.

Im Archiv besorgte er sich alle Artikel zu den Banküberfällen. So ausgerüstet meldete er sich ab und fuhr nach Hause. Britta war noch nicht von der Arbeit zurück. Also setzte sich Rainer hin und konzentrierte sich aufs Lesen der Artikel. Seine Gedanken wanderten aber auch zu Jens Goldstein. Warum haute sein Kollege ihn so in die Pfanne? Was hatte er gegen ihn?

Als Britta nach Hause kam, fand sie einen grübelnden Rainer vor, der gar nicht bemerkte, dass sie die Wohnung betreten hatte. Dementsprechend fiel auch die Begrüßung aus. Sie überlegte, ob sie ihn lieber nicht stören sollte, weil er vielleicht konzentriert arbeitete. Dann entschied sie sich doch anders.

»Rainer, ich bin zu Hause, willst du mich gar nicht begrüßen?«

Rainer schreckte aus seinen Gedanken hoch.

»Oh, Britta, tut mir leid, ich war gerade völlig woanders.«

Britta war sofort klar, dass etwas nicht stimmen konnte. So gedankenverloren hatte sie Rainer noch nie gesehen.

»Was ist los, mein Schatz? Dich bedrückt doch etwas.«

Rainer zögerte einen Moment, unsicher, ob er Britta mit seinen Sorgen belasten, ja sogar Angst einjagen sollte. Dann setzte sich die Erkenntnis durch, dass eine Partnerschaft nur funktionieren konnte, wenn man offen zueinander war.

»Ich musste heute zur Polizei«, begann er. »Es ging aber nicht um den Wagen, wie ich erwartet hatte. Vielmehr bin ich eine Spur bei den Banküberfällen.«

»Was?« Britta sah Rainer verständnislos und ungläubig zugleich an. »Was soll das denn?«, wiederholte sie fassungslos und setzte sich.

Rainer erzählte genau, wie er durch Frau Hansen in die Mangel genommen worden war.

»Und das Schlimme ist«, schloss er, »ich finde den verdammten Kugelschreiber nicht.«

»Ich hatte schon seit einer Weile bemerkt, dass du ihn nicht mehr benutzt. Aber ich dachte mir nichts dabei. Du hättest den Kuli in der Redaktion gelassen haben können, ihn schonen wollen oder was auch immer. Zwar war ich nicht erfreut, wollte dir aber keinen Stress bereiten. Jedenfalls habe ich ihn auch schon einige Zeit nicht gesehen.«

»Was mache ich denn jetzt?«, fragte Rainer mehr rhetorisch.

»Der Stift kann nur ein Indiz sein. Der kann dir sonst wo abhandengekommen oder gestohlen worden sein. Das allein genügt nicht, um dich zu belasten. Du bist nicht der Einzige, der so einen Schreiber hat. Denk daran, dass ich Ulf auch einen gekauft habe«, führte Britta aus, um im gleichen Moment erschrocken innezuhalten. Wie ein Stromschlag durchfuhr es sie. Hatte Ulf etwas damit zu tun? War er ein Schwerverbrecher? Bisher dachte sie, er sei ein schwarzes Schaf, das keinen Blick für Recht und Unrecht hatte und sich deshalb hier und da einen Fehltritt leistete. Aber Gewalt hätte sie ihm nie zugetraut. Jetzt war Britta verunsichert. Ihr Lebensgefährte oder ihr Bruder standen im Verdacht, Gewaltverbrecher zu sein.

»Gibt es noch andere Hinweise? Was ist mit der Videoüberwachung in den Banken? Gibt es Fingerabdrücke, irgendwas?«, suchte Britta nach einem rettenden Strohhalm.

»Das ist es ja«, antwortete Rainer. »Ich habe mich nicht so intensiv mit dem Fall beschäftigt. Ich musste mich mehr auf meine neue Aufgabe konzentrieren. Ich weiß es nicht. Die Polizei hält mit Hinweisen hinterm Berg, aus ermittlungstaktischen Gründen, wie es heißt. Die Videoüberwachung, wenn es sie gibt, zeigt lediglich eine dunkle Gestalt mittlerer Größe. Polizeianalytiker haben errechnet, dass der Täter um die 1,80 Meter groß sein muss. Die Ledermontur lässt kaum Rückschlüsse auf die Figur zu. Sie kann zudem manipuliert sein, zum Beispiel ausgestopft oder durch eine Korsage zusammengeschnürt. Der Täter trug Handschuhe und einen schwarzen Motorradhelm. Seine Kopfform ist nicht mal zu erahnen. Dann ist da noch seine Vorgehensweise. Er scheint sich im Milieu auszukennen. Er hinterlässt keine Spuren. Und Videobilder gibt es dank seiner Professionalität zudem wenig. Die Bankangestellten hatten keine Gelegenheit, die vorhandene Technik zu nutzen, weil der Täter die Möglichkeiten anscheinend kennt.«

»Was ist mit deinen Alibis? Wir waren fast immer zusammen, wenn du nicht gerade gearbeitet hast. Du hattest doch kaum Gelegenheit, unbemerkt von mir fortzukommen. Und ich kann das bestätigen.«

»Ich liebe dich dafür, Britta. Danke. Ich bin gerade dabei, einen Zeitplan aufzustellen. Aber eine echte Hilfe wird mir deine Aussage nicht sein.«

»Warum nicht?«

»Weil wir ein Paar sind. Zwar wird deine Aussage zur Kenntnis genommen, aber du würdest als Lebensgefährtin keine Aussage gegen mich machen. Eher würdest du versuchen, mich zu entlasten, selbst mit einer Lüge.«

»Rainer, ich lüge nicht!«

»Das weiß ich doch, Schatz. Aber deine Aussage ist eben nicht objektiv und so glaubwürdig wie die eines neutralen Zeugen.«

Britta strich Rainer tröstend über den Arm.

»Dann lass uns zusammen deine Alibis durchgehen. Vielleicht fällt mir etwas Wichtiges dazu ein.«

11

Am nächsten Morgen rief Rainer West seinen Freund Roland Ernst in der Dienststelle an.

»Kannst du offen reden, oder hört jemand mit?«, fragte er den Kommissar.

»Nein, momentan ist keiner hier«, erklärte der.

»Können wir uns treffen?«

»Sicher! Was gibt es?«

»Ich muss einfach dringend mit dir reden und zwar ungestört.«

»Das könnte ein Problem werden. Wir sollten nicht zusammen gesehen werden. Du weißt, Kreis der Verdächtigen. Eigentlich darf ich nicht mit dir reden, es sei denn in einem Verhör.« Roland schien zu überlegen. »Pass auf«, schlug er dann vor, »lass uns in Worpswede in der Kogge unterhalten. Ich war da mal mit Jens Goldstein. Das ist außerhalb von Bremen, aber in 20 Minuten sind wir da. Und weil es nicht der Stadtkreis ist, wird niemand von unseren Leuten in der Nähe sein. Allerdings macht die Kogge erst um 18 Uhr auf, reicht dir das?«

»Wenn es sein muss.«

»Okay, dann 18 Uhr Kogge bei Jens und Evelyn, Findorffstraße, direkt an der Music Hall.«

Rainer bedankte sich und legte auf. Als Nächstes knöpfte er sich Jens Goldstein vor.

»Was steht zwischen uns beiden?«, kam er gleich zum Punkt. »Ich war es, der dir meinen Nachfolgerposten beschafft hat. Aber du haust mich in die Pfanne. Was hast du gegen mich?«

»Was soll ich gegen dich haben?«, gab sein Kollege sich ahnungslos.

»Das versuche ich gerade herauszufinden.«

»Nichts! Es gibt nichts. Wie kommst du darauf, dass etwas wäre?«

»Weil du versuchst, mir an die Karre zu fahren. Erst die Geschichte in Hannover und dann gibst du der Polizei Tipps, die auf mich als Verdächtigen bei den Bremer Banküberfällen hindeuten. Was soll das? Was habe ich dir getan?«

»Getan hast du mir nichts«, rückte Jens mit der Sprache heraus. »Mir geht deine Arschkriecherei mit dem Chef nur fürchterlich auf die Nerven.«

»Was für eine Arschkriecherei?« Rainer war ehrlich verwundert.

»Ständig lungerst du bei Koschnick rum. Du bekommst danach die besten Aufträge, du übernimmst ein wichtiges Ressort, obwohl andere besser dafür geeignet gewesen wären. Der Chef sieht dir alles nach und so weiter.«

»Jens, da hast du was falsch verstanden. Ich habe mir alles hart erarbeitet.«

»Das siehst du so. Gestatte mir eine andere Sichtweise.« Jens wandte sich wieder seinem Schreibtisch zu und schien an einer Fortsetzung des Gesprächs nicht sonderlich interessiert zu sein.

»Sicher«, ließ Rainer dennoch nicht locker, »aber nicht zuletzt sind wir Kollegen und müssen und wollen doch wohl auch an unserem gemeinsamen Produkt, der Tageszeitung, zusammenarbeiten. Weder du noch ich können allein eine Zeitung rausbringen. Wir sind ein Team, da kann es nur ein Miteinander geben und nicht ein Gegeneinander.«

»Ist doch auch okay. Du hast mich gefragt, und ich habe geantwortet.«

»Jens, noch was, ich habe Probleme mit der Polizei, wie du vielleicht gehört hast, und du sollst daran beteiligt sein.«

»Ich?«

»Ja, wie ich hörte, stammt ein Tipp von dir.«

»Was meinst du genau?«

»Der Hinweis auf den Kugelschreiber«, half Rainer seinem Kollegen auf die Sprünge.

»Das war kein Tipp. Ich hatte nur gesagt, dass ich so eine Art Kugelschreiber schon gesehen hatte, und zwar bei dir. Einerseits war das die Wahrheit, andererseits zeigt das nur, wie weit verbreitet so ein Indiz sein kann. Und drittens ist es meine Bürgerpflicht, der Polizei zu helfen.«

»Auch wenn du damit einen Kollegen ans Messer lieferst?«

»Auch dann! Es gilt, Schwerverbrechen aufzuklären. Und wenn du unschuldig bist, wird sich das schnell herausstellen. Du sitzt immerhin hier. So schlimm kann es folglich nicht gewesen sein.«

»Nein, nur dass mein Ruf beschädigt wird«, entgegnete Rainer ärgerlich. »Ein wenig mehr Fingerspitzengefühl hätte ich dir schon zugetraut. Gerade du weißt, was eine Vermutung, ein Gerücht bewirken kann. Du schadest dadurch nicht nur mir, sondern der ganzen Zeitung. Überleg also zukünftig erst, bevor du handelst.«

»Hast du was zu verbergen?«, fragte Jens lauernd.

»Sicher nicht. Du hättest nur vorher mit mir sprechen

können.« Rainer gelang es einfach nicht, zu Jens vorzudringen. Es war, als spreche er mit einer Wand, die alles an sich abprallen ließ.

Um 17.30 Uhr machte sich Rainer auf den Weg nach Worpswede, zum Treffen mit Roland Ernst. Von ihm erhoffte er sich Unterstützung. Roland saß wieder in der Ecke neben der Treppe zum Kleinkunstraum, unterhalb des Rettungsrings eines Schiffes namens ›Oberon‹.

Rainer begrüßte ihn mit den Worten: »Danke für dein Kommen. Ich brauche deine Hilfe.«

»Ich tue, was ich kann«, versprach der. »Was ist los?«

»Auf deinen Rat hin habe ich mich mit dem Fall und den Details beschäftigt. Aber durch eure Informationssperre habe ich zu wenig zur Verfügung. Kannst du ein wenig plaudern?«

»Ich habe dir bereits gesagt, dass ich das nicht darf, zumal die Ermittlungen sich mit dir beschäftigen.«

»Roland, im Ernst, glaubst du, dass ich was damit zu tun habe?«

Roland sah von seinen Händen auf, die die ganze Zeit über nervös mit einem Bierdeckel gespielt haben.

»Nein, ich traue es dir nicht zu.«

»Dann hilf doch einem Unschuldigen. Ich habe den Eindruck, allein komme ich da nicht raus.«

»Du solltest die Polizei nie unterschätzen«, erinnerte ihn der Kommissar.

»Tue ich nicht, aber momentan spricht einiges gegen mich.«

»Zum Beispiel?«

»Das weißt du längst, aber, was viel schlimmer ist, ich kann das nicht klären. Ich finde den Kugelschreiber von

Britta nicht. Ich muss ihn verloren haben, oder er wurde mir gestohlen.«

»Hätte es denn die Gelegenheit dazu gegeben?«

»Sicher«, antwortete Rainer. »Wie oft lag der Schreiber mal unbeobachtet auf meinem Schreibtisch, oder ich habe ihn in einem Lokal liegen lassen, als ich zur Toilette ging.«

Roland Ernst lächelte aufmunternd. »Das ist zwar übel, aber nicht entscheidend. Der Stift allein wird dich nicht hinhängen. Was ist mit den Alibis?«

»Das ist der nächste Punkt. Ich bin die Daten durchgegangen. Die Taten fanden immer in unglücklichen Momenten für mich statt. Worpswede, der erste Überfall, zum Beispiel, da war ich zwar in Berlin, aber gerade den Nachmittag und Abend bin ich doch nach Bremen gefahren, um Britta zu überraschen. Erinnerst du dich? Wir hatten das besprochen.«

»Jetzt, wo du es sagst.«

»Und das verhält sich ähnlich bei den anderen Fällen. Ich kann mir nicht vorstellen, dass mich jemand entlasten kann. Im Hotel hatte ich mich nicht abgemeldet und unterwegs, hier in Bremen, wer könnte sich nach der Zeit daran erinnern, mich irgendwo sitzen gesehen zu haben? Gibt es nicht andere Hinweise auf den Täter, die für mich sprechen?«

»Ehrlich gesagt haben wir wenig, das nicht auf Millionen Menschen zutrifft.«

»Genmaterial?«

»Fehlanzeige.«

»Rückschlüsse aus der benutzten Waffe?«

»9 Millimeter, weit verbreitet.«

»Sprache?«

»Reines, fehlerfreies Hochdeutsch, gutes Bildungsniveau in Satzstellung und Grammatik.«

»Also praktisch keine Erkenntnisse oder Ansätze.«

»Nein, sag ich doch«, bestätigte Roland Ernst. »Deshalb bist du momentan eben der einzige Ermittlungsansatz. Auf dich treffen Beschreibung, Details und Indizien zu.«

»Wie komme ich aus der Klemme raus?«

»Im Moment ist die Indizienlage zwar ein Fingerzeig in deine Richtung, mehr aber nicht. Für dich spricht, was nicht auch auf viele Menschen zutreffen könnte. Das ist alles nichts Halbes und nichts Ganzes. Also mach dir vorerst keine Sorgen.«

»Ich mache mir aber Sorgen, denn ich verstehe nicht, wieso ausgerechnet ich? Weißt du, was mich wirklich wahnsinnig macht? Die Tatsache, dass ich absolut unschuldig bin. Selbst in größter finanzieller Not käme ich nicht auf den Gedanken, eine Bank zu überfallen. Und Menschen Gewalt anzutun, ist mir zuwider. Also, warum ich?«

»Wenn du unschuldig bist – und ich glaube dir –, dann wird sich das auch ganz schnell herausstellen. Unser Job ist es, den wahren Täter zu finden und nicht der Masse einen Alibitäter zum Fraß vorzuwerfen. Letztlich vergiss eines nicht: Ich stehe dir zur Seite!«

Diese Worte beruhigten Rainer etwas und machten ihm Hoffnung, heil aus der Sache herauszukommen.

»Danke, Roland, ich weiß das zu schätzen. Das Schlimme an der Sache ist nur, es bleibt immer etwas hängen. Die Menschen vergessen alles, nur nicht die Sensation. Ein Journalist als vermeintlicher Täter ist aber schon sensationell. Wollen wir hoffen, dass alles gut ausgeht.«

Die Schlagzeile eines großen, täglich erscheinenden Boulevardblattes am nächsten Tag lautete: ›Skandal in Bremen. Polizei schützt das Bankenungeheuer.‹ In dem Artikel wurde auf die enge Zusammenarbeit eines Journalisten mit der Polizei hingewiesen und darauf, dass gerade gegen diesen Journalisten Ermittlungen des LKA liefen.

12

Uta Hansen bekam einen Anruf aus der Zentrale des Bundeskriminalamtes BKA in Wiesbaden, das sie zum Rapport bat. Ihr dortiger Gesprächspartner, ein Ressortchef, sprach eindringlich auf sie ein: »Frau Hansen, Sie haben sicher die Schlagzeile des überregionalen Blattes gelesen. Woher haben die ihr Wissen?«

»Das wundert mich auch, von uns ist nichts rausgegangen, Informationssperre«, erklärte die Kommissarin.

»Wissen Sie, was jetzt passiert? Andere Blätter werden sich auf das Thema stürzen wie ein verhungernder Löwe auf seine Beute. Das wird richtig hochkochen. Wir brauchen also dringend erste Erfolge. Das war auch ein Grund, gerade Sie auf diesen Fall anzusetzen. Der Druck wird immens, die Bevölkerung, wild gemacht durch die Medien, fängt an zu murren. Immerhin gab es schon Tote.«

»Wir arbeiten mit Hochdruck an dem Fall und sind uns der Bedeutung wohl bewusst. Aber wie Sie meinen Berichten entnehmen konnten, ist die Spurenlage mehr als dünn. Der oder die Täter scheinen ausgebuffte Profis zu sein. Erstellte Täterprofile zeigen eine ähnliche Annahme.«

»Was uns als BKA besonders interessiert, ist die Frage nach dem organisierten Verbrechen. Ist da was dran?«

»Ich kann das noch nicht abschließend beantworten, aber rein gefühlsmäßig möchte ich das Thema mit Vorsicht behandelt wissen. Ich glaube nicht so recht daran.«

»Was ist mit diesem Journalisten aus Bremen?«

»Es spricht einiges gegen ihn: Kein überzeugendes

Alibi, fehlender Kugelschreiber, die Täterbeschreibung könnte auf ihn zutreffen. Aber wirklich handfest ist es nicht. Ein Verteidiger könnte uns die dünne Beweislage um die Ohren hauen, und die Staatsanwaltschaft wäre sicher auch nicht glücklich. Ob das für eine Verurteilung reichen würde, ist zumindest offen.«

»Und wenn Sie den Mann unter Druck setzen? Vielleicht knickt er ein.«

»Ich hatte auch schon daran gedacht, halte es aber nicht für sinnvoll. Er kennt das Geschäft aus Berufserfahrung. Er ist als Journalist zu clever, als dass er sich einschüchtern ließe. Und ich gehe davon aus, dass die Presse erst recht über uns herfallen wird, wenn wir einen ihrer Kollegen mit dieser Beweislage in die Mangel nehmen. Es wird für noch mehr Negativschlagzeilen sorgen.«

»Aber wir brauchen irgendetwas, was wir den Medien hinschmeißen können. Was ist mit unseren ›alten Bekannten‹ aus den Akten?«

»Wir sind gerade dran, aber das dauert natürlich etwas. Bisher gab es nichts Konkretes, was wir zuordnen konnten.«

»Dann sehen Sie zu, dass schnell vorzeigbare Erkenntnisse vorliegen.«

Damit war das Gespräch beendet.

Zwei Tage zogen ins Land, bis die Medien in großer Aufmachung die Frage stellten: ›Bankenungeheuer gefasst?‹ Ein vermeintlich infrage kommender Täter war verhaftet worden und saß in Untersuchungshaft. Er war früher schon durch spektakuläre Banküberfälle aufgefallen und hatte mehrere Jahre Haft abgesessen. Seine damalige Arbeitsweise war der des aktuellen Falles ähnlich.

Der Täter war in das Haus einer Bankangestellten eingedrungen, hatte sie als Geisel genommen und die Filialleitung so unter Druck gesetzt. Dann war er mit der Geisel schnell rein in die Bank, hatte das erreichbare Geld auf die Schnelle zusammengerafft und war wieder verschwunden, bevor die per Alarmknopf gerufenen Polizisten überhaupt in ihren Streifenwagen saßen. Seine Statur entsprach in etwa der des aktuellen Täters, und der Mann hatte für die aktuellen Fälle kein brauchbares Alibi. Hinzu kam, dass er sich jeweils im ungefähren Umkreis der Tatorte befunden hatte. Der nun Festgenommene arbeitete im Außendienst seiner eigenen kleinen Firma für Sicherheitstechnik, die allerdings in finanzielle Schwierigkeiten geraten war, bevor eine Finanzspritze sie rettete. Der Mann gab an, sich Geld im Milieu geliehen zu haben, um seine Firma zu sanieren, wollte aber keine Namen nennen.

Relativ schnell beruhigten sich die Medien, nachdem sie den Brocken geschluckt und verwertet hatten. Andere Nachrichten beantworteten die nun uninteressante Frage nach der Beweislage. Der Fall schien gelöst.

Kurze Zeit darauf tauchte allerdings ein dem Milieu naher Anwalt auf, den der Verhaftete nicht gerufen hatte, nahm die Staatsanwaltschaft aufgrund der dünnen Beweislage auseinander und verschwand mit dem Inhaftierten. Der Fall war wieder offen, aber die Presse stürzte sich erneut auf die veränderte Sachlage. Schlagzeilen wie: ›Wie unfähig ist das LKA?‹, ›Bankangestellte in Panik‹ oder ›Bankenungeheuer weiter auf freiem Fuß‹ überboten sich gegenseitig an Dramatik. Der Erfolgsdruck wurde für Frau Hansen immer größer.

In der Chefredaktion des ›Weser Boten‹ erschienen zwei Beamte. Sie unterhielten sich mit Rainer Wests Vorgesetztem eindringlich über dessen Person.

»Rainer, wir haben ein Problem mit dir«, sprach ihn sein Chefredakteur schon auf dem Flur an.

»Was habe ich nun wieder angestellt?«, entgegnete er, wohl wissend, keinen Fehler begangen zu haben.

»Ich hatte Besuch von der Polizei. Es ging um dich.«

»Zweifelt die Buchhaltung meine Spesenabrechnung an?«, stellte sich Rainer West dumm, obwohl er ahnte, in welche Richtung sich das Gespräch entwickeln würde.

»Der Besuch kam vom LKA. Es erkundigte sich über dich.«

»Worüber genau?«, zog Rainer West die Rolle des Ahnungslosen durch.

»Die Ermittler wollten etwas über deine Persönlichkeit wissen, von etwaigen Problemen, und stellten Fragen zu deinen Aufenthalten.«

»Aha, und was haben Sie erzählt?«

»Dass es keinen Anlass gibt, an dir zu zweifeln, dass du gute Arbeit leistest und wir zufrieden sind, dass du dich nach deiner Scheidung gefangen hast, deine Aufenthalte außerhalb Bremens auftragsbedingt begründet waren und relativ kurzfristig erfolgten.«

»Und welchen Eindruck hatten Sie nach dem Gespräch, war alles in Ordnung?«

»Kann ich nicht sagen. Es schien, als seien alle Fragen zur Zufriedenheit geklärt. Nur war mir nicht klar, ob zu deren oder zu deiner. Kümmere dich um die Sache. Die Zeitung darf nicht mit in den Strudel hineingezogen werden.«

»Klar, Chef, ich bringe das in Ordnung.«

13

Am nächsten Tag wurde Rainer West in der Redaktion des ›Weser Boten‹ verhaftet. Der Vorwurf lautete Mord in Tateinheit mit schwerem Raub, räuberischer Erpressung und Geiselnahme. Rainer West bestand auf einem Anruf. Er wählte Brittas Nummer.

»Schatz, bleib ruhig, ich brauche deine Hilfe. Man hat mich verhaftet. Kannst du mir einen Anwalt besorgen? Ansonsten kannst du bei Dr. Koschnick nachfragen.«

»Um Gottes willen, Rainer.« Britta klang bestürzt. »Natürlich kümmere ich mich sofort darum. Geht es dir so weit gut? Kann ich noch etwas für dich tun? Ich nehme mir sofort frei und komme.«

»Liebling, tu das nicht. Du kannst mir im Moment nicht helfen. Sieh einfach zu, dass schnell ein Anwalt hier ist. Nur der kann mich im Moment beschützen.«

Die Einvernahme stand an, als der Anwalt noch nicht zugegen war. Frau Hansen wollte die Chance nicht verpassen, Druck aufzubauen. Als sie den Vernehmungsraum betrat, ging Rainer West allerdings sofort in die Offensive. Er hatte sich zurechtgelegt, dass Angriff die beste Verteidigung war.

»Warum bin ich hier? Weil Sie irgendeinen Erfolg vorweisen müssen? Im Übrigen wohnt mein Anwalt dem Gespräch nicht bei.«

»Das stimmt«, entgegnete Uta Hansen gelassen. »Er wird sicher gleich hier sein. Deswegen führen wir jetzt auch keine Vernehmung durch, sondern nur ein Gespräch.«

»Was soll das? Ich habe mit der Sache nichts zu tun!«

»Nun, im Moment spricht einiges gegen Sie. Sie haben die Frage nach dem Kugelschreiber nicht zu Ihrer Entlastung klären können. Sie entsprechen in Statur und Bildungsgrad der Täterbeschreibung. Sie haben keine Alibis. Vor allem haben Sie ein Motiv, nämlich Geldsorgen. Reicht Ihnen das? Und wenn Sie tatsächlich unschuldig sind, wird sich das herausstellen.«

»Es ist richtig, ich hatte Geldprobleme, wie unsagbar viele andere Leute. Deshalb wird man doch nicht gleich zu einem Gewaltverbrecher.«

»Aber viele Menschen mit immensen Geldsorgen verschwenden sicher kurz einen Gedanken an einen Bankraub. Außerdem ist die Ausführung nur eine Frage der Stärke des Drucks, der auf einem lastet. Und Sie standen aus mehreren Gründen unter enormem Druck. Da kann man sich schon zu unüberlegten Handlungen hinreißen lassen.«

»Ich bin aber noch nie durch Aggressionen aufgefallen, schon gar nicht durch Körperverletzung oder andere Gewalttaten.«

»Das ist auch nur wieder eine Frage des Leidensdrucks. Außerdem geschieht es immer wieder, dass eine Situation aus dem Ruder läuft und unbeherrschbar wird. Glauben Sie mir, ich habe fast täglich damit zu tun.«

»Aber handfeste Beweise, sieht man mal von dem Kuli ab, was ich nicht verstehe, haben Sie wohl nicht. Durch Ihr voreiliges Vorgehen zerstören Sie meine Existenz, da sage ich Ihnen nichts Neues.«

»Für einen Anfangsverdacht reichen die Beweise allemal, sonst hätte der Haftrichter keinen Haftbefehl ausgestellt. In solchen Fällen besteht immer Verdunklungsgefahr. Und: Wo gehobelt wird, fallen Späne, aber natürlich gehen wir so dezent vor, wie es geht. Nichts liegt uns ferner, als Ihnen zu schaden. Wir machen nur unsere Arbeit. Gerade Ihr Berufsstand würde laut aufschreien, wenn solch eindeutige Hinweise oder Spuren nicht beachtet würden.«

»Haben Sie bei mir, im Zuge der Hausdurchsuchung oder sonst irgendwo, Geld gefunden? Haben Sie meine Konten überprüft? Dann wissen Sie, wie es finanziell um mich steht. Alle anderen Indizien sind doch an den Haaren herbeigezogen. Die können auf Hunderte von Menschen zutreffen.«

»Das ist nicht falsch. Allerdings haben wir festgestellt, dass Sie sich relativ schnell, zudem zur Zeit der Fälle, aus einer finanziell bedrohlichen Lage befreit haben und sogar ein sehr teures Auto kaufen konnten.«

»Das finanziert ist«, stellte Rainer klar. »Außerdem hat meine Lebenspartnerin mir unter die Arme gegriffen.«

»Damit sind wir beim Thema. Ihre Freundin arbeitet doch bei der Bremer Bank. Ist das richtig?«

»Ja«, bestätigte Rainer verdutzt. »Was hat Britta mit der Angelegenheit zu tun? Wird sie zusammen mit mir verdächtigt?«

»Ein interessanter Gedanke. Richtig ist, dass einige Überfälle auf die Bremer Bank stattfanden. Dabei mussten Insiderkenntnisse vorliegen. Oder wissen Sie, wo der Leiter Ihrer Bankfiliale wohnt und welche privaten Verhältnisse bei ihm vorliegen?«

»Nein, sicher nicht«, schüttelte Rainer den Kopf.

»Sehen Sie, wir machen lediglich unsere Arbeit, und das gründlich.« In diesem Moment betrat Rainer Wests Anwalt den Raum, stellte sich als Dr. Senkstake vor und begann umgehend mit der Frage: »Was wird meinem Mandanten vorgeworfen?« Uta Hansen klärte ihn auf. Danach bat Dr. Senkstake sie, mit seinem Mandanten unter vier Augen sprechen zu dürfen.

»Ihre Lebensgefährtin hat mich gebeten, Ihren Fall zu übernehmen«, fügte Dr. Senkstake umgehend an, als sie allein waren. »Sie hat mich über alles informiert, was nach ihrem Ermessen wichtig ist. Gibt es von Ihrer Seite Neuigkeiten, Beschwerden über die Behandlung hier und vor allem, was sagen Sie zu den Anschuldigungen gegen Sie?«

Rainer West war überaus dankbar, jetzt professionelle Unterstützung an seiner Seite zu wissen. Wieder hatte Britta ihn nicht im Stich gelassen.

»Für mich gibt es nichts Neues. Ich hatte alles im Vorfeld mit Britta besprochen, sobald eine neue Wendung eintrat. Die Verhaftung kam für mich völlig überraschend, wobei für mich mehr als unverständlich ist, wieso ich überhaupt in den Fall verwickelt sein soll. Es gibt nicht den Hauch einer Handlung meinerseits, die strafbar gewesen wäre. Wenn mir etwas vorgeworfen werden kann, so muss das entweder manipuliert sein oder unglücklichen Umständen entspringen. Bitte glauben Sie mir.«

»Ich glaube Ihnen.« Dr. Senkstake nickte. »So wie Ihre Partnerin mir die Sachlage geschildert hat, halte ich Sie für unschuldig.«

Der Anwalt und sein Mandant besprachen weitere Einzelheiten. Dr. Senkstake fragte für ihn noch unklare Positionen ab und teilte Rainer danach mit, dass er wohl noch über Nacht dableiben müsse, bis er Akteneinsicht genommen hätte. Danach würde er sich sofort darum bemühen, Rainer herauszuholen. Rainer bat den Anwalt, Dr. Koschnick zu informieren. Er hoffte, dass ihm keine Suspendierung bevorstand, die einen Schatten auf seine Karriere werfen würde, selbst wenn er unschuldig war.

Zur gleichen Zeit saß Jens Goldstein in Kurt Koschnicks Büro.

»Wir müssen über den Fall berichten, selbst wenn einer unserer Leute involviert ist«, redete er eindringlich auf den Chefredakteur ein. »Der Fall zieht ganz Deutschland in seinen Bann, und wir stehen an vorderster Front. Lassen Sie diesen Vorteil nicht ungenutzt.«

Koschnick musterte den Journalisten eingehend.

»Ich verstehe Sie und kann Ihren Argumenten folgen«, entgegnete er dann, »aber denken Sie daran, dass einem Ihrer engsten Kollegen das Messer an die Gurgel gehalten wird. Ich kann mir einfach nicht vorstellen, dass Rainer der Täter ist, beim besten Willen nicht.«

»Ich weiß, dass Sie Rainer besonders nahe stehen und er Ihr Zögling ist …«

»Passen Sie auf, was Sie sagen«, fiel ihm Dr. Koschnick ins Wort.

»Gut«, lenkte Jens ein, »aber was ist, wenn Rainer doch etwas damit zu tun hat? Welches Licht fällt dann auf Sie? Wollen Sie sich vorwerfen lassen, einen Täter gedeckt zu haben, selbst wenn es Ihrer Gutgläubigkeit entspringt? Wie war es seinerzeit bei diesem Wettermenschen Kachelmann von der ARD? Zu Anfang hielt sich die ARD bei der Berichterstattung bedeckt, als andere Fernsehsender schon groß berichteten, und musste dann doch einsteigen. Die konnten sich auch nicht raushalten, weil ihr eigener Mann in Verdacht geraten war. Wir können ja zunächst noch objektiv berichten, ohne Stimmung gegen Rainer zu machen. Wir können so auch den Auswüchsen in der Berichterstattung anderer Medien entgegentreten, wenn wir unsere Kompetenz und unser Insiderwissen frühzeitig aufdecken.«

Koschnick rang sichtlich mit sich. »Ich mache das ungern«, stimmte er schließlich zu. »Aber ich muss auch zugeben, dass Ihre Argumente mir einleuchten. Also gut, machen Sie es, ich stehe hinter Ihnen. Aber – und das meine ich mit aller Konsequenz: Rainer ist so lange unschuldig, wie seine Schuld nicht zweifelsfrei nachgewiesen ist. Deshalb habe ich momentan auch von einer Suspendierung abgesehen. Solange er als unschuldig gilt, gibt es keine Maßnahmen gegen ihn. Vergessen Sie das nicht! Ansonsten lasse ich Ihnen freie Hand.«

»In Ordnung, Chef«, bedankte sich Jens, drehte sich um und verließ das Büro.

Am nächsten Tag lautete die Headline der Titelstory des ›Weser Boten‹: ›Gerichtsreporter als das Banken-Ungeheuer verhaftet‹. Jens Goldstein hatte die ›freie Hand‹ genutzt und seinen Artikel am Chefredakteur vorbei in Druck gegeben. Dr. Senkstake saß wieder Rainer West gegenüber.

»Ganz so einfach, wie ich es gehofft hatte, ist die Sachlage nicht«, gab er zu. »Was den Fall erschwert, ist die Tatsache, dass dieser Kugelschreiber Ihre Fingerabdrücke aufweist. Außerdem ist er eine Rarität, zumindest hier in Deutschland. Er wird nur in Griechenland vertrieben, und selbst das nur selten, weil er besonders teuer ist. Die Polizei weiß, dass Sie genau solch einen Kugelschreiber besessen haben. Dafür gibt es Zeugen. Ihnen ist ebenfalls bekannt, dass Sie in Griechenland waren. Der Kugelschreiber kann auch niemand anders zugeordnet werden. Keiner in der überfallenen Bank hatte ihn vor dem Überfall gesehen, und wie gesagt, Ihre Fingerabdrücke sind drauf. Waren Sie je in dieser Filiale in Wildeshausen?«

»Nein, nie!«, versicherte Rainer mit Nachdruck.

»Denken Sie scharf nach. Vielleicht haben Sie es vergessen, weil Sie nur eine Überweisung in den Postkasten geworfen haben.«

»Nein, ich bin ganz sicher. Ich habe meine Konten bei der Bremer Bank, die jetzt die Commerzbank ist. Britta arbeitet dort, und sie nahm meine Formulare mit.«

»Wir haben folgendes Problem, Herr West: Wir können nur einen Haftprüfungsantrag stellen. Wenn der verworfen wird – und nach Lage der Dinge haben wir keine guten Aussichten, jedenfalls momentan –, können wir keinen weiteren mehr stellen. Also müssen wir mit dieser Option sorgsam umgehen. Was uns zusätzlich behindert, ist die Tatsache, dass Sie für keinen Zeitraum ein Alibi vorweisen können. Wie sieht es aus, stehen Sie hier noch einige Zeit durch, bis ich neue Erkenntnisse habe?«

»Ich denke schon«, antwortete Rainer.

»Dann lassen Sie uns den Haftprüfungsantrag noch etwas verschieben«, schlug Senkstake vor.

»Eine Frage habe ich noch«, hielt Rainer ihn zurück, als der Anwalt sich schon verabschieden wollte. »Was ist mit Britta? Kann sie mich besuchen, will sie es überhaupt?«

»Was für eine Frage. Natürlich drängt sie darauf, Sie zu sehen. Sie setzt alle Hebel in Bewegung. Was meinen Sie, wie sie mich schon gelöchert hat, um Besuchsrecht für Sie zu erhalten? Ich denke, der Beschluss ergeht bald.«

Jens Goldstein arbeitete intensiv mit den Ermittlungsbehörden zusammen. Er lungerte fast 24 Stunden vor und in den Gebäuden Am Wall herum, saß oft im Büro von Roland Ernst, versuchte Frau Hansen Informationen zu entlocken.

»Bekommst du eigentlich auch von uns Gehalt, so oft, wie du da bist?«, fragte Roland im Scherz.

»Das wäre nur gerecht, immerhin arbeite ich hier«, konterte Jens. »Wie laufen die Vernehmungen? Gibt es was Neues?«, kam er dann zur Sache.

»Die Vernehmungen drehen sich im Kreis. Rainer besteht auf seiner Unschuld, und wenn ich ehrlich bin, bin ich geneigt, ihm zu glauben«, erzählte Roland Ernst. »Ich kann mir einfach nicht vorstellen, dass Rainer solch eine Gewaltbereitschaft aufweist.«

»Aber es spricht einiges gegen ihn. Wie oft hat man sich schon in Menschen getäuscht. Und: Er war in einer prekären finanziellen Situation, da kann es schon mal zu unüberlegten Handlungen kommen.«

»Das ist wohl wahr, zumal Rainers Exfrau die Sache nicht unangenehm sein dürfte. Wie ich hörte, bist du an ihr auch dran, Jens.«

»Das ist mein Job«, bemerkte der knapp.

»Und, gibt es irgendetwas, was du mir erzählen könntest? Veröffentlicht hast du bis jetzt ja noch nichts.«

»Ich habe den Chef im Nacken. Er hält Rainer immer noch die Stange. Ich hatte mir schon eine Verwarnung eingehandelt, weil ihm mein Aufmacher mit der Verhaftung des Bankenungeheuers zu spektakulär war. Jetzt muss ich ihm die Artikel erst vorlegen, bevor sie in Druck gehen. Und glaube mir, er zensiert ganz schön.«

»Ich kann das verstehen, es fällt auch schwer zu glauben, dass Rainer solch ein Ungeheuer sein soll. Und nehmen wir mal an, er sei wirklich unschuldig, dann hast du dich ganz schön weit aus dem Fenster gelehnt mit dem Druck, den du zusätzlich aufbaust.«

»Ach was, es sind schon Leute verurteilt worden, bei denen die Indizien nicht so handfest waren. Bei Rainer passt alles zusammen: Motiv ist die Geldnot und seine neue Freundin, er hat keine Alibis bei der Anzahl der Vorfälle – und das ist allein schon merkwürdig. Bei einer Geschichte kann man mal zu Hause auf dem Sofa liegen und keiner hat es mitbekommen, aber bei mehreren Aktionen? Er war angeblich unterwegs, irgendwann hätte ihn irgendwer mal sehen müssen. Und zu guter Letzt: der außergewöhnliche Kugelschreiber. Du weißt doch auch, dass er ihn hatte. Wir alle haben oft genug gesehen, wie er ihn benutzte. Plötzlich ist er weg und dann taucht er an einem Tatort wieder auf. Und es ist seiner, das beweisen die Fingerabdrücke. Viel deutlicher kann ein Fall doch gar nicht liegen. Und noch was, was bisher gar nicht besprochen wurde: Seit Rainer in den Fokus geraten ist, gab es keinen Überfall mehr. Ist dir das schon mal durch den Kopf gegangen, Roland?« Jens hatte sich richtiggehend in Rage geredet.

»Sag mal, was hast du eigentlich gegen Rainer?«, fragte der Kommissar und beobachtete aufmerksam jede Regung im Gesicht seines Gegenübers.

»Wie kommst du denn darauf?«, versetzte Jens mit Entrüstung in der Stimme.

»Weil du dich so ins Zeug legst, ihn zu belasten. Das ist doch nicht normal, dass man einen engen Kollegen derart vorverurteilt. Ist zwischen euch etwas vorgefallen?«

»Nein, nicht dass ich wüsste. Mir ist nur auf den Keks gegangen, wie er um den Chef herumscharwenzelt ist«, rückte der Journalist endlich mit der Sprache heraus. »Ich bin viel länger beim ›Weser Boten‹ als er, und Rainer startete gleich durch, nur weil er dem Chef erfolgreich in den Hintern gekrochen ist. Man konnte nur noch seine Fersen sehen, so weit war er drin.«

»Aber er ist sehr erfolgreich und hat einen lesenswerten Schreibstil.«

»Das ist wahr, aber ich hatte ebenfalls meine Erfolge. Das alles spielt jetzt allerdings keine Rolle, schließlich ist er verdächtig, ich nicht.«

»Vielleicht sollte ich mir das mal durch den Kopf gehen lassen«, bemerkte Roland Ernst.

»Was ist denn mit dir los? Spinnst du?«, ereiferte sich Jens. »Ich habe Alibis, falls es dich interessiert!«

»Die kann man manipulieren, wie du weißt.«

»Stehst du auch immer noch auf Rainers Seite? Bin ich denn der einzige Vernünftige hier? Es gibt nichts, aber auch rein gar nichts, was für Rainer spricht, aber Deutliches, was gegen ihn spricht. Was wollt ihr alle denn noch?«

»Beruhige dich, Jens, war doch nur ein Scherz. Tatsache ist, dass viele ein ungutes Gefühl dabei haben, dass Rainer ein eiskalter Verbrecher sein soll. Alle, die ihn länger kennen, können sich das nicht vorstellen.«

»Ich auch nicht«, lenkte Jens Goldstein ein. »Aber eine Scheidung hat aus vielen Männern schon Absteiger gemacht. Denk nur an manche Berber. Diese Obdachlosen waren zum Teil Stützen der Gesellschaft: Rechtsanwälte, Geschäftsleute. Nach einer Scheidung dann der tiefe Fall bis auf die Straße. Manche dieser Menschen waren vorher sicher auch nett und charmant. Außer der finanziellen kommt die emotionale Seite erschwerend hinzu. Wenn man noch Gefühle für seine Frau hat und die setzt einem Hörner auf, geht das an keinem spurlos vorbei. Da kann man schon zu einem anderen Menschen werden.«

»Ist ja gut, Jens. All das bedenken wir ja, und es spielt in den Vernehmungen eine gewichtige Rolle. Das sind die Situationen, in denen Rainer einknickt und sich in Widersprüche verstrickt.«

Jens Goldstein grinste. »Siehste, Roland, jetzt habe ich doch was Brauchbares gehört.«

Am nächsten Tag erschien die Schlagzeile, die Jens, trotz dessen Verbot, hinter dem Rücken des Chefredakteurs in den Druck geschleust hatte: ›Bankenungeheuer aus Rache an der Gesellschaft?‹

Nachmittags kam Britta in Begleitung des Anwaltes, um nach Rainer West zu sehen. Der Begrüßungskuss fiel relativ kurz aus, weil der Beamte, der zugegen war, nicht mehr zuließ. Dr. Senkstake setzte sich mit an den quadratischen Tisch, der mit drei Stühlen in der Mitte des Raumes stand. In einer Ecke, nahe der Tür, saß der Polizeibeamte, der wie unbeteiligt vor sich hin starrte. Dr. Senkstake hielt sich komplett zurück.

»Wie geht es dir?«, lautete selbstverständlich Brittas erste Frage.

»Im Moment ist es sehr anstrengend«, seufzte Rainer. »Alle paar Stunden werde ich zum Verhör gebracht. Es sind immer die gleichen Fragen und immer meine gleichen Antworten. Ich muss mir abstruse Theorien anhören und Vorwürfe machen lassen. Aber ansonsten stehe ich das durch. Die Frage ist nur: Wie lange noch?«

»Mein armer Schatz«, Britta strich sanft über Rainers Wange. »Aber ich glaube, deine Leidenszeit ist bald vorbei. Ich habe daheim alles auf den Kopf gestellt, jede Jacke, jede Hose gefilzt, jeden Winkel kontrolliert und Möbel gerückt. Dabei fand ich das hier.« Sie reichte Rainer einen silbernen Kugelschreiber, der dem aus Griechenland aufs Haar glich.

»Ist das deiner?«, fragte sie.

»Das musst du doch wissen«, antwortete Rainer, drehte und wendete den Stift dabei hin und her. »Du hast ihn mir schließlich gekauft.«

»Ja, schon, aber nach einiger Zeit trägt ein Gegenstand Gebrauchsspuren. Vielleicht erkennst du deine.«

Der anwesende Polizeibeamte beäugte jetzt die Szene scharf. Deshalb hielt Rainer West den Schreiber mit zwei spitzen Fingern.

»Ja, ich erkenne ihn wieder. Das muss meiner sein.« Mit unglaublich erleichterter Stimme, die fast einem Jubel gleichkam, bestätigte Rainer den Besitz.

»Was sagen Sie dazu, Dr. Senkstake?«

»Es sieht so aus, als hielten Sie die Fahrkarte nach draußen in der Hand«, konstatierte der Anwalt. »Darf ich?«

»Natürlich«, bestätigte Rainer und überreichte den Kugelschreiber dem Anwalt. Dr. Senkstake ließ die beiden allein und machte sich sofort auf den Weg zum Oberstaatsanwalt. Natürlich kannte man sich durch viele gemeinsame Prozesse und Verhandlungen. Zwar versuchte die Staatsanwaltschaft, das Gespräch abzublocken und auf einen fehlenden Termin zu verweisen, aber es nützte nichts. Unter Androhung, sofort den Haftrichter aufsuchen zu wollen, gelang es Dr. Senkstake, vorgelassen zu werden.

»Die Lebensgefährtin meines Mandanten hat mir dies hier überreicht. Es ist sein fehlender Kugelschreiber aus dem Bankenungeheuer-Fall. Damit bricht Ihre Anklage wie ein Kartenhaus in sich zusammen.« Dr. Senkstake gab einen kurzen Abriss der Aussage Brittas. Dr. Grabowski, der Oberstaatsanwalt, begutachtete den Schreiber misstrauisch.

»Ist doch komisch, dass das Ding gerade jetzt auftaucht, wo es eng wird. Finden Sie nicht? Jeder halbwegs vernünftige Mensch hätte schon wesentlich früher nach dem Corpus Delicti gefahndet.«

»Ihre Befindlichkeiten sind mir egal!«, konterte Dr. Senkstake. »Tatsache ist, dass Ihre Anschuldigungen in keinem Fall mehr haltbar sind. Ich verlange die sofortige Freilassung meines Mandanten.«

»So schnell geht das nicht«, versuchte Dr. Grabowski, Zeit zu gewinnen. »Wir haben noch andere Verdachtsmomente.«

»Die alle mehr als dürftig sind! Wollen Sie ernsthaft mit fehlenden Alibis vor dem Haftrichter argumentieren? 90 Prozent aller Deutschen würden nicht wissen, wo sie letzte Woche um 10 Uhr waren. Die finanzielle Lage meines Mandanten ist ebenso nicht ungewöhnlich nach seinem Schicksal. Egal, was Sie auch anführen wollen, ich nehme es auseinander. Sie können und dürfen Rainer West keine Minute länger in Haft halten.«

»Was ist mit den Fingerabdrücken auf dem ersten Stift, der am Tatort gefunden wurde?«

»Kommen Sie, das ist doch kein Argument. Solch ein Artikel kann meinem Mandanten von jedermann für einen kurzen Gebrauch untergeschoben worden sein. Wie oft nutzen Sie täglich einen fremden Schreiber, wenn Sie in einem anderen Büro sind? Jedes Mal hinterlassen Sie Fingerabdrücke und wissen dann nicht, wozu die Stifte später mal genutzt werden. Das wollen Sie also doch nicht ernsthaft ins Feld führen.«

»Und wenn dieser Kugelschreiber gekauft wurde, um Ihren Mandanten zu entlasten?«

»Sie stellten doch selbst fest, dass der Kugelschreiber deshalb so außergewöhnlich ist, weil er in Deutschland nicht vertrieben wird. Woher soll er folglich kommen? Und untersuchen Sie ihn. Auch auf diesem Schreiber sollten die Fingerabdrücke meines Mandanten zu finden sein. Wenn das zutrifft, ist Ihre Luftnummer geplatzt.«

»Das werden wir mit Sicherheit machen. Ich gehe davon aus, dass Sie mir den Kuli gegen Quittung überlassen.«

»Sicher, mit der Bestätigung geht der Stift in Ihre Asservatenkammer über. Und jetzt telefonieren Sie, um meinen Mandanten zu entlassen.«

Dr. Grabowski zögerte einen Augenblick, aber er wusste, dass Dr. Senkstake recht hatte. Zähneknirschend nahm er das Telefon und rief zuerst den Haftrichter, danach Hauptkommissarin Hansen an. Er gab kurze Hinweise mit der Ankündigung, gleich nach unten zu kommen.

»Sie haben mitbekommen, dass alles geregelt ist«, sagte er, als er aufgelegt hatte.

»Das wäre es dann wohl. Bitte sehen Sie es mir nach, dass ich noch zu tun habe.«

Mit einem Lächeln quittierte Dr. Senkstake die kurze Verabschiedung. »Danke für Ihre Einsicht. Bis zum nächsten Mal.« Der Anwalt verließ das Büro des Oberstaatsanwaltes, um sich um seinen Mandanten zu kümmern.

Nachdem Rainer West seine Besitztümer, die ihm abgenommen worden waren, zurückerhalten hatte, verließen er, Britta und Dr. Senkstake das Gebäude des Polizeipräsidiums. Als die drei auf dem Weg in die Kanzlei über den Marktplatz gingen, warf gerade ein Tourist ein Geldstück in das sogenannte Bremer Loch. Nach Zufallsprinzip ertönte nach Einwurf eines Geldstückes daraus das Tiergeräusch eines der Bremer Stadtmusikanten. In unserem Fall hörten die drei das lang gezogene ›Iah, iah, iah‹ des Esels, das sich wie ein höhnisches Lachen anhörte.

»Willkommen zu Hause«, Britta nahm Rainer sanft in den Arm und küsste ihn zärtlich auf den Mund.

»Danke, mein Liebling, danke dafür, dass du zu mir gestanden hast und danke dafür, dass du mich da rausgeholt hast. Danke für all deine Mühen. Ich liebe dich, weil du so bist, wie du bist. Ich bin sicher einer der glücklichsten Männer der Welt, weil ich dich gefunden habe. Wenn ich ein einziges Mal im Leben Glück gehabt habe, dann war es an dem Tag, an dem ich dir begegnet bin!« Rainer nahm Brittas Gesicht sanft in beide Hände, küsste ihre geschlossenen Augenlider. Dann gingen beide Hand in Hand ins Wohnzimmer.

»Nun sag mir erst einmal, wo genau du den Kugelschreiber gefunden hast«, bat Rainer.

»In meiner Nachttischschublade«, erklärte Britta vergnügt.

»Was?«

»Er lag in meiner Schublade. Es ist nicht der, den ich dir geschenkt habe!«

»Ich verstehe nicht.« Rainer war irritiert.

»Erinnerst du dich, dass Ulf uns in Griechenland besuchte und, als ich dir das Geschenk gab und du ausgepackt hattest, ihm der Kugelschreiber so gut gefiel, dass er auch einen haben wollte?«

»Ja, jetzt wo du es sagst, fällt es mir wieder ein.«

»Also hatte ich einen zweiten Kuli gekauft, den ich

Ulf zu einer späteren Gelegenheit überreichen wollte. Ich dachte, im Harz hätte ich die Gelegenheit. Leider ist es ja anders gekommen. Deshalb hatte ich den zweiten Schreiber noch. Den habe ich vorhin präsentiert, in der Hoffnung, dass es genauso läuft, wie es gelaufen ist. Ich musste erst nur etwas Mut sammeln, um so vorgehen zu können. Sonst hätte ich es schon früher gemacht.«

»Britta, Liebling, damit kommen wir doch nicht durch«, sagte Rainer tonlos.

»Ich glaube es auch nicht, aber zumindest haben wir etwas Zeit gewonnen, und du bist da raus!«

In der Nacht bemerkte Britta, wie unruhig sich Rainer im Schlaf hin und her warf. Sie selbst wurde dadurch immer wieder geweckt. Anhand der Geräusche konnte sie leicht erkennen, dass er von Albträumen geplagt wurde. Eine Zeit lang hoffte sie, dass Rainer zur Ruhe finden würde, musste dann einsehen, dass ihre Hoffnung trog. Schließlich hielt sie es nicht mehr aus und weckte ihn.

»Schatz, was ist, träumst du schlecht?«

Rainer hielt sich erschöpft den Kopf. »Ja, ich glaube schon. Ich sah die Toten der Banküberfälle, sie griffen nach mir.«

»Ich glaube nicht, dass du hier den nötigen Abstand zu allem hast, lass dir ein paar Tage Urlaub geben, und wir fahren weg, damit du aus diesem Umfeld raus kannst.«

»Vielleicht hast du recht. Und wohin denkst du, sollen wir fahren?«

»Vielleicht auf eine Insel. Viele prominente Menschen erholen sich dort. Es muss wohl was dran sein. Wie wäre es mit Sylt?«, schlug Britta vor.

»Sylt? Ne, das ist mir zu viel Schickimicki und zu viele Menschen. Sylt interessiert mich nicht, aber wie wäre es mit einer anderen der Nordfriesischen Inseln? Dort haben wir die Vorteile von Sylt, aber noch nicht den ausufernden Tourismus. Im Fernsehen war da mal ein Bericht. Nette, noch nicht abgebrühte, ursprüngliche Menschen, wundervolle Landschaft mit Wiesen und Wald, natürlich Strand und mit Wyk eine niedliche Stadt. Wir können dort spazieren gehen und uns wirklich erholen. Nur müssen wir abklären, ob ich das darf.«

»Auflagen hast du doch keine bekommen.«

»Nein, das nicht, aber es soll auch nicht wie Flucht aussehen.«

»Aber halten wir fest, wir fahren auf die Insel Föhr«, resümierte Britta.

14

Dr. Koschnick ließ es sich nicht nehmen, den Artikel zu Rainer Wests Freilassung selbst zu schreiben. Es sollte eine vollkommene Rehabilitierung seines Mitarbeiters werden. Der ›Weser Bote‹ sprach am nächsten Tag von bedauerlichen Umständen und Zufällen, die einen Unschuldigen in Verdacht geraten ließen. Dieser Unschuldige habe sich Jahr und Tag für das Gesetz und die Justiz eingesetzt und sei unglücklich in deren Mühlen geraten. Danach brach Dr. Koschnick eine Lanze für die unschuldigen Menschen, deren Leben durch falsche Anschuldigungen aus der Bahn geworfen worden war. Gerade diese Menschen hätten es verdient, dass die Gesellschaft nie wieder mit dem Finger auf sie zeige, nur weil sie vergesslich sei. Dr. Koschnick informierte die Leserschaft darüber, dass der ›Weser Bote‹ stolz darauf sei, dem unglücklichen und falsch Beschuldigten eine Heimat zu bieten.

Am nächsten Tag besprach Britta die Reise mit Dr. Senkstake.

»Ich kümmere mich darum und informiere Frau Hansen. Wenn die keine Einwände hat und Sie mir Ihre Adresse mitteilen, sollte das in Ordnung gehen«, entgegnete der Anwalt.

Während Rainer sich mit seinem Chef in Verbindung setzte und um Urlaub bat, machte Britta Besorgungen für die Reise und buchte über ein Reisebüro im Kur-Hotel Wyk. Der Chefredakteur Kurt Koschnick hatte natürlich keine Einwände gegen den Urlaub, im Gegenteil, er befürwortete ihn sogar.

»Lass es dir ein paar Tage gut gehen und spann aus. Es wäre schön, wenn sich die Lage hier etwas beruhigt. Außerdem habe ich mit Jens zu bereden, wie er uns da wieder rausholt.«

Einen Tag später begaben sich Britta Kern und Rainer West mit dem Wagen auf den Weg zur Urlaubsinsel Föhr. Sie fuhren recht frühzeitig. Einerseits hatten sie die beschwerliche Strecke der A 1 zu bewältigen, die dreispurig ausgebaut wurde und aus diesem Grund ständig mit Stau belegt war. Ein weiterer Grund für die frühe Abfahrt war die Fähre nach Föhr, für deren Erreichen sie genügend Zeit haben wollten. Nach 80 Kilometern machten sie Rast, um einen Cappuccino zu trinken. Der LKW-Verkehr war sehr stark. Immer wieder befanden sie sich zwischen zwei Lastwagen und kamen nur langsam voran. Mit der Begründung: »Man weiß ja nie, ob der hintere Fahrer nicht gerade pennt oder Zeitung liest und uns dann auf den Vordermann schiebt«, hatte Britta eine Pause vorgeschlagen. Der Verkehr war natürlich auch Gesprächsthema, als sie im Rasthof saßen.

»Immerhin ist die A 1 neben der A 7 die Hauptzufahrtsstrecke der holländischen Laster zum Hamburger Hafen«, erklärte Rainer.

»Es mutet schon ungewöhnlich an, wenn die Fracht ankommender Schiffe in Rotterdam auf LKW umgeladen wird. Während die leeren Schiffe von Rotterdam nach Hamburg weiterfahren, quälen sich die LKW über die Autobahn. Im Hamburger Hafen wird dann das gleiche Schiff mit der ursprünglichen Ladung wieder bepackt und die LKW fahren zurück. Angeblich sparen die Reedereien trotz der Leerfahrt und der Lastwagen noch Geld.«

Nach der Pause zuckelte das Paar weiter im zäh fließenden Verkehr gen Hamburg, dann auf der A 7 zum Fährhafen Dagebüll. Nachdem sie das Auto auf dem Inselparkplatz abgestellt hatten, machten sich Rainer und Britta mit ihren Rollkoffern und dem Handgepäck auf den kleinen Fußmarsch zum Fähranleger.

»Natürlich könnten wir auch den Shuttlebus zur Fähre nehmen, aber frische Nordseeluft nach der stickigen Fahrt im Auto tut mal richtig gut«, meinte Rainer.

»Ich genieße die warme Sonne und freue mich darauf, mir endlich die Füße vertreten zu können«, fand auch Britta. Schon von Weitem konnten sie die Fähre am Anleger erkennen. Zehn Minuten später erreichten sie den Fährschalter, lösten ihre Fahrkarte zur Hin- und Rückfahrt und begaben sich zur Mole in Dagebüll. Vor ihnen lag sie, die mächtige ›Uthlande‹, das neue Flaggschiff der Wyker Dampfschiffs-Reederei – kurz W.D.R. –, das die beiden auf die Insel Föhr bringen sollte.

»Es ist ja ein Glück, dass wir gleich beim ersten Mal mit der neuen Fähre fahren können«, freute sich Rainer. »Die Infos zum neuen Schiff hatte ich erst vor Kurzem bei uns im Büro im Presseticker gelesen und gehofft, mit dir übersetzen zu dürfen.«

Das Motorschiff gehörte nach der ›Nordfriesland‹, der ›Rungholt‹, der ›Schleswig-Holstein‹, der ›Hilligenlei I‹ und der ›Rüm Hart‹ zur neuesten Errungenschaft der W.D.R. und wurde auf der Sietas-Werft in Hamburg gebaut.

»Die neue Fähre kann mehr Passagiere und PKW befördern und sorgt so für mehr Entlastung gerade im Sommer bei den Überfahrten der zahlreichen Touristen«, erklärte Rainer voller Begeisterung. Nach kurzer Fahrkartenkontrolle begaben sie sich mit den anderen Fahrgästen an Bord des Schiffes.

»Wie ich sehe, müssen wir unser Gepäck wohl nach oben tragen«, bemerkte Britta mürrisch und bremste damit ein wenig Rainers Euphorie. »Die wenigen Gepäckaufbewahrungsregale sind ja völlig überfüllt.«

Auch die Schlange vor dem Fahrstuhl lud die beiden nicht zum Warten ein, weshalb sie sich zu den schmalen Aufgängen zum Bordbistro begaben.

»Uff, endlich geschafft«, keuchte Rainer und schaute sich nach einem geeigneten Sitzplatz um. Allen Schleppereien zum Trotz empfing sie ein hell eingerichteter Salon mit einem großen Speiseangebot der Bordgastronomie.

»Lass uns doch zu den Liegesitzen an den Panoramafenstern gehen«, schlug Britta vor. »Ist eine super Aussicht.«

Beide bestellten Milchkaffee, dazu frische krosse Käsebaguettes und genossen die beginnende Überfahrt. Rainer erkundete zwischendurch mit angeborener Neugier das Salon- sowie Sonnendeck. Dadurch verging die Zeit sehr schnell. Nach 45 Minuten lief die ›Uthlande‹ in den Hafen von Wyk auf Föhr ein.

Nach kurzem Anlegemanöver fuhren erste Autos vom Fahrzeugdeck und machten den Weg frei für Passagiere, die zu Fuß oder per Fahrrad an Land gehen wollten. Auf einem großen Schild mit ›Hartelk welkimen üüb Feer!‹ wurden sie auf ihrem Weg vom Hafengelände in die Stadt begrüßt. Der Weg führte Rainer und Britta durch den Einlass der ›Stölpe‹ auf die Königsstraße zum Sandwall, der Flaniermeile auf der Insel. Da Rainer die Unterkunft gegoogelt hatte, war es ein Leichtes für sie, entlang der vielen Geschäfte und gastronomischen Betriebe ihr Hotel zu finden.

»Da vorn ist schon das ›Kurhaus Hotel‹«, rief Rainer und bog rechter Hand hinter einem Eiscafé in den Eingangsbereich der Unterkunft ab. Das Einchecken ging zügig voran, sodass die beiden schnell ihr gemütliches Zimmer beziehen konnten. Zärtlich nahm Rainer seine Britta in die Arme und küsste ihren weichen Mund.

»Ich wünsche dir einen schönen Kurzurlaub mit mir«, hauchte er. »Die Seele baumeln lassen und neue Energie tanken für die kommenden Aufgaben, die zweifelsohne noch auf uns zukommen.« Rainer öffnete eine kleine Flasche Prosecco, gab seiner Liebsten das filigrane Glas und prostete ihr mit seinem charmanten Lächeln zu.

Am späten Nachmittag machten sie sich bei schönstem Wetter zu einem Stadtbummel auf. Obwohl Rainer lieber faul am Strand gelegen hätte, ließ er sich von Britta breitschlagen, auf kurze Shoppingtour zu gehen. Mal eben kurz gucken, dachte er. Hat sie es doch wieder geschafft, mich mit ihrer schmeichelnden Art einzuwickeln. Die Tüten werde ich wohl schleppen müssen. Er ließ sich aber nichts anmerken, und so gingen sie Hand in Hand langsam von einem Geschäft zum nächsten über die Promenade, Mittelstraße und die Große Straße. Einen kleinen Stopp legten sie im Kultursalon ›Alte Druckerei. die weinstube‹ ein. Zum Abschluss ihres Rundganges gönnten sie sich dort süße Leckereien und genossen die ihnen angebotenen Kaffeespezialitäten.

»Was hältst du davon, wenn wir heute Abend schön Fisch essen und uns danach in das Nachtleben der Insulaner stürzen?«, fragte Rainer recht harmlos und versuchte, sich nicht anmerken zu lassen, dass er noch eine Überraschung für Britta in petto hatte.

»Tolle Idee! Auf einer Nordseeinsel zu sein und keinen Fisch zu essen, wäre doch Sünde. Also machen wir das«, antwortete sie begeistert. »Danach noch ein bisschen das Essen abtanzen würde mir auch gefallen.« So gingen sie mit ihren Einkäufen, die sich doch in Grenzen gehalten hatten, zurück ins Hotel. Sie duschten, warfen sich in Schale und machten sich wenige Zeit später auf den Weg zum Restaurant ›Austernfischer‹ in der Großen Straße. Der erstklassige Gastronomiebetrieb war zwar für Rainers derzeitige finanzielle Verhältnisse im obersten Preissegment angesiedelt, jedoch der passende Ort, um sein Vorhaben in die Tat umzusetzen, wie er sich selbst eingestand. Nachdem sie sich beide für das Drei-Gänge-Menü entschieden hatten, offerierte Rainer sein Begehren Britta gegenüber.

»Wir sind schon jetzt ein großes Stück Weg zusammen gegangen. Ich bin mir sicher, dass ich dich liebe und, wenn irgendwie möglich, mit dir bis zu meinem Lebensende zusammen bleiben will. Darum möchte ich mich mit dir hier, auf dieser Insel, verloben. Das wird eine bleibende Erinnerung sein. Sagst du Ja?« Dabei rutschte Rainer ein wenig nervös auf dem Stuhl herum, fingerte aus seiner Jackentasche ein kleines Kästchen zutage, entnahm einen der beiden Ringe und berührte damit sanft Brittas linke Hand.

»Ja … mein süßer Kuscheltiger. Ich bin hin und weg«, erwiderte Britta gerührt mit leichtem Glanz in den Augen. Der Ring passte, und beide küssten sich über den Tisch hinweg. Der Kellner kam rechtzeitig mit dem bestellten Wein, um darauf anzustoßen.

»Da hast du mich aber toll übergerascht«, scherzte Britta in Verona-Manier, die sie gern parodierte. »Aber sag mal, woher kanntest du meine Ringgröße?«

»Bin eben clever«, konterte Rainer und zog das Unterlid seines rechten Auges mit dem rechten Mittelfinger etwas herunter. Die Geste der Pfiffigen.« Spaß beiseite«, erklärte er dann, »du hattest mal deinen Schmuck im Badezimmer abgelegt, und so war es für mich ein Leichtes, einen deiner Ringe zu messen. Der Rest erklärt sich von selbst.«

Beide genossen das leckere Essen, tauschten verbale Zärtlichkeiten aus und machten sich auf zum Tanzen. »Bevor wir herfuhren, habe ich gegoogelt, wo man am Wochenende am besten abzappeln kann«, erzählte der frisch Verlobte. »Da gibt es das ›Olympic‹, das aber eher etwas für jüngere Leute ist, und die ›Flaschenpost‹. Der Laden soll richtig angesagt sein, mit Cocktails und mit meinem Spezialdrink, den es ja nun auch nicht in jeder Bar gibt.«

»Super, gehen wir einfach hin und schauen mal, was auf uns zukommt«, stimmte Britta zu.

Vom Restaurant auf den Sandwall zur Königstraße waren es nur wenige Minuten Fußmarsch, um die ›Flaschenpost‹ zu erreichen. Sie wurden von Musik der 80er-, 90er-Jahre und aktuellen Hits empfangen. Das nette Interieur lud zum Verweilen ein, und der sehr aufmerksame Geschäftsführer, der sich als Olly vorstellte, suchte ein lauschiges Plätzchen für das verliebte Paar. Rainer bestellte für sich die Föhrer Spezialität ›Manhattan‹ und für Britta einen Gin Tonic. Nach kurzem Nippen an den Getränken und einem beiderseitigen Ausruf Richtung Olly »Super Mischungen hier« fanden sie schnell den Weg auf die Tanzfläche. Am Ende einer amüsanten, wild durchtanzten Nacht erreichte das Paar erst am frühen Morgen ihr ›Kurhaus Hotel‹ und fiel todmüde ins Bett.

Der nächste Morgen begann mit einem ausgiebigen Frühstück auf der Hotelterrasse mit Meerblick.

»Heute möchte ich ein paar Sehenswürdigkeiten betrachten und mich irgendwo an den Strand legen, faul sein und sonnen«, schlug Britta den Plan für den anstehenden Tag vor.

»Sehe ich genauso«, bekräftigte Rainer und studierte mit ihr den Inselfaltplan mit markanten Ausflugsempfehlungen von der Touristeninformation im Kurgartensaal.

Auf ausgeliehenen Rädern und mit einigen Sonnenutensilien in ihren Rucksäcken machten sie sich danach zum Hafen auf, um über den Wyker Fischmarkt zu bummeln. Immer sonntags war das bis Anfang Oktober die Attraktion schlechthin, und an einem der vielen Marktstände kaufte sich Rainer unter Begutachtung seiner Verlobten ein Fisherman-Shirt.

»Das sieht ähnlich aus wie die Bremer Fischgrätenhemden«, bemerkte er. »Ein schönes Andenken an die Insel für mich.«

Dann ging es mit dem Fahrrad weiter in das fünf Kilometer entfernte malerische Friesendorf Nieblum mit seinen vielen alten Reetdachhäusern.

»Das Dorf erinnert mich stark an Worpswede mit seinen vielen Künstlerecken«, stellte Rainer fest. An der Hauptstraße kauften sie sich im Café ein dänisches Eis und entdeckten gleich in der Nähe die ›Galerie Nieblum‹, in die sie schnurstracks hineingingen. Durch einen kleinen Plausch lernten sie den ehemaligen Bremer Künstler

Gregor Swoboda kennen, der ihnen seine großformatigen naturalistischen Werke vorstellte.

»Die Welt ist klein«, lachte Rainer bei der Verabschiedung aus der Galerie. »Sollte mich nicht wundern, wenn gleich Harald Schmidt in der Tür steht. Hab in verschiedenen Zeitungen gelesen, dass er auf der Insel seinen Sommerurlaub verbringt.«

Wenige Kilometer weiter erreichten sie dann in Utersum das ›Haus des Gastes‹, stellten ihre Fahrräder ab und suchten sich in der Dünenlandschaft einen schönen Platz zum Sonnen.

»Eigentlich darf man nur am Strand sein Lager aufschlagen, da die Dünen unter Naturschutz stehen. Aber ich finde das hier ein bisschen geschützter und romantischer mit dir, mein Schatz«, zwitscherte Britta.

»Wo keine Kläger, da kein Richter«, antwortete Rainer kurz und breitete die mitgebrachten Decken aus. Beide entledigten sich ihrer Kleidung. Nach beiderseitigem Einmassieren mit Sonnencreme machten sie sich in Badehose und Bikini zu einem ausgiebigen Strandspaziergang auf, allerdings mit den Füßen immer in den auflaufenden Wellen.

»Ich wollte gerade hier mit dir hin, denn vorn links siehst du die Insel Amrum und weiter rechts kannst du den Hafen Hörnum auf Sylt sehen«, deutete Rainer Richtung Horizont.

»Sieht eigentlich ganz nah aus. Tolle Aussicht hier«, antwortete Britta mit Blick auf Rainer, zog ihn an sich heran und küsste ihn fordernd. »Komm, Süßer, lass uns zu unseren Strandtüchern in den Dünen gehen.«

Kaum angekommen, glitt Rainer mit seiner Hand sanft über Brittas Körper, öffnete das Bikinioberteil, streichelte zärtlich ihre Brüste, glitt tiefer, stoppte erst in ihrer Bikinihose. Britta schloss ihre Augen, seufzte kaum vernehmlich. Dabei vernahm sie auch Rainers stockenden Atem und spürte sanft seinen Finger, der sich kreisend in ihr bewegte. Sie zog Rainer die Badehose aus, streichelte seine Hoden und sein erigiertes Glied. Rainer begann zu stöhnen, suchte, obwohl beide mit ihren Händen beschäftigt waren, Brittas Lippen und küsste sie leidenschaftlich. Dabei flüsterte er ihr kleine Obszönitäten ins Ohr, die sie beide nur noch heißer aufeinander machten. Während ihr Schoß leicht vibrierend kreiste, zog sie mit einer Hand Rainer näher zu sich heran und drückte seine steife Männlichkeit in ihr schon voller Erwartung schmatzendes Feuchtgebiet. Wild aneinander geklammert liebten sie sich zum gemeinsamen Höhepunkt und fielen erschöpft zurück auf ihre zerknüllten Strandtücher, ihre Arme und Beine von sich streckend. Der warme Nordseewind gönnte ihnen eine Atempause zur Erholung, ließ sie beide kurz einnicken und träumen. Nach dieser ›Romanze in f-Moll‹ machten sie sich am frühen Abend vom Strand wieder auf den Rückweg nach Wyk, kehrten im Fischrestaurant ›Klatts Gute Stuben‹ in der Mühlenstraße zu einem leckeren Essen ein, bevor sie im Hotel ihre Koffer für den Abfahrtstag am nächsten Morgen packten.

Ausgeruht und erholt ging es am nächsten Vormittag mit dem Fährschiff ›Schleswig-Holstein‹, das sie sicher wieder in Dagebüll auf das Festland brachte, in den Alltag zurück.

Während Rainer West sich aufmachte, um den Wagen zu holen, blieb Britta Kern mit dem Gepäck zurück und wartete darauf, dass sie abgeholt würde. Sie nutzte die Gelegenheit, um in Bremen Dr. Senkstake telefonisch darüber zu informieren, dass beide zum vereinbarten Termin auf der Heimreise seien. Rainer fuhr gerade vom Parkplatzgelände, als sie das Gespräch beendete. Danach ging es wieder über die A 7 zurück gen Bremen.

15

Zur gleichen Zeit betrat eine mit schwarzer Motorradfahrermontur und schwarzem Helm bekleidete Person die Postfiliale von Harpstedt. Sie blickte sich kurz um, bemerkte, dass sich kein weiterer Postkunde im Raum befand, und trat an den Schalter. Die Person stellte eine Stofftasche auf den Schaltertisch und forderte kurz: »Alles verfügbare Geld und Briefmarken, sonst kracht es gewaltig. Und keine Mätzchen. Bleiben Sie weg vom Alarmknopf.«

»Wir haben nur wenig Wechselgeld. Die größere Summe liegt im Automaten. Wir können da nicht ran«, versicherte der Mitarbeiter mit erhobenen Händen.

»Reden Sie keinen Quark! Los, Ihr Geld in Scheinen und die Briefmarken. Und geben Sie eine Ihnen bekannte Kontonummer in den Automaten ein. Wenn Sie nicht sofort reagieren, töte ich Sie!«

Der Postangestellte entnahm verängstigt der Kasse die Scheine des Wechselgeldes, stopfte sie in die Tasche. Dabei sah er den schwarzen Griff einer Pistole und erklärte mit zitternder Stimme: »Ich habe die Briefmarken hier unten in einer Lade, ich muss mich kurz bücken.«

»Dann machen Sie das, aber schnell und Finger weg vom Alarmknopf! Ich beobachte genau.«

Der Postangestellte griff mit der linken Hand an die Lade, entnahm einen Stapel Briefchen mit Briefmarken und steckte diese zu den Geldscheinen in die Tasche. Der Schwarzgekleidete verfolgte jede Bewegung genau. Dann griff der Postmann wieder zur Lade, um die restlichen Briefchen mit Marken zu greifen, wobei er sich mit der rechten Hand am Tresen festhielt. Was der Schwarzgekleidete nicht bemerkte, war, dass ein Finger der rechten Hand nach dem Alarmknopf tastete und den Alarm auslöste.

»Los, jetzt holen Sie Geld aus dem Automaten!«

»Das kann ich nicht, ich habe keinen Schlüssel. Den hat der Filialleiter, und der ist nicht da.«

»Dann geben Sie eine Kontonummer ein, unter der Sie Geld herausholen können.«

»Das geht nicht. Dazu brauche ich eine EC-Karte.«

»Mann, wenn Sie noch einen Buchstaben sagen, ohne dass Sie Geld aus dem Automaten holen, sind Sie tot! Sie haben doch sicher ein Postkonto. Ich zähle bis drei. Eins, …«

Der Postangestellte zögerte nicht, griff in seine Gesäßtasche, holte seine Geldbörse heraus, entnahm ihr seine EC-Karte, zog sie durch den Kartenleser und fragte: »Was für eine Summe soll ich eingeben?«

»Was Sie können, bis zum Anschlag Ihres Dispos. Sie kriegen das Geld von der Versicherung ersetzt, keine Angst – und jetzt machen Sie schon!«

Während der Postmitarbeiter die Daten in den Computer tippte, drehte sich der Schwarzgekleidete kurz um, um nach draußen zu schauen. Ein erster silberblauer Kombi hielt gerade schräg gegenüber auf der anderen Straßenseite.

»Da haben Sie einen gewaltigen Fehler gemacht.« Mit diesen Worten ergriff der Schwarzgekleidete den Postangestellten mit beiden Händen am Kragen und riss ihn halb auf den Tresen. Mit der Faust schlug er auf den Mann ein, dessen Nase sofort aufplatzte. Blut strömte über das Gesicht des Opfers.

»Los, schließen Sie die Tür ab!«, befahl sein Peiniger.

»Ich kann nicht, ich habe keinen ...«

Sofort schlug wieder eine mit Lederhandschuhen überzogene Faust in seinem Gesicht ein.

»Schließen Sie ab!«

Der Postangestellte wurde gänzlich über den Tresen gezogen und erhielt einen Stoß, sodass er Richtung Eingangstür stolperte.

»Schließen Sie ab!«, befahl der Schwarzgekleidete erneut. Dabei hielt seine rechte Hand urplötzlich den Revolver auf den Postmitarbeiter gerichtet. »Jetzt noch einen Fehler oder ein Zögern, und das war das Letzte, was Sie im Leben getan haben!«

In Todesangst zog der Mitarbeiter einen Schlüsselbund aus der Hosentasche und schloss die Eingangstür ab.

»Ziehen Sie die Jalousien zu!«

Der Postangestellte tat, wie ihm geheißen.

»Was gibt es noch für Räume und Türen?«, herrschte ihn der Schwarzgekleidete an.

»Los, zeigen Sie es mir!«

Er hielt dem Postmitarbeiter die Pistole an den Kopf, ergriff seinen Kragen und schob ihn um den Tresen herum Richtung Tür zum Nebenraum. Nachdem sich der Eindringling mit den Räumlichkeiten vertraut gemacht hatte, fesselte er ihn auf einem Bürostuhl, verklebte den Mund mit Paketklebeband, kippte den Stuhl so um, dass das Opfer, an den Stuhl gefesselt, auf der Seite lag und damit bewegungsunfähig war. Dann schlich sich der Täter zur Tür, lupfte die Jalousie minimal an und starrte nach draußen. Dort waren inzwischen zwei weitere silberblaue

Streifenwagen eingetroffen. Er sah, wie Polizisten versuchten, Schaulustige abzudrängen. In der Post klingelte das Telefon. Der Täter ging zu dem auf dem Tresen liegenden Handy, schaute kurz auf das Display und nahm das Gespräch entgegen.

»Ja!«

»Hier spricht die Polizei. Geben Sie auf, das Gebäude ist umstellt, Sie haben keine Chance.«

Der Vermummte beendete ohne ein Wort das Gespräch. Er wusste, dass, wenn er sich auf langwierige Verhandlungen und Verzögerungstaktiken einließ, Hunderte von Polizisten und Spezialeinheiten mit entsprechender Technik vor Ort sein würden. Der Alarmknopf hatte zuerst nur die Polizei aufgeschreckt und Teams herbeigerufen, die nachsahen, worum es ging, und eventuelle Erstmaßnahmen ergreifen konnten. Wenn jetzt die Verhandlungen mit den üblichen Spielchen begannen, war er verloren. Er musste Druck machen, wenn er eine Chance haben wollte. Er musste aus seiner besseren Lage heraus überrumpeln! Im Moment konnten nur wenige Polizeiwagen aus kleineren umliegenden Gemeinden kommen, aber die Spezialeinheiten mussten von weiter her aus größeren Orten gerufen werden. Es musste schnell gehen. In die Überlegungen hinein klingelte das Handy wieder.

»Hören Sie auf mit dem Müll. Sagen Sie, was Sie wollen!« Der Täter bellte nur kurz in das Telefon.

»Ruhig, Mann, ganz ruhig. Wir wollen lediglich mit Ihnen sprechen. Keine Panik, es geschieht im Moment nichts hinter Ihrem Rücken. Sie können ganz gelassen sein.«

»Ich weiß, dass Sie lügen. Ich spiele Ihre Spiele nicht mit. Fahren Sie einen Wagen ganz dicht an die Hintertür, sodass ich durch das Auto geschützt werde! Die Türen des Wagens müssen zum Haus hin geöffnet sein. Der Fahrer verschwindet sofort. Keine Wanzen, ich habe einen Detektor bei mir. Kein Scharfschütze in der Nähe. Es gibt keine weitere Verhandlung. Ihr Zeitfenster sind fünf Minuten. Dann muss alles erledigt sein, sonst stirbt die erste Geisel. Und ich will zehn Minuten Vorsprung, bevor Sie mir folgen.«

»Moment, wie viele Gei…?«

Doch der Schwarzgekleidete hatte bereits das Gespräch beendet. Wieder klingelte das Handy.

»Wir können so schnell keinen Wagen besorgen.«

»Uih, haben Sie amerikanische Krimis gesehen? Quatsch! Holen Sie ein Auto oder stellen Sie mir einen Streifenwagen zur Verfügung. In vier Minuten werden Menschen sterben!« Er legte auf. Weiteres Klingeln des Telefons ignorierte er.

Die Einsatzleiter besprachen sich kurz.

»Wir können momentan nichts tun. Wir müssen auf seine Forderungen eingehen. Es gibt keinerlei Informationen, wie viele Personen sich in der Gewalt des oder der Täter befinden. Wir wissen nicht einmal, ob wir es mit einem oder mehreren Tätern zu tun haben. Da alles abgedunkelt ist, können wir die Räume nicht einsehen. Wir können nicht von unten oder oben Technik einsetzen, und zu guter Letzt haben wir vor allem keine Zeit, etwas vorzubereiten. Wir müssen ihn ziehen lassen und dann verfolgen. Stellen Sie einen Wagen. Er sollte sauber sein, denn wenn er verwanzt ist und der Täter hat tatsächlich einen Detektor, gefährdet das Menschenleben. Das können wir nicht riskieren. Denken Sie nur an das Beispiel ›Gladbeck-Fall‹ aus den 80er-Jahren, als diese Ausbrecher in Bremen den Linienbus gekapert hatten und mit einer Meute Journalisten im Schlepptau durch Deutschland fuhren. Als beim Zugriff die Silke Bischoff starb, hatten wir mächtig Probleme. Das wollen wir nicht noch mal. Hubschrauber müssen her! Dann stellen wir ihm einen Streifenwagen zur Verfügung. Das bedeutet für alle einen Wechsel der Funkfrequenz. Machen Sie Meldung darüber. Damit er keinen Polizeifunk mithören kann. Geben Sie die Nummer des Wagens an alle Stellen weiter.«

Der Einsatzleiter hatte alles auf die Schnelle zusammengefasst. Er sah für sich und seine Leute keine Möglichkeit des Zugriffs. Alles Nötige wurde veranlasst.

Der Täter beobachtete, wie langsam ein Streifenwagen zur Hintertür rollte. Der Polizist, der den Wagen fuhr, manövrierte ganz dicht an das Haus, sodass er gerade noch die Beifahrer- und hintere Tür öffnen konnte. Dann zog er sich augenblicklich zurück. Innen riss der Schwarzgekleidete den verstörten Postbeamten hoch und sprach auf ihn ein: »Sie werden mein lebendes Schutzschild sein. Ihre einzige Überlebenschance ist, meinen Anweisungen zu folgen. Dann passiert Ihnen nichts. Haben Sie das verstanden?«

Der Postbeamte nickte.

»Gut. Ich binde Sie jetzt los. Dann gehen wir langsam zur Hintertür. Denken Sie daran, dass ich einen Revolver an Ihren Kopf drücke. Keine Mätzchen. Sie schließen die Tür auf, gehen sofort in die Hocke und kriechen durch die Beifahrertür in den Wagen. Ich werde dicht hinter Ihnen sein. Dann fahren Sie los. Sobald wir auf der Wildeshauser Straße sind, geben Sie Vollgas, Richtung Delmenhorst. Haben Sie alles begriffen?«

Die Geisel nickte wieder stumm. Augenblicklich band

der Schwarzgekleidete den Postmitarbeiter los, drückte aber sofort den Lauf seines Revolvers an dessen Hinterkopf. Die Szene lief ab wie befohlen. Das Auto bog in die Wildeshauser Straße ein, folgte rasend der Burgstraße in die Verlängerung Amtsfreiheit, bog auf die Delmenhorster Landstraße, die L 776, und jagte Richtung Klein Ippener. Kurz nachdem der Fluchtwagen in die Wildeshauser Straße eingebogen war, rannten etliche Polizisten, die nach und nach eingetroffen waren, zu ihren Autos und nahmen die Verfolgung auf. Der Schwarzgekleidete saß direkt hinter dem Fahrer und drückte weiter den Lauf der Waffe an den Hinterkopf des Postbeamten.

»100 Meter nach der Biegung kommt auf der linken Seite ein Waldweg. Rauschen Sie da rein!«

Die Geisel tat, wie befohlen.

»Biegen Sie da rechts in die Tannen rein!« Folgsam fuhr der Postbeamte den Wagen in eine Lücke der Tannenschonung. Für die Verfolger war das Fluchtfahrzeug damit außer Sicht. Ohne jede Vorwarnung schlug der Täter den Kolben seiner Waffe dem Postbeamten auf den Hinterkopf. Die Geisel zuckte kurz und sackte dann auf dem Fahrersitz in sich zusammen. Blutüberströmt lehnte die leblose Person an der Fahrertür. Der Täter hatte sofort nach dem Schlag die hintere Tür geöffnet und verschwand in der Tannenschonung. Drei Polizeifahrzeuge jagten an der Einfahrt zum Waldweg vorbei. Erst auf der langen Geraden, circa anderthalb Kilometer hinter Harpstedt merkten die verfolgenden Polizisten, dass etwas nicht stimmen konnte. Sofort herrschte reger Funkverkehr. Jedes Fahrzeug versuchte sofort zu wenden, was durch den neben der Straße verlaufenden Graben nicht einfach war. Teilweise behinderten die Fahrzeuge sich gegenseitig. All das verschaffte dem Täter Zeit. Er schlug sich durch die Tannenschonung zurück Richtung Harpstedt.

Rainer West und Britta Kern waren inzwischen von der A 7 auf die A 1 gewechselt und fuhren Richtung Bremen. Nach längerer Verzögerung durch Staustehen entschieden die beiden trotz der relativen Nähe zu Bremen, eine Rast einzulegen, um zu versuchen, dem LKW-Verkehr auszuweichen. Auf dem Rastplatz Hollenstedt kehrten sie ein und gönnten sich ein paar Stunden Zeit.

Der Schwarzgekleidete erreichte inzwischen den Ortsrand von Harpstedt zu der Zeit, als die Polizeimeute den Fluchtwagen mit dem Postbeamten erreichte. Der Einsatzleiter bellte ins Mikrofon: »Ringfahndung, und ich will einen Hubschrauber mit Wärmebildkamera, so schnell wie möglich, der hier die ganzen Waldstücke überprüft!«

Der Täter hatte sich der Lederjacke und des Motorradhelms entledigt. Er trug ein rot kariertes Hemd, das durch die geschlossene Jacke verdeckt worden war. Im jetzigen Outfit würde man ihn nicht so schnell erkennen, zumal die Wahrscheinlichkeit hoch war, dass niemand damit rechnete, dass er wieder in Harpstedt auftauchte. Dort angekommen, ging er, sich sorgsam umschauend und beobachtend, bereit, sofort zu reagieren, zu seinem vorher im Amtmannsweg abgestellten Wagen, startete und verfolgte seinen vorher festgelegten Fluchtweg über den Tielingskamp, die Bassumer Straße und die Purrmühle. Er vermied es, der Poststelle zu nahe zu kommen, da dort sicher noch die SOKO-Leute oder Beamten der Spurensicherung arbeiteten. Von Ferne, über die Freiflächen der Felder, hatte er mit angesehen, wie Polizeifahrzeuge auftauchten und Straßensperren errichteten. Auch hörte er die ratternden Rotoren eines Polizeihubschraubers, der allerdings die Waldstücke längs der Delmenhorster Landstraße untersuchte, Richtung Groß Ippener, also entgegengesetzt seines Weges, dort, wo er vorher den Fluchtwagen verlassen hatte. Er hatte sehr gut daran getan, die Verhandlungen ganz knapp zu halten. Hätte er sich auf Gespräche eingelassen, wäre jeder Fluchtversuch zum Scheitern verurteilt gewesen. Statt der erzwungenen Entscheidung durch die Dorfpolizisten, wäre ein Sondereinsatzkommando mit Verhandlungsspezialisten vor Ort gewesen, dazu hätten ihm Massen an Polizeibeamten mit modernster Technik im Weg gestanden und er wäre keine 200 Meter weit gekommen. Hubschrauber hätten ihn aus großer Höhe verfolgt, er wäre in einer Straßensperre gelandet. Nur die schnelle Abwicklung hatte ihn gerettet. Über weitere kleine Straßen erreichte er Wildeshausen, wo er auf die A 1 Richtung Hamburg wechselte. Zwar war seine Beute relativ klein, aber mit sehr viel Glück war er vorerst entkommen. Durch seine Tarnkleidung und Handschuhe gab es praktisch kaum Hinweise, vielleicht Größe, Stimme und damit Staatszugehörigkeit. Über das Bremer Kreuz ging die Fahrt zur Abfahrt Bremen Überseehafen, von dort über den Utbremer Kreisel nach Walle. Vor der Wohnung in der Loxstedter Straße parkte er seinen Wagen, schloss die Tür auf und atmete kräftig durch. Es war Zeit für ein Bier, doch das sollte hintangestellt sein. Am Küchentisch saß eine ganz in schwarze Lederkleidung gehüllte Person. Das dunkle Visier des Helms war heruntergelassen.

»Du kommst spät!«

»Es gab Komplikationen!«

»Ich hörte davon im Radio. Du hast dich zu dämlich angestellt!«

»Ich konnte nicht mitkriegen, dass der Alarmknopf gedrückt wurde. Aber ich bin doch gut rausgekommen!«

»Ohne Frage.«

»Mehr mache ich aber nicht mehr für Sie! Das war mir zu knapp. Hier ist die Beute, etwas Geld und Briefmarken. Geben Sie mir jetzt meine Schuldscheine.«

»Ulf, du sollst bekommen, was du verdienst.« Mit diesen Worten nestelte der Besucher am Reißverschluss seiner Lederkombi, zog eine Pistole mit Schalldämpfer und schoss.

Obwohl sich Ulf geistesgegenwärtig zurückgeworfen hatte, erhielt er einen Schlag gegen den Kopf, wurde gegen die Tür geschleudert und sackte blutüberströmt in sich zusammen. Der Schütze warf nur einen prüfenden Blick auf die leblose Person, sah die sich ausbreitende Blutlache, erachtete den Kopfschuss als ausreichend und verließ die Wohnung.

16

Als Britta Kern und Rainer West die Rembrandtstraße in Bremen-Schwachhausen erreichten, sahen sie schon beim Einbiegen von der Georg-Gröning-Straße einen Polizeiwagen vor der Tür stehen. Noch ehe sie Fragen stellen konnten, erklärte ein Polizist: »Wir müssen Sie bitten mitzukommen.« Einwände wie »Wir kommen gerade von einer Urlaubsfahrt und möchten erst auspacken« waren sinnlos. Die Polizisten verfolgten ihren Auftrag. Britta und Rainer ergaben sich ihrem Schicksal.

Über den Stern Hermann-Böse-Straße, Herdentorsteinweg ging es zum Kommissariat Am Wall. Unterwegs ließen sich die beiden Beamten auf kein Gespräch ein. Britta und Rainer wurden in einen Verhörraum gebracht und mussten einige Zeit warten, bis Frau Hansen zusammen mit einem Kollegen den Raum betrat.

»Ah, da sind Sie ja«, eröffnete Frau Hansen das Gespräch. »Wir hatten Sie früher erwartet. Sie wissen Bescheid?«

»Worüber sollen wir Bescheid wissen? Wir kommen gerade aus dem Urlaub. Dr. Senkstake wurde informiert. Haben Sie ihm mitgeteilt, dass wir hier sind?«

»Konnten wir noch nicht, ehe Sie nicht da waren.«

»Na, dann holen Sie das mal schnellstens nach. Vorher machen wir keine Angaben. Leiden Sie unter Arbeitsmangel oder Sehnsucht nach mir?«, frotzelte Rainer.

»Herr West, Sie sollten die Sache etwas ernster nehmen, wir sind hier nicht die Protagonisten eines Romans aus dem renommierten Krimiverlag Gmeiner. Wir sind keine Spielfiguren eines Buches! Das hier ist Realität. Es hat einen neuen Raubüberfall gegeben. Ein Beteiligter wurde dabei schwerstverletzt. Es gibt keinen Grund zum Scherzen!«

»Dann weiß ich nicht, was Sie von uns wollen. Wir kommen gerade von einem Kurztrip zurück.«

»Darüber hatte mich Ihr Anwalt informiert. Aber was ist mit Nachweisen?«

»Warten wir doch lieber auf Dr. Senkstake. Wenn es um die alte Geschichte geht, ich habe nicht mal einen Motorradführerschein und auch keine Lederkombination!«

»Die Kombi muss nicht zwangsweise auf ein Motorrad hinweisen. Sie kann auch zur Ablenkung getragen werden oder nur, um das Aussehen zu verschleiern. Wie kommen Sie überhaupt auf das Motorradoutfit?«

»Eine funktionierende Gehirnzelle dürfen Sie mir schon noch zugestehen. In den Fällen, in die ich involviert sein soll, wird doch solch eine Kleidung getragen. Stand in allen Zeitungen. Aber dann kümmern Sie sich erst einmal um meinen Anwalt!«

»Wie Sie wollen.« Damit verließ Frau Hansen den Vernehmungsraum.

Dr. Senkstake betrat zusammen mit Frau Hansen zwei Stunden später das Zimmer. Frau Hansen hatte ihn kurz vorher über den Raubüberfall auf die Post in Harpstedt informiert und darüber, dass es eine deutliche Parallele zu den Banküberfällen gab. Die Statur des Posträubers sei in auffälliger Weise dem der Banküberfälle ähnlich. Also wolle man Rainer Wests Alibi überprüfen. Dr. Senkstake sprach mit Britta und Rainer unter sechs Augen darüber. Rainer West musste zugeben, dass die beiden allein im

Wagen gesessen hatten, aber immerhin habe es Zeugen auf der Fähre und dem Parkplatz gegeben. Die überlange Fahrtzeit nach Bremen begründete er mit dem Verkehrsaufkommen und einigen Staus, in denen sie gestanden hätten.

»Ach ja, da fällt mir ein, wir waren noch auf dem Rastplatz Hollenstedt eingekehrt und haben dort länger gesessen, um darauf zu warten, dass der LKW-Verkehr von Hamburg sich beruhigte. Dafür sollte es genügend Zeugen geben«, fügte er hinzu.

»Ich denke, damit sind Sie endgültig aus dem Schneider, denn Sie können nicht an beiden Orten gleichzeitig gewesen sein«, stellte Dr. Senkstake zufrieden fest. In dem Moment betrat Frau Hansen wieder den Raum.

»Nun, konnten Sie sich abschließend besprechen?«, fragte sie, als die Tür erneut aufging. Ein Polizeimitarbeiter trat ein, flüsterte Frau Hansen etwas ins Ohr und verschwand gleich darauf.

»Frau Kern, ich habe eine Mitteilung für Sie. Ihr Bruder wurde gefunden.«

»Was heißt das, er ›wurde gefunden‹? Sie sagen das so komisch«, entgegnete Britta verunsichert.

»Ein Nachbar hat die Polizei benachrichtigt. Er entdeckte Ihren Bruder in seiner Wohnung.«

Britta atmete hörbar auf. »Gott sei Dank, es hörte sich so an, als ob … na ja, als sei er tot.«

Frau Hansen musterte Britta aufmerksam: »Warum meinen Sie das? Wie kamen Sie darauf, Ihr Bruder sei tot?«

»Weil Sie das so komisch formulierten und wir bei der Polizei sind. Ist er in Ordnung? Kann ich mit ihm sprechen?«

»Im Moment nicht. Wir sind hier noch nicht fertig. Es sieht so aus, als sei Ihr Bruder in einen Überfall in Harpstedt, der ähnlich ablief wie die Banküberfälle, verwickelt.«

»Was heißt das?«

»Sagen Sie es mir. Es ist doch höchst auffällig, dass wir bei den Ermittlungen immer wieder Spuren finden, die in Ihr beider soziales Umfeld führen.«

»Unterlassen Sie solche Unterstellungen. Es ist eindeutig erwiesen, dass meine Mandanten die Tat nicht begangen haben. Halten Sie sich an die Fakten«, griff Dr. Senkstake erbost ein.

»Ich sehe das so«, gab Frau Hansen ungerührt zurück, »Frau Kern arbeitet bei der Bremer Bank, Bremer Banken werden überfallen. Wir finden am Tatort einen Kugelschreiber mit den Fingerabdrücken des Herrn West. Jetzt scheint der Bruder von Frau Kern in den Raubüberfall verwickelt zu sein, der eindeutig Parallelen zu den Banküberfällen zeigt. Das sind mir ein, zwei Zufälle zu viel! Und es ist nicht auszuschließen, dass Beihilfe der ein oder anderen Art vorliegt.«

»Trotzdem spekulieren Sie, und das verbitte ich mir im Namen meiner Mandanten!«

»Was ist jetzt mit meinem Bruder?«, unterbrach Britta ungeduldig den Disput.

»Ein Nachbar fand ihn mit einem Kopfschuss in seiner Wohnung. Die Wohnungstür war nicht ganz geschlossen.«

»Oh, mein Gott!«, Britta schlug eine Hand vor den Mund. »Er ist also doch tot?«, fragte sie tonlos.

»Zum jetzigen Zeitpunkt noch nicht. Die Ärzte kämpfen um sein Leben, aber es sieht nicht gut aus. Er wird gerade operiert. Kollegen untersuchen noch den Tatort. Es handelt sich ohne Zweifel um einen Tötungsversuch.«

»Ich möchte sofort zu ihm!«

»Gut, Sie können gehen. Er wurde ins St.-Jürgen-Krankenhaus gebracht. Aber halten Sie sich bitte zur Verfügung. Das gilt für Sie beide. Wir sind noch nicht fertig.«

Britta und Rainer saßen im Wartebereich des Chefarztsekretariats der Neurochirurgie des Krankenhauses St. Jürgen. Ulf befand sich nach wie vor im Operationssaal.

Bislang hatten die beiden keinerlei Informationen erhalten. Mit den Worten ›Zum jetzigen Zeitpunkt können wir noch nichts sagen‹ waren sie von jedem vorbeieilenden Arzt vertröstet worden. Natürlich war dieser Fall auch für ein solch großes Krankenhaus mit hohem Patientenaufkommen etwas Besonderes. Das Bankenungeheuer lag vielleicht auf dem OP-Tisch. Überall wimmelte es von Polizeibeamten, die sicherstellten, dass kein Unbefugter Ulf zu nahe kam, Ulf aber auch nicht verschwinden konnte. Eine unbegründet erscheinende Sorge, aber Vorsicht ist die Mutter der Porzellankiste.

Nach Stunden näherte sich ein Oberarzt.

»Die Operation wurde beendet«, verkündete er an Britta gewandt.

»Wie geht es ihm?« Sie sprang auf. »Wird er überleben?«

»Das können wir im Augenblick nicht mit Sicherheit sagen. Er lebt. Die Operation verlief so weit erfolgreich. Die Kugel hat die Schädeldecke durchschlagen. Allerdings hatte der Patient unglaubliches Glück. Sie trat schräg seitlich ein und wurde durch die hintere Schädeldecke aufgehalten. Soviel ich weiß, hat sich ihr Bruder vor dem Schuss zur Seite geworfen. Das hat ihn wahrscheinlich gerettet.

Wir können noch nicht sagen, welche Auswirkungen die Verletzung haben wird. Zurzeit liegt der Patient auf der Intensivstation.«

»Aber er wird leben?«

»Wie gesagt – diesbezüglich können wir keine sichere Prognose geben. Die Kugel konnte entfernt werden, aber durch das schwere Trauma befindet sich Ihr Bruder im Koma. Wir müssen erst abwarten, wie der Patient reagieren wird, ob er die Folgen der schweren Operation übersteht. Prognosen zum jetzigen Zeitpunkt sind verfrüht.«

»Darf ich zu ihm?«, bat Britta. Sie hatte sich während der Ausführungen des Arztes wieder gesetzt und blickte ihn nun aus tränennassen Augen an.

»Davon kann ich nur abraten. Wir wissen nicht, ob und was der Patient im Unterbewusstsein mitbekommt. Aber jede Emotion kann zu viel für ihn sein. Sie können einen Blick durch die Glasscheibe werfen. Kommen Sie mit.«

Britta erhob sich erneut.

»Du kannst ruhig hier bleiben«, erklärte sie an Rainer gewandt. »Ich schaue nur kurz, dann komme ich zurück.«

»Lass dir nur Zeit, Schatz. Ich gehe inzwischen nach draußen und telefoniere. Wir treffen uns wieder hier.«

»Ist gut«, nickte Britta und folgte dem Oberarzt zur Intensivstation, während Rainer das Gebäude verließ. Er wollte Roland Ernst anrufen.

»Können wir uns treffen?«, platzte er ohne Begrüßung heraus, als der den Kommissar an der Strippe hatte.

»Ich darf nicht, das weißt du. Aber ich stehe auf deiner Seite, dessen kannst du dir sicher sein. Also gut. Es muss an einem Ort sein, an dem wir ungestört sind und nicht beobachtet werden.«

»Wie wäre es in Hasenbüren, im Fährhaus Wessels? Wochentags sind höchstens ein paar Rentner da, wenn überhaupt. Und da das Wetter nicht so schön ist, werden nur wenige Ausflügler da hinfahren.«

»Das können wir machen. Sagen wir in zwei Stunden.«

Rainer ging zurück in die Wartezone der Neurochirurgie. Es dauerte nicht lange, bis Britta zu ihm kam. Sie hatte geweint, wie kaum zu übersehen war. Sie ging direkt auf Rainer zu und drückte sich an ihn.

»Nimm mich bitte in den Arm«, flüsterte sie kraftlos.

Rainer hielt sie, seine rechte Hand umfasste ihren Kopf an seiner Schulter und strich dabei sanft über ihr Haar.

»Es wird bestimmt gut. Er ist hier in sehr guten Händen.«

Rainer wartete, bis Britta sich einigermaßen beruhigt hatte und schob sie dann vorsichtig zu den Stühlen. Er setzte sich und zog Britta behutsam auf seinen Schoß.

»Hast du ihn gesehen?«, fragte er vorsichtig.

»Ja«, gab Britta schniefend zurück.

»Wie sieht er aus?«

»Wie eine Mumie. Sein Kopf ist vollständig mit Verband bedeckt, und überall führen blutige Schläuche aus seinem Kopf. Da er künstlich beatmet wird, hat er Intubationsschläuche im Mund. Wieder andere stecken in seiner Nase. Ich habe noch nie so etwas Schreckliches gesehen.«

»Du siehst aber, es wird alles Erdenkliche für ihn getan. Er wird es schaffen!«

»Ich bin mir nicht so sicher. Du hättest ihn sehen sollen, wie er da so lag …« Britta schluchzte auf.

Rainer fühlte sich hilflos, weil er nicht wusste, wie er seiner geliebten Britta Beistand und Trost geben konnte. Ein falsches Wort hätte zum jetzigen Moment vieles zerstört.

»Lass uns nach Hause fahren«, schlug er vor.

»Rainer, das kann ich nicht. Ich muss hier bleiben. Fahr du nur. Du kannst mir hier nicht helfen. Aber ich muss in Ulfs Nähe sein.«

»Kann ich dich wirklich allein lassen?« Rainer gefiel der Gedanke gar nicht. »Ich habe mich mit Roland Ernst verabredet. Vielleicht kann er mir Informationen geben.«

»Bitte fahr, mach dir keine Sorgen. Es geht schon wieder.«

»Wirklich?«

»Wirklich!«

Britta lächelte Rainer tapfer an, erhob sich von seinem Schoß und schob ihn sanft zum Ausgang.

Rainer West war zur verabredeten Zeit unterwegs in Richtung Bremen-Seehausen, vorbei am Container-Bahnhof und den Sickerfeldern, folgte dort der schmalen, kurvenreichen Hasenbürener Landstraße entlang des Weserdeiches, die sich schier endlos hinzog, bis zu der kleinen Ortschaft Hasenbüren am Rande von Bremen und bog auf den Schotterparkplatz des Fährhauses Wessels ein. Er erkannte am abgestellten Wagen, dass Roland Ernst schon da war. Eilig schritt er die Stufen hoch, blickte sich in den Gasträumen um und ging in den wintergartenähnlichen Anbau. Dort saß in einer Ecke als einziger Gast der Kommissar. Nach kurzer Begrüßung setzte sich Rainer zu ihm. Als der Kellner kam, bestellte er jedoch nichts, denn die beiden wollten erst ein paar Schritte auf der Promenade des Weserufers gehen. Sie liefen den grasbedeckten Deich hinunter zum Promenadenweg.

»Es ist immer wieder ein imposanter Anblick, wenn ich das Stahlwerk von Arcelor Mittal sehe. Ich weiß, dass es anders heißt, aber für mich bleibt es das alte Klöckner-Gelände, der neue Name ist mir zu schwierig«, meinte Roland Ernst versonnen.

»Diese weitläufige und trotzdem verwinkelte Anlage mit ihren Ecken und Gebäuden, mit den Schornsteinen und Stahlverstrebungen, Stahltreppen, überdimensionalen Rohren, Türmen und Industrieaufbauten. Ich kann mir nicht vorstellen, dass es jemanden gibt, der das ganze sieben Hektar große Gelände kennt.« Abrupt drehte er den Kopf. »Aber, Rainer, weshalb dieses Treffen?« Sie schlenderten den geteerten Promenadenweg direkt am Weserufer Richtung Bremen-Woltmershausen entlang. Roland Ernst beobachtete dabei jeden Spaziergänger, der ihnen entgegenkam. Er dürfte sich gar nicht mit einem Verdächtigen privat treffen.

»Roland, irgendwie wächst mir die Sache langsam über den Kopf«, begann Rainer schließlich. »Ich war zwar immer nahe dran an Verbrechen, aber das hier ist mir nun doch viel zu nahe. Glaubst du, dass ich etwas damit zu tun habe?«

»Ich habe dir schon früher gesagt, dass ich dich für unschuldig halte, und daran hat sich absolut nichts geändert. Allerdings musst du zugeben – und ich bitte dich um objektive Beurteilung, soweit das möglich ist – irgendwie hat Frau Hansen recht. Irgendwie führen alle Spuren zu euch oder zu dir.«

»Danke für deine Meinung und deine Einstellung zu

mir. Ich habe mir, natürlich, auch schon Gedanken zu dem Fall gemacht. Dabei kam mir die Idee, dass jemand im Hintergrund die Strippen zieht.«

»Hast du einen Verdacht, wer das sein könnte?«

»Nein, absolut nicht«, gab Rainer zu. »Ich kenne niemanden, dem ich diese Gewalt zutrauen würde und vor allem kenne ich niemanden, der Grund hätte, mir das anzutun.«

»Vielleicht hängt das Ganze aber auch mit einem früheren Fall zusammen, über den du berichtet hast. Darüber haben wir schon im Präsidium gesprochen. Bist du irgendwann einmal jemandem auf die Füße getreten? Hatte jemand unter Folgen zu leiden, die durch deine Berichterstattung entstanden sind?«

»Ich habe keinen blassen Schimmer. Ich war doch nur Gerichtsreporter. Ich habe nie jemanden ans Messer geliefert oder verurteilt.«

»Na ja, ganz so einfach ist das auch nicht. Jeder Zeitungsartikel löst etwas im sozialen Umfeld des Täters aus. Berichterstattung im Vorfeld eines Prozesses wird auch von Richtern und Schöffen gelesen. Ob die dann ganz frei von Beeinflussung bleiben, wage ich zu bezweifeln. Eine falsche Interpretation deinerseits, eine ungenaue Recherche können ungeahnte Folgen haben, und jemand will sich dann an dir rächen.«

»Ich werde mal meine alten Fälle ausgraben und daraufhin überprüfen. Danke für den Tipp«, lächelte Rainer. »Eine Frage habe ich noch: Gehen die Ermittlungen in meine Richtung weiter, oder bin ich aus dem Schneider?«

»Niemand ist aus dem Schneider. Natürlich gehörst du nach wie vor zu den Hauptverdächtigen, aber durch den

Posträuber gibt es eine neue Spur, die allerdings auch wieder mit dir oder mit euch zusammenhängt.«

»Kann ich davon ausgehen, dass ich frühzeitig etwas von dir höre, wenn ich wieder im Fokus bin?«

»Das ist nicht so einfach. Natürlich ist Frau Hansen unsere Beziehung bekannt. Deshalb bin ich auch nicht ganz so dicht dran. Ich weiß nicht, ob ich unter Beobachtung stehe. Aber natürlich tue ich für dich, was ich kann.«

»Apropos Observation, werde ich überwacht?«

»Damit musst du rechnen, aber ich weiß es nicht genau. Und da liegt auch das Problem für mich. Aber ich gehe davon aus, dass ich da rauskäme. Hast du denn jemanden gesehen oder den Verdacht, dass dir jemand folgt?«

»Nein, eigentlich nicht, deshalb hatte ich ja gefragt.«

Da beide ein langes Stück am Ufer entlang spaziert waren, drehten sie um und gingen denselben Weg zurück.

Auf dem Parkplatz verabschiedeten sie sich voneinander. Roland Ernst inspizierte schnell noch die parkenden Autos, ob ein Polizeifahrzeug darunter war, machte dann ein paar Schritte auf die Mitte der Straße und schaute in beide Fahrtrichtungen, ob irgendwo ein völlig unverdächtig geparktes Auto stand, in dem der Fahrer Zeitung las. Aber es war nichts zu erkennen.

»Du, ich fahre den Umweg über Vegesack, damit wir nicht den gleichen Rückweg nehmen«, erklärte Rainer.

»Gute Idee«, stimmte Roland zu.

Dann trennten sie sich.

Während Roland Ernst den direkten Weg nahm, fuhr Rainer West den Umweg über Lemwerder, wo er sich mit der Fähre nach Vegesack übersetzen lassen musste. Über die A 27 bis zur Abfahrt Horn-Lehe, bei Leestra vorbei, erreichte er Schwachhausen. Der Schwachhauser Heerstraße folgend bog er in den Schwachhauser Ring ein, fuhr die Georg-Gröning-Straße runter, da die Rembrandtstraße, als Einbahnstraße, nur von dort aus zu befahren war.

Britta war noch nicht da, sie saß noch im Krankenhaus bei ihrem Bruder. Rainer ging zu seiner Arbeitsecke, schaltete den Computer ein und ging auf die Online-Seiten des ›Weser Boten‹. Mit einem Passwort loggte er sich für Bereiche ein, die ausschließlich Mitarbeitern vorbehalten waren. So erreichte er das Archiv. Er suchte sich die Quellenangaben seiner früheren Artikel heraus, notierte sie sich und begann, die Fälle zu recherchieren, an denen er gearbeitet, über die er geschrieben hatte. Es würde eine tage- bis wochenlange Arbeit werden. Irgendwann hörte er den Haustürschlüssel im Schloss. Britta betrat die Wohnung.

»Wie geht es ihm?«, war Rainers erste Frage, als Britta noch vor der Garderobe stand.

»Unverändert. Er liegt im Koma. Nach wie vor wissen die Ärzte nicht, ob er durchkommt. Das Problem ist, dass durch Blutungen im Kopf ein enormer Druck entsteht, der sehr gefährlich ist.«

Rainer nahm Britta in den Arm. Er bemerkte, dass sie nicht weinte, und war überzeugt, dass sie inzwischen keine Tränen mehr hatte.

»Ich weiß, dass es sehr banal klingt«, setzte er an, »aber solange die Ärzte um ihn kämpfen, besteht die Chance, dass er es schafft.«

»Ach lass man, Rainer, ich weiß, du meinst es lieb, aber

das sind doch nur leere Worte.« Ohne ihn anzusehen, entwand Britta sich Rainers Umarmung. Da sie nichts essen wollte, oder konnte, machten es sich beide vorm Fernseher bequem. Rainer schob ebenfalls sein Essen auf, er wollte lieber erst Britta trösten. Rainer bemerkte, dass Britta nicht bei der Sache war. Er akzeptierte ihren offensichtlichen Wunsch, in Ruhe gelassen zu werden, und sprach das Thema Ulf nicht mehr an.

Am nächsten Tag fuhr Rainer in die Redaktion. Er wollte vor Ort seine Recherchen über seine alten Fälle fortführen, obwohl er nicht überzeugt war, dass ihm das tatsächlich weiterhelfen würde. Nach einiger Zeit kam eine Sekretärin in das Archiv und bat Rainer zu Dr. Koschnick.

»Er hat erfahren, dass Sie wieder im Haus sind und möchte mit Ihnen sprechen.«

Rainer packte seine Sachen zusammen und ging zum Büro des Chefredakteurs.

»Hallo, Rainer, schön, dass du wieder an Bord bist«, wurde er herzlich begrüßt. »Geht es wieder gut?«

»Das kann es nicht, solange dieser Verdacht auf mir ruht. Und was mir zusätzlich zu schaffen macht, ist, dass unsere Zeitung darunter leidet.«

»Schön, Rainer, dass du das im Auge hast, aber im Moment zählt, dass du da rauskommst.«

»Das wird sicher noch seine Zeit brauchen. Das hört erst auf, wenn der wahre Täter endgültig gefasst ist.«

»Es wurde doch ein Täter gefasst, der jetzt im Krankenhaus liegt. Wurde er nicht angeschossen?«

»Ja, aber das ist ein weiteres schlechtes Zeichen. Das heißt nur, dass es mindestens eine weitere Person gibt, die in dem Fall eine Rolle spielt.«

»Das ist wahrscheinlich, aber diese Schüsse können auch ganz andere Ursachen haben. Wissen sie denn, wer dieser Mann ist? Ich hatte die Nachricht nur auf dem Flur aufgeschnappt, als ich zu einer Besprechung mit dem Verleger ging.«

»Er ist mein zukünftiger Schwager. Der, der meinen Wagen gestohlen hat. Das schwarze Schaf in Brittas Familie. Ein Spieler und wohl auch Junkie. Und damit führen alle Spuren wieder zu mir.«

»Andererseits kann gerade diese Situation deine Rettung sein«, versetzte Dr. Koschnick nach einem Augenblick der Überraschung.

»Inwiefern?«

»Wenn er der Täter ist – und im Moment sieht es so aus –, dann bis du raus aus der Sache.«

»So habe ich es noch nicht gesehen«, entgegnete Rainer nachdenklich. »Aber war das der Grund, warum Sie mich sprechen wollten?«

»Nein, eigentlich nicht. Es geht um etwas anderes. Ich habe den Eindruck, zwischen dir und Jens Goldstein gibt es Spannungen. Ich wüsste gern mehr darüber.«

»Dazu kann ich nichts sagen. Ich dachte immer, er sei einer meiner netteren Kollegen. Kam immer gut mit ihm aus, deshalb hatte ich ihn auch als meinen Nachfolger vorgeschlagen. Es gab so einen Hinweis, dass er auf mich eifersüchtig sein könnte, als wir die Sache in Hannover hatten. Aber ich habe das nicht allzu ernst genommen.«

»Solltest du vielleicht lieber. Ich will jedenfalls nicht so eine Missstimmung in meinem Team haben. Klärt das unter euch und schafft es aus der Welt.«

»Machen wir, Chef.«

»Und woran arbeitest du gerade, weil du hier bist?«

»Ich war im Archiv. Sehe mir meine alten Fälle an, über die ich berichtet habe. Roland Ernst meinte, es könne vielleicht einen Zusammenhang zu den Banküberfällen geben.«

»Okay, überprüf das. Du hast recht, die Zeitung darf keinen weiteren Schaden nehmen, weil du involviert bist. Unsere Mitbewerber werden jede Info, die uns betrifft, aufblasen.«

»Ich tue, was ich kann«, versprach Rainer und ging zurück ins Archiv.

Unterwegs besorgte er sich einen Kaffee, dann ließ er sich auf seinen Bürostuhl sinken, kippte die Rückenlehne zurück und dachte nach. Die Situation um Jens Goldstein beschäftigte ihn im Moment sehr. Natürlich hatte er die Artikel von Jens um seine Verhaftung gelesen. Aus seiner Sicht hätten sie schon etwas dezenter ausfallen können, ja, müssen. Aber Jens hatte ihn bereits vorverurteilt. Warum das Ganze? Was hatte er dem Kollegen getan? Hinter seinen Attacken konnte nicht nur Neid stecken. Es schien, als wolle Jens ihn am Galgen sehen. Rainer hatte natürlich in Erfahrung gebracht, dass Jens die Artikel entgegen der Anweisung des Chefredakteurs verfasst und in Druck gegeben hatte. Dafür war er schwerstens gerügt, sogar eine Trennung war in den Raum gestellt worden, weil nicht nur Rainer durch die Berichterstattung Schaden genommen hatte, ein Teil war auch auf den ›Weser Boten‹ zurückgefallen: Wie könnte eine Zeitung so lange einen Mitarbeiter beschäftigen, ohne zu merken, welch schweres kriminelles Potenzial in ihm schlummerte, hatte sich sicherlich manch Leser gefragt. Nachweislich war ein gewisser Schwund, mehr als der übliche, bei den Abonnentenzahlen zu konstatieren, aber vor allem die Zahl der Werbekunden war deutlich zurückgegangen. Zwar nicht so drastisch, dass die Zeitung in schweres Wasser geraten wäre, aber eine Tendenz war sichtbar geworden. Wie konnte Jens diese Gefahr nicht sehen wollen? Und wenn sie ihm egal war, stand wieder die Frage nach dem Wieso im Raum. Diesen Fragen hing Rainer nach, aber konnte keine Antwort finden. Rainer West war Jens Goldstein immer fair und freundlich gegenübergetreten, hatte ihn sogar mit nach oben ziehen wollen, wenn er selbst aufstieg. Es gab im Grunde nur eine Lösung, Rainer musste sich mit Jens auseinandersetzen. Und: Wenn Jens irgendeinen triftigen Grund für seine Einstellung zu haben glaubte, war er etwa so schwerwiegend, dass Jens irgendetwas mit den Banküberfällen zu tun hatte? Nein, das konnte nicht sein, wischte Rainer den Verdacht gleich wieder fort. Dr. Koschnick hatte recht, die Kollegen mussten ihr Verhältnis untereinander klären, sonst ergäbe sich eine unerträgliche Situation. Unter der Oberfläche schmorende negative Emotionen, die sich aufschaukeln konnten, würden ein Miteinander unmöglich machen, selbst wenn beide in unterschiedlichen Ressorts arbeiteten. Schließlich begegnete man sich ständig, saß in Redaktionskonferenzen zusammen, wo man Übereinkünfte treffen sollte, fuhr gemeinsam Lift und arbeitete vielleicht gar an manchem Artikel zusammen, wie kürzlich in Hannover. Ein Gespräch war unausweichlich, aber der Zeitpunkt musste taktisch klug gewählt werden.

Das Telefon klingelte und riss Rainer aus seinen Überlegungen. Es war Britta, die Rainer an ihrem Glück teilhaben lassen wollte, denn Ulf hatte eine Reaktion gezeigt. Sie war zwar nur winzig gewesen, ein Finger hatte gezuckt, aber Britta führte das auf ihre Ansprache zurück. Sie saß stundenlang am Bett ihres Bruders und sprach mit ihm über ihre gemeinsame Kindheit. Eben bei einer dieser Erinnerungen hatte sich der Finger geregt. Obwohl Rainer die Unterbrechung im Moment nicht gebrauchen konnte, ging er auf Britta ein, beglückwünschte sie, riet aber auch dazu, die Aktion nicht überzubewerten. Vielleicht sei das einfach nur eine Muskelkontraktion gewesen. Das wollte Britta nun gar nicht hören. Rainer entschuldigte sich mit dem Hinweis auf seine Suche nach alten Fällen. Nach dem Gespräch setzte er seine Recherche am Computer im Archiv fort, konnte sich allerdings nur schwer darauf konzentrieren. Jetzt hatte er gleichzeitig drei Themen im Kopf, die ihn beschäftigten. Britta mit Ulfs vermeintlicher Reaktion, die Recherchen zu seinen ehemaligen Artikeln und die Situation um Jens, die er klären musste. Rainer entschloss sich, mit seiner Suche aufzuhören und sich ganz aus allem rauszuziehen. Sein Kopf musste wieder frei und klar werden. Also meldete er sich ab und schlenderte zur Schlachte hinunter, um dort am Weserufer einen Cappuccino zu trinken und Menschen zu beobachten. Circa eine Stunde saß er dort, starrte auf die Weser, sah einige Frachtschiffe vorbeiziehen, beobachtete Touristen, die die dauerhaft am Kai vertäuten Schiffe, wie das Pannekokenschiff, das Theaterschiff, das schwimmende Hotel und andere bewunderten und fotografierten, ließ die Eindrücke von Spaziergängern auf der Uferpromenade auf sich einwirken und hing seinen Gedanken nach. Dann wurde es ihm zu langweilig und er beschloss, zur Redaktion zurückzugehen. Er überquerte die Martinistraße direkt gegenüber einem Nebeneingang des Zeitungsgebäudes. Kurz vor Erreichen des gegenüberliegenden Bürgersteiges schreckte ihn ein Reifenquietschen auf. Dicht neben ihm bockte ein knallrotes Motorrad. Der Fahrer, in eine rot-weiße Lederkombi gehüllt, entledigte sich seines Helms.

»Mensch, kannst du denn nicht aufpassen, hier ist kein Zebrastreifen, und die Fußgängerampel ist 20 Meter weiter«, schimpfte Jens Goldstein.

»Jens, hast du mir einen Schrecken eingejagt! Aber du hast recht. Ich hätte bei der Ampel rübergehen sollen«, lenkte Rainer ein. »Du fährst Motorrad?«, fragte er dann überrascht. »Das wusste ich gar nicht.«

»Sicher, schon lange«, erklärte sein Kollege. »Für die Stadt ist es besser als ein Auto. Ich komme überall schneller durch. Und von Kattenturm ist es mir mit dem Fahrrad zu weit. Und einen Wagen von der Fahrbereitschaft zu bekommen, ist ja quasi ein Ding der Unmöglichkeit. Das kann nur der Chef regeln.«

»Da kann man mal sehen, wie wenig man von seinen Kollegen doch weiß«, lächelte Rainer. »Da wir uns schon so zufällig treffen«, fasste er sich dann ein Herz, »ich würde gern mal mit dir unter vier Augen reden. Ist das machbar?«

»Sicher, worum geht es?«

»Lass uns das später besprechen, hier auf der Straße ist nicht der richtige Ort dafür. Ich melde mich.«

»Okay«, lautete die knappe Antwort, dann startete Jens seine Maschine und fuhr in Richtung Langenstraße davon.

Rainer zog sich wieder ins Archiv zurück. Ihm war klar gewesen, dass seine Recherche zu früheren Artikeln eine Mordsarbeit war, trotzdem hatte er sich die Aufgabe leichter vorgestellt. Dennoch bedeuteten die Ergebnisse auch einen Erfolg für ihn, zeigten sie ihm doch, wie viel er schon für den ›Weser Boten‹ geschrieben hatte. Gleichzeitig befand er sich auf einer Zeitreise in die Vergangenheit. Erinnerungen zu einzelnen Vorgängen kamen hoch, manche waren amüsant, manche traurig, manche abstoßend. Er hörte die Tür klappen. Jens Goldstein trat an Rainers Arbeitsplatz.

»So, da bin ich. Du wolltest mit mir reden?«, begann er. Rainer war überrascht, dass Jens so schnell reagiert hatte.

»Ja, ich hatte mit Dr. Koschnick gesprochen.«

»Was für eine Überraschung«, stellte Jens trocken fest.

»Er hatte mich auf unser Verhältnis angesprochen, da er den Eindruck gewonnen hat, es gäbe Differenzen zwischen uns. Wenn du dich erinnerst, hatte ich das gleiche Gefühl und dich damals in Hannover darauf angesprochen«, fuhr Rainer fort ohne auf die Bemerkung einzugehen.

»Du und der Chef einer Meinung, welch Freude«, giftete Jens erneut. »Wir hatten die Angelegenheit doch meines Erachtens geklärt.«

»Nix ist geklärt!«, verlor Rainer die Beherrschung. »Wenn ich deine nicht ganz faire Berichterstattung über meine Situation mit der Polizei einbeziehe, wobei dir die exponierte Situation unserer Zeitung völlig egal war, muss in dir schon gewaltig etwas brodeln und das würde ich gern versuchen, aus der Welt zu schaffen.«

»Da kann man nichts aus der Welt schaffen. Du wirst weiter der Arschkriecher des Chefs bleiben, dir wird weiter alles in den Schoß fallen, während andere sich die

Finger wund schreiben und nicht mal ein wohlwollendes Nicken bekommen. Ich bin wesentlich länger bei der Zeitung als du. Ich habe als Volontär angefangen, musste hart arbeiten. Was war? Meine Volontariatszeit wurde verlängert. Danach konnte ich mich nur als freier Mitarbeiter über Wasser halten, durfte nur Zulieferarbeiten machen und selbst jetzt, obwohl in einem anderen Ressort als du, habe ich dich ständig vor der Nase. Und was war mit dir? Du kamst locker flockig hier rein, Koschnick hatte an dir gleich einen Narren gefressen. Du bekamst einen Festvertrag. Wann immer etwas Interessantes frei wurde, wurde dein Name gehandelt. Koschnick machte es dir leicht, zog dich hoch. Ich konnte machen, was ich wollte. Es ist, als seist du für mich eine unüberwindbare Mauer.«

»Jens, es tut mir leid, wenn du das alles so siehst.«

»Fängst du jetzt auch an, bei mir zu schleimen?«, funkelte Goldstein Rainer an.

»Nein, das habe ich nicht nötig. Aber wir sind Kollegen. Für die Art und Weise, wie unsere Karrieren verlaufen sind, kann ich nur bedingt etwas. Als alter Hase weißt du selbst, dass die Schreibe Einzelner unterschiedlich zu bewerten ist. Vielleicht liegt es daran. Hast du das schon mal bedacht?«

»Was meinst du, was ich mir für Gedanken gemacht habe über all die Jahre? Ich habe hin und her überlegt, was ich verändern kann. Ich wollte auch schon weggehen, aber du kennst die Situation hier in Bremen. In anderen Städten dieser Größe gibt es immer mindestens zwei Zeitungen, in Bremen nur den ›Weser Boten‹ als käufliche Zeitung. Ich hatte mich bei überregionalen Blättern beworben, aber letztlich kam kaum etwas Tragfähiges für mich heraus. Also blieb ich und musste mit dir leben. Das heißt aber nicht, dass ich das toleriere, was du tust.«

»Was ich tue?«, wurde nun auch Rainer wütend. »Was tue ich denn? Ich mache meine Arbeit, genauso wie du, mehr nicht. Und alles andere, was du mir vorwirfst, habe ich nicht zu vertreten. Ich habe mich nicht eingestellt! Ich habe mich nicht um andere Posten beworben! Und du kannst mir nicht vorwerfen, dass ich bei einem Vertragsangebot sage: Nein, ich würde lieber ein Volontariat machen. Also bleib doch bitte fair mir gegenüber.«

»Aber du kannst etwas dafür, dass du praktisch im Büro des Chefs wohnst, keinen Handschlag tust, ohne dir ein Lob von Koschnick zu holen.«

»Also soll ich Koschnick sagen, er soll mich in Ruhe lassen, er soll sich lieber um andere Mitarbeiter kümmern. Ist es das, was du willst?«

»Nein, ich will nur, dass alle gleiche Chancen haben.«

»Das ist berechtigt. Aber das müssen wir mit Koschnick klären. Ich frage mich jetzt nur, wie weit würdest du bei deiner Eifersucht gehen?«

»Was soll das denn heißen?«

»Das soll heißen, dass alles, was du sagst, aus grenzenlosem Neid beziehungsweise grenzenloser Eifersucht geboren wird. Wie weit würdest du gehen, um die unüberwindbare Mauer Rainer West aus dem Weg zu räumen? Ich wollte nur versuchen, eine, wie auch immer geartete Basis zur Zusammenarbeit zu finden, sehe aber, dass das schwierig wird, weil ich den Kopf hinhalten muss für Dinge, für die ich nichts kann. Deshalb kann ich sie auch nicht ändern, offensichtlich genauso wenig wie unser Verhältnis.«

»War's das?«

»Ja, das war's«, bestimmte Rainer.

Jens verließ umgehend das Archiv.

Rainer lehnte sich wieder zurück, um nachzudenken. Eine eminent wichtige Frage beschäftigte ihn: Wie weit würde Jens Goldstein in seinem tiefen, ja, man könnte fast sagen Hass gehen? Wäre er fähig, Menschen zu töten, um es Rainer in die Schuhe zu schieben? Tatsache war, Jens bewegte eine der schlimmsten Emotionen, zu denen Menschen fähig sind. Eine sehr gefährliche Emotion, weil sie unberechenbar machte. Weitere Tatsache: Jens war Motorradfahrer. Er war zudem zeitlich ungebunden, um sich aus der Redaktion ohne Probleme herauszuziehen. Keiner konnte ihn kontrollieren. Er brauchte sich nur mit einer Recherchebegründung abzumelden. Jens wäre auch an Rainers Kugelschreiber gekommen. Hatte er ihn nicht auch bewundert und als außergewöhnliches Stück eingestuft? Jens hatte in etwa einen Überblick über Rainers Zeitablauf. Er wusste jeweils, wenn er, Rainer, weg war. Und letztlich war das Wichtigste vorhanden, ein Motiv. Wenn er Rainer die Geschichte anhängte, hätte er freie Bahn, die ›unüberwindbare Mauer‹ wäre weg. Es konnte einiges gegen Jens Goldstein sprechen. Aber war er zu solch brutalen Taten fähig? Hatte er diese Aggression in sich? Diese Frage konnte Rainer für sich nicht klären. Was war zu tun? Als Erstes sollte er mit Dr. Koschnick reden. Vielleicht konnte der etwas in der Angelegenheit tun, zumindest, was Jens' Vorwürfe anging. Zweitens war zu überlegen, ob er, Rainer, mit Roland Ernst über seine Gedanken sprechen sollte.

Rainer meldete sich bei Dr. Koschnick an, wartete, bis sein Termin gekommen war, da der Chefredakteur vorher noch ein dringendes Gespräch hatte, und informierte seinen Chef über den Verlauf des Gesprächs mit Jens Goldstein. Allerdings behielt er seine Gedanken bezüglich Jens' Motiv für sich. Er wollte keine Anschuldigungen erheben, die ohne jeden Beweis waren. Wie schnell konnte ein Unschuldiger in Verruf geraten. Mit der Information aus seiner vorherigen Unterhaltung wollte er keinen Kollegen anschwärzen, natürlich lag es ihm fern, herumzuschleimen, aber da die Zusammenkunft mit Jens eine dramatische Wendung genommen hatte, die auch negativen Einfluss auf den ›Weser Boten‹ nach sich zog, war Krisenmanagement angesagt. Rainer hatte das Vorgehen reiflich abgewogen.

Dr. Koschnick wusste zwar, dass etwas im Argen lag, wie schwer hatte er allerdings nicht erahnt. Genau wie Rainer sah er die Problematik für die Zeitung. »Was manch untere Chargen als Schleimerei abtun, ist für Führungspersönlichkeiten durchaus Weitsicht. In diesem Fall geht es um die Existenz unserer Zeitung. Viele Negativschlagzeilen verkraften wir nicht mehr. Ich überlege mir das passende Vorgehen.«

17

Einige Stunden später traf sich Rainer West mit Roland Ernst erneut im Fährhaus Wessels gegenüber dem alten Klöckner-Gelände, wie Roland Ernst es ausdrückte. Hasenbüren, einer der besten Orte für ein konspiratives Treffen, das die beiden veranstalten mussten. Rainer weihte Roland Ernst in seine Gedanken zu Jens Goldstein ein. Konnte er zumindest als Beteiligter im Bankenungeheuer-Fall betrachtet werden? Rainer West versprach sich von dieser Information zumindest eine Klärung der Frage durch die Polizei in dieser Richtung.

Zur gleichen Zeit saß Jens Goldstein dem Chefredakteur des ›Weser Boten‹ gegenüber. Dieser hatte ihn zu dem Gespräch geladen.

»Jens, was Ihre Berichterstattung über den Verlauf der Verhaftung Rainer Wests angeht, bin ich hochgradig verstimmt, wie Ihnen bekannt sein dürfte. Ist zwischen Ihnen und Rainer West etwas vorgefallen, das ich wissen sollte? Ihre Berichterstattung war eher ein Fanal als eine Information über die Festnahme in dem Fall. Und sie schadete dem Ansehen unserer Zeitung. Ich will von Ihnen klipp und klar hören, was Sie dazu trieb, meine Meinung zum Artikel zu umgehen. Zweitens will ich hören, ob und was Sie beide gegeneinander haben.«

»Nichts, was sollen wir gegeneinander haben, wir sind Kollegen. Da kann es schon mal zu unterschiedlichen Sichtweisen kommen«, gab sich Goldstein trotzig. »Und was die Berichterstattung angeht, Sie hatten mir freie Hand gegeben. Sie hatten zugestimmt, dass wir den Vorteil des Insiderwissens nicht aus der Hand geben und einen Schritt schneller sind als die auswärtige Presse. Es könnte ja auch sein, dass die Polizei Grund hat, so mit Rainer zu verfahren. Dann hätte man uns vorgeworfen, wir würden den eigenen Mitarbeiter zu sehr schützen. Das wollte ich von unserer Zeitung abwenden. Da dachte ich, es sei wichtig, keine Zeit zu verlieren, und habe meinen Bericht direkt in den Druck gegeben, zumal ich mit dem Artikel sehr spät dran war. Ansonsten hätte er wahrscheinlich nicht mehr in der Ausgabe erscheinen können. Ich ging davon aus, dass das in Ihrem Sinne ist.«

»Weder konnten Sie davon ausgehen, noch spielte der Zeitfaktor eine Rolle. Allein die Tatsache, dass einer unserer Mitarbeiter betroffen war, drängte uns in die Position mit der größten Kompetenz. Viele hätten gespannt darauf gewartet, wie wir Stellung beziehen. Stattdessen pinkelten Sie ins eigene Nest. Das will und kann ich nicht akzeptieren. Sie haben gezeigt, dass Sie nicht in der Lage sind, eigenständige Arbeit zu leisten oder die Position eines objektiven Betrachters von außen einzunehmen. Bis auf Weiteres werden Sie in der Kulturredaktion unter dem dortigen Redakteur arbeiten. Er ist schon instruiert. Ich dachte, der Verweis, den Sie erhielten, reichte. Nun sehe ich, dass ich mehr tun muss.«

»Na, da hat Rainer West, Ihr Freund, aber ganze Arbeit geleistet.«

»Wie bitte? Sie sollten mit Ihren Unterstellungen vorsichtig sein, aber mir wird jetzt klar, was Sie gegen Ihren Kollegen vorbringen. Sehen Sie, Sie zeigen wieder, dass Ihr Einblick in ein Vorgehen stark getrübt ist. Ihre persönliche Meinung hat für mich keinerlei Relevanz. Also beherrschen Sie sich, ehe Sie Vermutungen äußern. Das war alles.«

Abends um 20 Uhr saß das Ehepaar Herzwurm vor dem Fernseher und sah sich die Nachrichten an. Frau Herzwurm hatte für ihren Mann die Reste des Mittagessens warm gemacht und blieb selbst bei Brot, das sie sich in der Küche belegt hatte. Ihr Mann aß abends immer warm, da er in der Mittagszeit meist in seinem Büro blieb. Ralf Herzwurm arbeitete als Filialleiter der Bremer Bank in Schwachhausen. Der studierende Sohn lebte noch bei seinen Eltern, war jedoch nicht zu Hause. Das war der Grund, warum Frau Herzwurm zur Tür ging, als es klingelte.

»Wer kann denn um diese Zeit noch etwas wollen?«, fragte Herr Herzwurm verwundert. Natürlich war an alle Filialleiter und sonstige Bankangestellte ein Merkblatt gegangen, in dem zur besonderen Vorsicht gemahnt worden und auf die Vorgehensweise des Bankenungeheuers hingewiesen worden war.

»Das wird der Christian sein. Er hat wahrscheinlich wieder seinen Schlüssel vergessen.« Frau Herzwurm ging zur Tür.

»Christian, gewöhn dir doch bitte an, …«, begann sie in der Bewegung des Türöffnens. Weiter kam sie nicht. Eine ganz in schwarze Lederkombi gekleidete Person mit Motorradhelm, dessen dunkles Visier heruntergeklappt war, drückte in diese Bewegung hinein von der anderen Seite die Tür auf und packte Frau Herzwurm an der Bluse. Eine lederbehandschuhte Hand presste sich auf ihren Mund. Die zweite packte die Schulter und drehte die Hausherrin in Richtung Wohnzimmer.

»Wer ist denn da, Liebes?«, fragte Ralf Herzwurm in dem Moment, als die schwarz gekleidete Person Frau Herzwurm ins Zimmer schob. Ein dunkler Pistolenlauf mit Schalldämpfer presste sich an die Schläfe der Ehefrau.

»Was soll das?«, war im ersten Moment die kindische Frage von Herrn Herzwurm.

»Schnauze, keinen Mucks. Sie wären nicht die ersten Toten!« Mit einem Stoß beförderte der Fremde Frau Herzwurm auf das Sofa direkt neben ihren Mann.

»Los, fesseln Sie Ihre Frau und kleben Sie ihr den Mund zu.« Die Person in Lederkombi warf eine Rolle Paketband in den Schoß von Herrn Herzwurm. »Ziehen Sie das Band sehr straff. Ich kontrolliere. Sitzt es zu locker, töte ich Ihre Frau!«

Herr Herzwurm schaute auf das Paketband und begann mit den Worten: »Bitte bleiben Sie ruhig, ich bin kooperativ. Ich tue alles, was Sie wollen, nur, bitte, tun Sie meiner Frau nichts.«

»Wenn Sie sie so fesseln, wie ich mir das vorstelle, passiert nichts.«

Herr Herzwurm nahm sanft die Arme seiner Frau: »Schatz, das muss sein. Vielleicht tut es etwas weh, aber wenn wir mitspielen, geht alles vorbei.« Er wickelte das Paketband stramm um die Handgelenke, dann Fußgelenke und schließlich folgte ein Streifen Paketband, der den Mund verschloss.

Der Täter zielte mit seiner Waffe auf Herrn Herzwurm: »Woll'n mal sehen, ob Sie artig waren.« Erst prüfte er die Handfesseln, die tatsächlich sehr fest saßen. »Los, rutschen Sie zur Seite«, herrschte er Herrn Herzwurm an, der folgsam etwas wegrückte. Dann bückte sich der Täter, um die Fußfesseln zu kontrollieren. In dem Moment drehte sich ein Schlüssel in der Tür. Der Täter zuckte überrascht hoch und blickte in die Richtung, aus der das Geräusch kam, als Herr Herzwurm sich mit dem allerletzten Mut der Verzweiflung auf den Peiniger warf. Beide wurden von seinem Schwung mitgerissen. Herr Herzwurm hatte sich auf die Hand mit der Waffe konzentriert und hielt sie in dem Wissen, dass loszulassen tödlich wäre. Gegenüber ihm, der das Handgelenk mit der Waffe mit beiden Händen umklammerte, hatte der Täter den Vorteil, eine Hand frei zu haben. Mit der Faust schlug er Herrn Herzwurm auf das Nasenbein, das sofort brach. Blut spritzte. In dieses Zehntelsekunden dauernde Geschehen trat der Sohn in den Raum.

»Was ist denn hier los?«, konnte er gerade noch sagen, bevor zwei Kugeln in seinen Körper eindrangen. Der Faustschlag hatte den Täter aus Herrn Herzwurms Umklammerung befreit. Er hatte sofort auf den Sohn geschossen. Mit einem ›Plopp‹ drang danach eine weitere Kugel in die Stirn von Ralf Herzwurm. Frau Herzwurm saß da, mit vor Panik und Entsetzen weit aufgerissenen Augen. Nur ein lang gezogenes »Mmmmhhh, mmmhhh« drang durch das Paketband. ›Plopp, plopp‹, machte es trocken, und sie sank zurück an die Sofalehne, sackte in sich zusammen und kippte zur Seite. Stille und tödliche Ruhe legten sich über den Raum.

»Verdammte Scheiße, warum musst du auch so blöd sein«, sprach der Täter in Richtung des Herrn Herzwurm. »Euch ist doch sicher gesagt worden, ihr sollt nicht die Helden spielen.« Der Schwarzgekleidete blickte sich im Raum um. Er prüfte, ob sich irgendetwas im Raum befand, was ihn verriet. Aber er fand nichts. Er hatte nichts angefasst und trug darüber hinaus Handschuhe. Das Paketband hatte er vorher nur mit Handschuhen berührt. Es gab nichts, was er fürchten musste. Nur der Weg nach draußen war noch gefährlich. Das Telefon klingelte. Der Täter warf einen kurzen Blick in die Richtung des Geräusches. Er fühlte sich gestört. Dann begann er einen kurzen Rundgang durch das Haus, um sich mit den Örtlichkeiten halbwegs vertraut zu machen. Nachdem er alles gesehen hatte, wobei er besonderes Augenmerk auf Fluchtwege legte, setzte er sich in einen Sessel im Schlafzimmer und wartete. Zwischendurch klingelte wiederholt das Telefon.

Als die Nacht hereinbrach, stand der Schwarzgekleidete auf, ging ans Fenster, das nach hinten zum Garten hinaus zeigte, und beobachtete die Gegend. Es war ruhig, keine Menschenseele zu sehen. Kein Wunder, grenzten doch lediglich andere Gärten an den der Familie Herzwurm. Der Täter verschaffte sich einen Überblick, um den richtigen Weg im Dunkeln zu finden. Dann ging er ins Wohnzimmer, warf einen letzten Blick auf den Tatort, öffnete die Terrassentür und wollte gerade gehen, als sich ein Schlüssel im Türschloss drehte.

Derweil saß Rainer West an der Seite seiner Britta im Krankenhaus. Wie jeden Tag war Britta bei ihrem Bruder, streichelte seine Hand, sprach leise auf ihn ein oder strich ihm übers Haar. Sie hatte die Hoffnung auf ein Erwachen nicht aufgegeben. Obwohl Rainer West wenig tun konnte, wollte er doch in der Nähe seiner Partnerin sein.

Der Schwarzgekleidete in der Wohnung der Familie Herzwurm zögerte einen Moment. Ein kurzer Gedanke: Bleiben und einen weiteren Mord begehen oder verschwinden? Er entschied sich für Letzteres. Leise setzte er einen Fuß auf die Terrasse, drei schnelle lautlose Schritte folgten, dann war er, von Büschen verdeckt, auf dem Rasen, schlich sich bis zum Zaun, flankte hinüber und verschwand in der Dunkelheit.

Die Schwester von Ralf Herzwurm hatte sich Sorgen gemacht, mehrmals vergeblich angerufen und sich dann entschlossen, zu ihrem Bruder zu fahren. Beide hatten vorher besprochen, dass sie abends telefonieren wollten. Als sie das dunkle Haus sah und niemanden zu Hause vermutete, hatte sie ihren Ersatzschlüssel eingesetzt.

»Ralf«, rief sie trotzdem, nachdem sie im Eingangsbereich stand. »Ralf, Christiane, seid ihr da?« Erwartungsgemäß kam keine Antwort. Sie machte Licht, schaute sich kurz um und ging dann Richtung Wohnzimmer. Wie vom Donner gerührt taumelte sie einige Schritte zurück, die Hand vor den Mund haltend, um einen Schrei zu ersticken. So wurden die Leichen gefunden.

Hauptkommissarin Uta Hansen stand am neuen Tatort, nachdem sie von der Notrufzentrale informiert worden war. Die Spurensicherung hatte ihre Arbeit getan und zog mit ihren Metallkoffern wieder ab. Am Ort des Geschehens gab es nichts Besonderes zu finden.

»Er hat keine Hemmungen mehr, tötet mit Brutalität. Es scheint ihm alles egal zu sein«, sprach Uta Hansen mehr zu sich als zu Roland Ernst, dem Leiter des Bremer Raubdezernats, der ebenfalls später hinzugestoßen war.

»Warum tut er das? Beute hat er keine gemacht. Überhaupt hat der Aufwand bisher nicht die Risiken gelohnt. Banküberfälle sind heutzutage für einen Täter allein kaum lohnenswert. Wenn auch das Vorgehen ungewöhnlich ist, über die Filialleiter zu gehen, so scheint mir, dass Geld bei dem Täter nur eine Nebensache ist. Dafür hat er keinerlei Skrupel zu töten. Er ist ein Tier!«

»Vielleicht hat er andere Gründe für sein Vorgehen?«, gab Ernst zu bedenken.

»Und welche sollen das sein?«, entgegnete Uta Hansen. »Oder war das eine rhetorische Frage? Die Suche nach dem Motiv ist unsere Hauptaufgabe. Jedenfalls will ich morgen Rainer West in meinem Büro haben. Seine Freundin soll ebenfalls kommen. Eines ist sicher. Ulf Kern hat nur eine untergeordnete Rolle gespielt. Er sollte ablenken, vielleicht als Täter aufgebaut werden. Zumindest müssen wir auch berücksichtigen, dass wir mehrere Personen zu finden haben.«

»Können Sie uns sagen, wo Sie gestern Abend ab 19.30 Uhr waren?« Hauptkommissarin Uta Hansen saß Rainer West im Vernehmungsraum gegenüber.

»Wieso, ist etwas Neues geschehen?«

»Bitte, beantworten Sie meine Frage.«

»Das kann ich Ihnen gern sagen, ich war zusammen mit meiner Freundin im Krankenhaus. Und wenn Sie noch mehr Fragen haben, sollten Sie Dr. Senkstake hinzubitten.«

»Das wird nicht nötig sein. Natürlich kann im Krankenhaus jemand bestätigen, dass Sie da waren.«

»Natürlich alle diensthabenden Schwestern, Pfleger und der Stationsarzt der Intensivstation.«

»Und wie lange waren Sie im Krankenhaus?«

»Bis etwa 23 Uhr. Reicht das?«

»Es sieht so aus.«

Im Nebenraum machte Britta Kern die gleiche Aussage gegenüber einem Mitarbeiter von Frau Hansen.

Hauptkommissarin Hansen stand an der Kopfseite eines langen Konferenztisches. Um den Tisch herum saßen die Mitarbeiter ihres Ermittlerteams. Hinter Frau Hansen befand sich eine überdimensionale Pinnwand, an der mit Magnetpunkten die ermittlungsrelevanten Fakten angebracht waren. Die Tatorte mit Fotos und Lageplänen, Bilder der Toten, Fotos von vermeintlich zuzuordnenden Fundstücken, Abdrücken oder anderen Details, die den Taten zugeordnet worden waren. Ansonsten war der Raum schmucklos öde.

»Ich denke, wir müssen noch einmal von vorn anfangen. Wir sind in einer Sackgasse gelandet. Ich gebe zu, dass ich zu sehr auf Rainer West fixiert war. Es hatte aber auch alles so schön gepasst. Jetzt gestehe ich ein, dass ich mich verrannt hatte. Wir müssen etwas übersehen haben. Tatsache ist, Rainer West steht fest im Zusammenhang mit dem Fall. Aber wir können nicht sagen, wie er hineinpasst. Ich schließe ihn nach gestern als Täter aus. Jetzt denke ich, dass jemand ihm etwas anhängen will. Der Kugelschreiber ist mir inzwischen ein zu offensichtlicher Hinweis auf West. Rollen wir noch einmal alles auf, aber diesmal ist das Umfeld von Rainer West genauestens zu untersuchen. Gehen wir an die Arbeit.«

Als Rainer West in die Redaktion kam, ging er zuerst zu Dr. Koschnick und berichtete von seiner gestrigen Vernehmung.

»Ich glaube, für mich ist es vorbei. Durch die gestrigen Morde bin ich aus der Schusslinie. Ich hatte ein Alibi. Damit sollte ich wirklich raus sein.«

»Ich wünsche es dir sehr, damit du dich endlich wieder auf deine Arbeit konzentrieren kannst. Auch wäre dann unsere Zeitung aus dem Schneider«, freute sich der Chefredakteur, doch hier sollte er irren. Aus dem Großraumbüro, einem mehrere Hundert Quadratmeter großen Saal, in dem diverse Schreibtische mit Computerarbeitsplätzen jeweils zu verschiedenen Ressorts gruppiert waren, drang ein überlautes Streitgespräch an die Ohren Dr. Koschnicks und seines Gesprächspartners.

»Was ist denn da los?«, irritiert erhob sich Koschnick und verließ das Büro in Richtung des Lärms. Rainer West folgte ihm. Quer durch das Großraumbüro sahen beide eine Menschentraube stehen, die sich um die Arbeitsplätze des Kulturressorts gruppiert hatte. Im Mittelpunkt dieser Traube schrie und pöbelte ein Pärchen, bestehend aus dem Ressortchef des Kulturbereiches Alfred Surbeck und Jens Goldstein.

»Ich bin nicht Ihr Hansel, den Sie rumkommandieren können. Was soll das, dass ich hier Arbeiten übernehmen soll, die für einen Volontär gerade richtig sind? Halten Sie mich für einen Idioten?«, polterte Goldstein.

»Sie sind ein Mitarbeiter von mir und führen die Arbeiten aus, die ich Ihnen zuweise Punkt!«, konterte Alfred Surbeck.

»Was ist, wollen Sie einfach nur Macht demonstrieren oder macht es Ihnen Spaß, mich zu demütigen? Machen Sie den Kram doch allein.« Mit einer Bewegung des linken Arms wischte Jens Goldstein die Arbeitsplatte des ihm nahe stehenden Schreibtisches leer. Ein aufgeklappter

Laptop und Ablagekörbe knallten auf den Boden, Papiere segelten hinterher.

»Es hat schon seinen Grund, warum Sie hier ein kleiner Mitarbeiter sind und ich Ihr Chef, also reißen Sie sich zusammen.«

Das war der falsche Satz! Jens Goldstein packte seinen Kontrahenten am Revers seines Sakkos und zog ihn zu sich her.

»Was wollen Sie damit sagen? Ich bin länger hier als Sie. Ich habe wichtige Aufgaben erledigt, während Sie hier nur für Trallalla zuständig sind.«

Im gleichen Moment erreichte Dr. Koschnick die beiden.

»Auseinander, aber sofort. Was geht hier vor?«, herrschte er die Streithähne an und wies gleich darauf die umstehenden Mitarbeiter zurecht: »Haben Sie alle nichts zu tun? Bitte gehen Sie an Ihren Arbeitsplatz.« Eindringlich sah er den Leiter des Kulturressorts, Alfred Surbeck an.

»Wir hatten ein Gespräch über einen Arbeitseinsatz«, erklärte der.

»Das sah mir nicht nach einem Gespräch aus. Ich möchte Sie in meinem Büro sehen, sofort.«

Mit einem langen, ernsten Blick schaute Dr. Koschnick Jens Goldstein in die Augen, drehte sich dann um und schritt zu seinem Büro, Surbeck, den Leiter ›Kultur‹ im Schlepptau.

»So was hat es bei uns noch nie gegeben, also was war?«, begann der Chefredakteur, nachdem er die Tür geschlossen hatte.

»Wir hatten unterschiedliche Ansichten zu einem Arbeitseinsatz. Ich hatte Goldstein gebeten, für die Donnerstagsbeilage einen Artikel über ein neues, aufstrebendes Kabarettduo mit Namen DUO-9 zu schreiben. Er sah das nicht als seine Aufgabe an und meinte, das sei etwas für Volontäre. Für Beilagen sei er zu qualifiziert. Ich teilte ihm mit, dass ich die Entscheidungen treffe, wer und wo. Da ist er ausgerastet, bis Sie dazwischengingen.«

»Unabhängig von der Frage, ob Sie als Vorgesetzter, der es zu solch einer Eskalation nicht kommen lassen darf, falsch reagiert haben, hat Goldstein Grund für seine Einschätzung?«

»Natürlich nicht. Sie wissen selbst, dass wir unterbesetzt sind. Ich hatte niemand anders frei, war aber der Meinung, wir sollten uns die Veranstaltung mal ansehen. Es handelt sich um ein aufstrebendes Duo, von dem noch einiges zu erwarten ist. Ich halte es für beobachtenswert. Dass Goldstein dermaßen ausrastet und diese Aggression zeigt, war nicht zu erwarten. Solche Gespräche hat es schon oft gegeben und wird es auch in Zukunft immer wieder geben. Man spricht darüber, entscheidet und erledigt.«

»Okay, nehmen wir es so hin«, schloss Koschnick. »Danke. Schicken Sie mir Goldstein noch rein.«

»So, jetzt möchte ich Ihre Version hören«, gab Dr. Koschnick kurz und trocken Jens Goldstein die Chance, seine Position darzustellen, als dieser wenig später das Büro betrat.

»Der Penner meinte doch glatt, er könne mich rumschubsen wie einen Volontär.«

»Haben Sie sich immer noch nicht beruhigt? Das war keine Version, sondern eine Beleidigung, die ich in meinem Haus nicht dulde! Mehr brauche ich nicht zu hören. Ich kann Ihnen nur den dringenden Rat geben, sich zusammenzureißen. Wenn Ihnen ein Vorgesetzter einen Auftrag erteilt, haben Sie ihn auszuführen, so er denn in Ihren Aufgabenbereich fällt. Und das tat dieser Auftrag. Alles andere ist Arbeitsverweigerung, die zur fristlosen Kündigung führt. Wenn Sie sich bei uns nicht mehr wohlfühlen, sollten Sie sich einen neuen Arbeitsplatz suchen. Diese Unterhaltung wird in einer Abmahnung enden. Wenn Sie nicht schnellstens zu anderen, früheren Tugenden zurückfinden, sind Ihre Tage bei uns gezählt. Ich weiß nicht, was mit Ihnen los ist, aber so kann das nicht weitergehen. Ich denke, das war's. Sie können jetzt zurück an Ihren Arbeitsplatz. Übrigens ziehen wir die Kosten der zerstörten Arbeitsutensilien von Ihrem nächsten Gehalt ab.«

Während Jens Goldstein sich mit eingezogenen Schultern trollte, bestellte Dr. Koschnick Rainer West noch einmal zu sich, der unterdessen weiter im Archiv arbeitete. Er gab Rainer einen kurzen Abriss der Gespräche, der in der Frage endete: »Hast du eine Ahnung, weshalb Goldstein plötzlich so verändert ist?«

»Ich mache mir auch schon Gedanken über ihn, habe aber keinen konkreten Hinweis«, antwortete Rainer.

»Was sind das denn für Gedanken?«

Da erzählte Rainer West von den Indizien, die Jens Goldstein in die Nähe der Bankenungeheuer-Fälle brachte.

»Ich möchte allerdings darauf hinweisen, dass ich weder einen konkreten Hintergrund für diese Ideen habe noch irgendwelche Fakten«, schloss Rainer vorsichtig.

»Aber wir haben eine zusätzliche Information«, antwortete Dr. Koschnick.

»Welche?«, fragte Rainer West überrascht.

»Goldstein hat ein gewisses Aggressionspotenzial, das wir noch nicht erkannt hatten.«

»Dr. Koschnick, darf ich einen Vorschlag machen?«

»Natürlich, raus mit der Sprache.«

»Um der ganzen Situation im Kulturressort die Schärfe zu nehmen, biete ich mich an, über die Veranstaltung zu schreiben. Außerdem spielt das DUO-9 im Theaterschiff am Schlachteanleger. Ganz in der Nähe haben Britta und ich uns doch kennengelernt. Das wird für uns beide bestimmt ein schöner Abend. Und ich finde die Ankündigung interessant. DUO-9 wird annonciert als satirisch-kabarettistisches Duo mit hintergründigen, humorigen, kauzigen Texten, amüsanten Liedern, lustiger Lyrik. Ein abwechslungsreiches, humorvolles Programm für Menschen, die bereit sind, zuzuhören. Das ist genau das Richtige für Britta und mich. Wir mögen intelligenten Humor und können nichts mit platten Kalauern oder Comedy unter der Gürtellinie anfangen. Also werden mehrere Fliegen mit einer Klappe geschlagen, wenn ich die Kritik mache.«

»Tu das. Ich halte das für eine gute und umsichtige Idee. Ich segne das ab. Sag Surbeck Bescheid.«

Während Rainer West zurück ins Archiv ging, saß Dr. Koschnick geistesabwesend in seinem Büro. Seine Gedanken drehten sich um Jens Goldstein. In diese Situation hinein klingelte das Telefon. Hauptkommissarin Hansen suchte das Gespräch mit dem Chefredakteur.

»Herr Dr. Koschnick, wir rollen gerade den Fall neu auf. Ich möchte Sie darüber informieren, dass wir Rainer West inzwischen nicht mehr verdächtigen. Allerdings müssen wir davon ausgehen, dass West in irgendeiner Weise eine Rolle spielt. Gibt es von Ihrer Seite her einen Hinweis, ob sich in Wests Kollegenkreis jemand befindet, der eine alte

Rechnung mit ihm offen hat? Wissen Sie von Unstimmigkeiten oder Problemen?«

»Dazu kann ich nichts sagen«, wand sich Koschnick heraus. »Sie können sich vorstellen, dass ich als Vorgesetzter nicht alles mitbekomme.«

»Aber Sie hören doch auch etwas, kriegen mit, wenn sich etwas Ungewöhnliches ereignet.«

»Das sind Personalprobleme, die die Polizei nicht unbedingt interessieren muss.«

»Wahrscheinlich, aber wenn sie im Zusammenhang mit Rainer West stehen, schon. Die Nähe Wests zum Fall ist zu deutlich, als dass irgendetwas ignoriert werden kann. Nicht umsonst ist Rainer West in unser Blickfeld geraten und Sie haben die Auswirkungen selbst erlebt. Also überlegen Sie bitte, ob Sie sich nicht doch an etwas erinnern können.«

»Selbstverständlich will ich Ihre Ermittlungen nicht behindern oder ihnen im Wege stehen. Es gibt tatsächlich etwas Ungewöhnliches. Wir haben Probleme mit Jens Goldstein, der wiederum ein Problem mit Rainer West zu haben scheint, wobei sein Vorgehen von einer gewissen Aggressivität geprägt ist.«

»Danke für Ihre Offenheit. Sind Sie der Meinung, dass diese Probleme und sein Vorgehen über das normale Maß eines kollegialen Streits hinausgehen?«

»Sonst hätte ich es nicht erwähnt.«

Zwei Stunden später betrat Hauptkommissarin Hansen das Zeitungsarchiv, um mit Rainer West zu sprechen.

»Bitte erschrecken Sie nicht, wenn Sie mich sehen. Dies soll nur ein informatives Gespräch zwischen uns sein. Es gibt keinen Grund für Sie, nervös zu sein«, begrüßte sie den Journalisten.

»Warum sollte ich auch nervös sein, ich habe nichts angestellt, was für die Polizei interessant sein könnte, es sei denn, Sie interessieren sich dafür, dass ich heute morgen heimlich das letzte Brötchen genommen habe, als meine Partnerin in der Küche war. War das Mundraub?«, fragte Rainer.

»Seien Sie nicht albern. Im Grunde komme ich, um Sie zu schützen. Wir versuchen zu ermitteln, ob jemand gegen Sie arbeitet. Es geht also allein darum, Sie zu entlasten. Wir sind gerade dabei, herauszufinden, wer aus Ihrem sozialen Umfeld ein Interesse daran haben könnte, Ihnen schwer zu schaden.«

»Danke für Ihre Fürsorge, ich recherchiere gerade selbst. Schaue mir alte Berichterstattungen an. Vielleicht bin ich seinerzeit jemandem zu sehr auf die Füße getreten.«

»Und, hat sich schon etwas ergeben?«

»Eigentlich nicht.«

»Was heißt ›eigentlich‹? ›Eigentlich‹ bedeutet eine Einschränkung, das muss ich Ihnen nicht sagen. Das klingt, als sei doch etwas dabei, das Sie aber nicht einschätzen können.«

»Nein, so meine ich das nicht. Bei uns Zeitungsleuten gibt es immer mal diesen oder jenen Artikel, der dem einen oder anderen nicht passt. Natürlich gibt es auch mal einen Aufreger, aber ich habe nichts gefunden, das dieses maßlose Vorgehen auch nur im Hauch rechtfertigen würde.«

»Etwas anderes. Gibt es denn in Ihrem sozialen Umfeld, Bekannten- oder Kollegenkreis, in der Verwandtschaft jemanden, der Ihnen schaden wollen könnte?«

»Ich kann mir das nicht vorstellen.«

»Ihr Chefredakteur erwähnte in diesem Zusammenhang den Namen Jens Goldstein.«

»Ich muss zugeben, dass es kollegiale Schwierigkeiten gibt. Ich hatte mir dazu auch schon Gedanken gemacht. Aber offiziell und mit dem Wissen, wie schnell jemand unschuldig in eine dramatische Situation geraten kann, kann ich Jens nicht beschuldigen, zumal es nichts Handfestes gibt, was das beweisen würde.«

»Dann lassen Sie uns doch inoffiziell weitersprechen und überlassen mir die Entscheidung, ob ich Sie später noch einmal offiziell darauf anspreche.«

Auf dieser Basis erzählte Rainer West von seinen Überlegungen. Er war verwundert darüber, dass Roland Ernst seine Gedanken noch nicht weitergetragen hatte. Er würde ihn darauf ansprechen. Vor Frau Hansen wollte er das Thema nicht weiter vertiefen, um Roland nicht zu verraten, schließlich hatte dieser sich in Rainers Zeit als Verdächtiger heimlich mit ihm getroffen. Mit den Worten »Ich danke Ihnen für Ihr Vertrauen« verabschiedete sich Hauptkommissarin Hansen von Rainer.

Rainer West rief Roland Ernst an und erzählte vom Besuch der Beamtin. Dann ging er direkt den Hauptgrund des Anrufes an.

»Du hattest noch nicht mit Frau Hansen über Jens gesprochen?«

»Über Jens? Nein, ich kam noch nicht dazu. Zuerst einmal stand im Vordergrund, dass du entlastet wirst. Und du weißt, dass mein Verhältnis zu ihm zwar nicht so eng ist wie zu dir, aber ich wollte anfangs lieber selbst im Stillen ermitteln, bevor ich Jens den Geiern zum Fraß vorwerfe. Du weißt am besten, wie schnell ein unbedachtes Wort einen Unschuldigen bis zum Nachweis der Schuld in arge Bedrängnis bringen kann. Das wollte ich Jens ersparen. Wie würde es sich bei anderen Medien machen, wenn es hieße: ›Ein zweiter Mitarbeiter des Weser Boten unter Verdacht‹? Die Menschen würden denken, dort arbeiteten lauter Kriminelle. Du kannst davon ausgehen, dass ich mich darum kümmere. Aber eben hinten herum.«

»Okay, akzeptiert, allerdings solltest du bedenken, dass ich mit Frau Hansen darüber gesprochen habe.«

»Dann liegt das Kind im Brunnen. Hast du denn mit ihr auch über uns gesprochen?«

»Nein, natürlich nicht. Ich haue dich doch nicht in die Pfanne.«

»Andernfalls hätte ich wohl einiges zu erklären gehabt, und ob ich auf Verständnis gestoßen wäre, wäre fraglich gewesen. Ich bin ja nur noch am Rande einbezogen. Zwar gehöre ich zum Ermittlungsteam, wegen meiner Nähe zu dir werde ich jedoch kritisch beäugt, und nur weil nicht genügend Leute vorhanden sind, bleibe ich dabei. Andererseits steht der Raub nicht im Vordergrund, sondern die Morde. Trotzdem: Danke. Aber mein Vorhaben, Jens heimlich zu überprüfen, ist damit gescheitert. Schade. Egal, Frau Hansen wird jetzt sowieso vorsichtiger mit ihren Verhaftungen umgehen. Sonst werden die Medien sie fressen. Es würde ihr sicher vorgeworfen werden, sie führe gegen den ›Weser Boten‹ eine Privatfehde, warum auch immer. Jedenfalls würde ihre Karriere den Bach runtergehen bei so viel negativem Medienrummel. Einen Fehler kann sie sich nicht mehr leisten! Sie kann sich allerdings auch auf dich berufen mit dem Hinweis, dass zu schnelles Handeln, durch unnötigen Druck der Medien, Unschuldigen schadet. Das Rennen ist damit wieder offen, was Karrieren angeht.«

»Vielleicht sollte ich, als Kollege, Jens auf die Vorwürfe ansprechen. Vielleicht lässt sich das Übel kleiner halten, wenn er vorinformiert ist. Vielleicht berappelt er sich wieder, wenn er sieht, dass noch jemand zu ihm steht. Ich werde heute Abend mal zu ihm gehen und versuchen, privat mit ihm zu sprechen. Zu Hause hat er Heimspiel, da fühlt er sich wohl, zugegeben auch stark.«

»Mach das, aber informiere mich über den Ausgang«, bat Roland zum Abschied. »Ansonsten hänge ich mich dran.«

Nach Feierabend fuhr Rainer West zur Meyerstraße in die Bremer Neustadt. Er wusste, wo Jens Goldstein wohnte. Als Rainer klingelte, regte sich nichts. Auch der nächste Versuch brachte keinen Erfolg. Rainer wollte gerade gehen, als er das typische Röhren eines Motorrades hörte. Von Weitem konnte er erkennen, dass die Maschine eine rote Farbe hatte und der Fahrer eine rot-weiße Lederkombi trug. Jens kam also gerade nach Hause, nicht unbedingt eine vorteilhafte Gesprächssituation. Wenn man nach Hause kommt, gibt es normalerweise erst regelmäßige Abläufe, wie Ausziehen, nach dem Rechten sehen, Post durchgehen. Da will man nicht unbedingt jemanden auf den Füßen stehen haben.

Jens Goldstein hatte noch nicht einmal ganz den Helm vom Kopf gezogen, als er schon fragte: »Was willst du denn hier?«

»Mit dir reden.«

»Das haben wir doch schon abschließend getan!«

»Wenn das so wäre, wäre ich nicht hier. Es geht auch nicht um uns, es geht um dich.«

»Hat Koschnick dich geschickt, sollst du mir einen Weggang nahelegen?«

»Es wäre schön, wenn du mich erst einmal reinbitten würdest. Hier auf der Straße lässt es sich schlecht unterhalten. Ich komme auch nicht von Koschnick, es geht um den Banküberfall.«

»Damit bin ich durch. Meine Notizen liegen der Zeitung vor. Ich mache jetzt in Kultur, wie du wissen solltest.«

»Mensch, Jens, nun stell dich nicht so an. Wir können keine Zuhörer gebrauchen.«

»Na gut, aber ich habe niemanden, der hinter mir herräumt, stell dich darauf ein.«

»Deine Wohnung ist mir nicht wichtig, und ich war selbst Junggeselle und kenne das. Mach dir keine Gedanken.«

Rainer folgte Jens in die Wohnung. Jens bot seinem ungebetenen Gast einen Platz an, verabschiedete sich kurz, um seine Lederkombi loszuwerden, kam aber recht bald zurück.

»Also, schieß los«, begann er.

»Es ist für mich nicht ganz einfach, weil es ein sensibles Thema ist«, antwortete Rainer.

»Sonst nimmst du doch auch auf nichts und niemanden Rücksicht, also hau es gerade raus.«

»Na gut. Du weißt, dass ich inzwischen außerhalb des Verdachtes stehe. Aber die Polizei ist überzeugt davon, dass ich eine gewichtige Rolle in dem Fall spiele. Sie denkt, dass der Täter aus meinem Umfeld kommt. Ich selbst habe schon im Archiv meine alten Schätzchen daraufhin durchgeschaut, ob dort vielleicht der Grund für einen Rachefeldzug zu finden ist. Aber für mich hat sich nichts ergeben. Bei meinen Überlegungen bin ich natürlich auch alle Freunde, Verwandte und Kollegen durchgegangen. Da ließ sich genauso wenig Handfestes finden.«

»Und was hat das dann alles mit mir zu tun?«

»Nun, unbestreitbar ist, dass du ein Problem mit mir hast. Unbestreitbar ist weiterhin, dass die Art und Weise, wie du reagiertest, über ein normales Maß hinausging.«

»Was willst du mir denn da anhängen? Weil ich ein Problem mit deiner Schleimerei habe, soll ich jetzt wildfremde Menschen dafür büßen lassen? Hast du sie noch alle?«

»Jens, ich bin nicht hier, um dich anzuklagen, das ist nicht meine Aufgabe. Ich bin hier, um etwas aus der Welt zu schaffen.«

»Ich habe eher den Eindruck, du brauchst jemanden, dem du etwas anhängen kannst, um dich weiter zu entlasten.«

»Jens, denk doch einmal vernünftig nach. Früher hast du das gekonnt, deshalb wollte ich dich auch als meinen Nachfolger.«

»Soll ich dir jetzt auch noch dankbar sein?«

»Nein, nur deinen gesunden Menschenverstand benutzen, nicht deine Gefühle. Es wird sicher nicht lange dauern, bis auch die Polizei zwei und zwei zusammenzählt. Die suchen gerade neue Ansätze. Du bist Motorradfahrer.«

»Ich habe aber keine schwarze Kombi. Meine ist rotweiß.«

»Ist das dein gesunder Verstand? Als wenn es ein Problem wäre, sich eine schwarze Kombi zu besorgen, wenn man etwas vorhat, um sie hinterher zu entsorgen oder zu verstecken. Vielen ist inzwischen bekannt, dass du mich nicht magst. Du hast letztens sogar ziemliche Gewaltbereitschaft gezeigt. Du hättest jederzeit Gelegenheit, dich aus dem Betrieb herauszuziehen, um dich frei zu bewegen. Du hättest auch Gelegenheit gehabt, an den Kugelschreiber zu kommen. Oft genug hat er frei auf meinem Schreibtisch gelegen. Alles nichts Wichtiges, ich weiß, aber du musst einfach zugeben, dass diese Anhäufung Anlass sein kann, Überlegungen zu beginnen.«

»Hast du schon mit jemandem darüber geredet?«

Rainer zögerte einen Moment. Die Wahrheit zu sagen, hielt er in diesem Moment nicht für angezeigt. Jens würde ausrasten und ihn sicher beschuldigen, ihn in die Pfanne hauen zu wollen.

»Nein, das waren nur erste Überlegungen auf meiner Suche nach dem Undenkbaren. Aber ich bin überzeugt, dass die Polizei nicht sehr lange braucht, um ähnliche Überlegungen anzustellen. »Lass das man alles meine Sorge sein«, konterte Jens Goldstein.

Rainer war überrascht, wie locker Jens das aufnahm.

»Deine Argumentation ist mir zu weit hergeholt. Es gibt nichts, das hieb- und stichfest genug ist, als dass die Polizei tatsächlich aktiv werden könnte. Und wenn du mir nicht schaden willst, solltest du deine Anschuldigungen lieber für dich behalten, sonst hast du einen Prozess am Hals, von dem du dich garantiert nicht erholst.« Das war wieder der alte Jens. »Ich denke, du solltest jetzt lieber gehen.«

Rainer hörte an Jens Goldsteins Tonfall, dass es in ihm brodelte. Er sollte tatsächlich lieber gehen.

Die Verabschiedung fiel recht unterkühlt und schnell aus, dann befand sich Rainer West wieder auf der Fahrt Richtung Wilhelm-Kaisen-Brücke. Als er die Weser überquerte und kurz nachdachte, welchen Weg er nach Schwachhausen nehmen sollte, bog er nicht zum Wall ab, sondern blieb auf dem Osterdeich. Er würde einen Abstecher ins St.-Jürgen-Krankenhaus machen und nach Britta sehen, die wie immer bei ihrem Bruder weilte. Er bog in die Lüneburger Straße ein, suchte sich auf dem Krankenhausgelände einen Parkplatz und ging in die Neurochirurgie.

Britta saß wie ein Stillleben am Bett ihres Bruders. Sie freute sich, dass Rainer gekommen war. Für sie eine willkommene Ablenkung, während der stundenlangen Warterei. Im Flüsterton informierte Rainer Britta über das Gespräch mit Jens Goldstein. Dann versuchte er Britta davon zu überzeugen, mit nach Hause zu kommen. Er erzählte von seiner Aufgabe der Kritik für DUO-9 und seiner Idee für einen netten Abend.

»Du kannst hier doch nichts tun. Die Ärzte werden dich schon informieren, wenn sich eine Änderung abzeichnet.«

Aber Britta verwies darauf, dass Ulf sie gerade jetzt bräuchte.

»Es gibt etliche Komapatienten, die nach dem Aufwachen erzählten, sie hätten mitbekommen, dass jemand am Bett saß. Gerade das hätte ihnen Mut gemacht und Kraft gegeben, gegen das Koma anzukämpfen. Deshalb muss ich hierbleiben, so lange es geht. Bitte hab Verständnis. Das Duo tritt doch sicher öfter in der Gegend auf, dann fahren wir eben privat dahin.«

»Okay, mache ich das allein, schade. Kann ich dir

denn etwas holen, Kaffee oder Tee? Möchtest du etwas essen?«

»Tee wäre schön, und was das Essen angeht, versorgt mich das Personal hier.« Rainer organisierte Britta den Tee, blieb noch einige Zeit bei ihr sitzen, beobachtete sie, wie sie Ulf sanft streichelte und leise auf ihn einsprach. Dann holten ihn seine eigenen Gedanken ein.

»Du, Britta, ich fahre dann jetzt.«

Rainer küsste Britta zärtlich auf den Mund. »Bis nachher, ich warte auf dich.«

»Schön! Bis nachher und fahr vorsichtig«, wünschte Britta.

18

Im Auto sitzend rief Rainer West Roland Ernst an und besprach mit ihm den Ausgang des Gespräches mit Jens Goldstein. Dann machte er sich auf den Weg nach Hause. Er bog in die Graf-Moltke-Straße ein, überquerte die Schwachhauser Heerstraße zur Hollerallee, fuhr auf den Stern zu, obwohl er direkt in die Georg-Gröning-Straße hätte einbiegen können, weil er noch tanken wollte. Am Stern lag eine Tankstelle. Kurz vor der Einmündung der Hollerallee in den Kreisverkehr des Sterns überkam ihn der Wunsch, Britta eine Freude zu machen. Wenn es auch keine Rosen sein würden, würde sie sich sicher freuen, wenn er ihr Blumen mitbrachte, selbst wenn sie von der Tankstelle kämen. Er tankte, suchte nach dem schönsten Strauß, den er finden konnte, zahlte und bog direkt vom Gelände in die Wachmannstraße ein, ohne durch den Kreisverkehr zu müssen. Von da musste er den Umweg über die Lürmanstraße fahren, um, von der Georg-Gröning-Straße kommend, in die Rembrandtstraße einbiegen zu können. Er ärgerte sich jedes Mal, wenn er den Umweg durch die engen Straßen nehmen musste, um aus der richtigen Richtung in die Einbahnstraße zu gelangen.

»Andersherum, von der Wachmannstraße aus, wäre es leichter«, murmelte er vor sich hin. Rainer fand überraschenderweise einen Parkplatz in der Rembrandtstraße, packte seine Sachen und die Blumen für Britta, schloss den Wagen ab und wollte gerade die Straße überqueren, als ein überraschendes ›Plopp‹ an sein Ohr drang. Im gleichen

Moment traf ein dumpfer Schlag seine linke Seite von hinten, unterhalb des Schulterblattes. Die Wucht des Schlages riss ihn mit. Zwei, drei taumelnde Schritte, dann sackte Rainer West in sich zusammen. Er blieb blutend mitten auf der Straße liegen, wobei der Lebenssaft sich auf dem Asphalt langsam zu einer Lache ausbreitete.

Britta Kern verließ gerade die Neurochirurgie, um nach Hause zu fahren. Fast wäre sie am Eingang des Gebäudes von einem mit jaulender Sirene vorbeischießenden Rettungswagen überfahren worden. Sie musste einen schnellen Schritt zurück machen, um den Wagen vorbeizulassen. Noch in Gedanken bei Ulf, war sie nicht konzentriert genug gewesen, um die ankündigende Sirene einordnen zu können. Britta blies die Wangen auf. Ab jetzt würde sie bei der Sache sein. Sie wollte noch schnell bei ihren Eltern vorbeifahren, um von Ulfs Zustand zu berichten.

Für Brittas Vater waren Ulfs Tat und die Folgen nicht überraschend gekommen. Er hatte es natürlich kommen sehen. Nach unendlich scheinenden Vorkommnissen hatte er sich seinerzeit schließlich dazu durchgerungen, sich von seinem Sohn loszusagen. Brittas Mutter hatte sich, schweren Herzens, angeschlossen. Trotzdem waren die Eltern froh darüber gewesen, dass Britta den Kontakt gehalten hatte. So erfuhren sie ab und an vom Leben ihres Sohnes. Als Ulf ins Krankenhaus eingeliefert worden war, hatte Britta zwar nichts erzählt, um die kränkelnde Mutter nicht zu belasten. Umso schlimmer war, dass die Mutter dann durch die Zeitungen informiert wurde. Sie war eine Mutter durch und durch und hatte nur ihrem Mann und dem Familienfrieden zuliebe die Trennung von Ulf hingenommen. Jetzt bangte sie, ebenso wie Britta, um das Leben ihres Sohnes, und ließ sich von ihrer Tochter regelmäßig berichten. Sie hatte noch nicht den Mut gefunden, sich gegen ihren Mann durchzusetzen und Ulf zu besuchen.

Britta fuhr also zu ihren Eltern, verbrachte dort zwei Stunden, erzählte ihrer Mutter von Ulf und entschied sich dann, nach Hause zu fahren.

Als sie in die Rembrandtstraße einbog, sah sie schon von Weitem einen Pulk Nachbarn auf dem Bürgersteig stehen, heftig in ein Gespräch vertieft. Britta suchte einen Parkplatz. Aus den Augenwinkeln bekam sie mit, wie einer der Nachbarn auf sie zeigte, als sie an der Gruppe vorbeifuhr. Schließlich fand sie in der benachbarten Georg-Gröning-Straße eine freie Stellfläche, parkte ein und wollte gerade den Wagen verlassen, als ein Polizist mit Sturmhaube sie ansprach. Er legte eine Hand an die offene Fahrertür und beugte sich zu Britta Kern hinunter. Mit dumpfer, durch die Sturmhaube über dem Kopf verzerrter Stimme sprach der Mann auf sie ein: »Entschuldigen Sie, wenn ich Ihnen so vermummt entgegentrete. Ich bin Mitglied eines Sondereinsatzkommandos. Ich möchte Sie bitten, sofort mit mir zu kommen. Auf Ihren Lebensgefährten ist ein Mordanschlag verübt worden.«

Britta fühlte sich wie vom Blitz getroffen.

»Was ist, ich verstehe nicht.«

»Auf Herrn West ist geschossen worden. Ich soll Sie hinbringen.«

»Lebt er? Wieso geschossen worden? Oh mein Gott, hört der Albtraum nie auf? Warum soll denn jemand auf Rainer schießen wollen? Lebt er? Was ist mit ihm?«

»Ja, er lebt. Viele Fragen auf einmal. Kommen Sie bitte, ich bringe Sie hin. Mein Einsatzwagen steht ein Stück weiter hinten.«

Britta stieg aus ihrem Wagen und folgte dem SEK-Mitglied. Der führte sie zu einem grauen BMW und öffnete die Beifahrertür für Britta. Gerade als sie einsteigen wollte, spürte sie einen Stich im Oberarm. Das Anästhetikum tat in Sekundenschnelle seine Arbeit. Britta verschwammen die Bilder vor ihren Augen. Was soll das?, wollte sie sagen, kam aber nicht mehr dazu. Der Vermummte fing die in sich zusammensinkende Britta Kern auf und schob sie in der Bewegung auf den Beifahrersitz des BMW. Ein schneller Blick in die Runde zeigte ihm, dass er nicht beobachtet worden war. Er stieg selbst ein, schnallte Britta an und ließ die Rückenlehne des Beifahrersitzes herunter, sodass die bewusstlose Frau von außen kaum erkannt werden konnte und wenn, würde man sie für eine schlafende Frau halten.

Ein Nachbar, der seinen Hund ausführen wollte, hatte Rainer West auf der Straße liegend gefunden. Der Mann musste unmittelbar nach dem Schuss aus dem Haus getreten sein, denn er sah noch einen Motorradfahrer davonrennen. Das Licht im Hauseingang und die sich öffnende Tür musste den Täter aufgeschreckt haben, sodass der von seinem Opfer ablassen musste. Der Täter konnte nicht einschätzen, wie viele Personen aus dem Haus treten würden, und hatte sich zur Flucht entschlossen. Hätte er nur den einen Mann aus dem Haus treten sehen, wäre mit großer Sicherheit ein zweiter Schuss gefallen. So aber hatten Rainer West und der Nachbar unglaubliches Glück gehabt. Der Täter war in Richtung Wachmannstraße geflüchtet und bald um die Ecke verschwunden. Der Nachbar sah Rainer West liegen, sah die sich ausbreitende Blutlache und rief per Handy sofort den Rettungsdienst an. Nach überraschend kurzer Zeit traf der Rettungswagen ein. Noch vor Ort wurde Rainer West per Infusion ärztlich versorgt, um dann mit Sirenengeheul ins St.-Jürgen-Krankenhaus gebracht zu werden. Auf dem Gelände des Krankenhauses wäre es beinahe zu einem Zwischenfall gekommen, als eine in Gedanken versunkene Frau, aus der Neurochirurgie kommend, dem Rettungswagen fast vor die Front gelaufen wäre. Gott sei Dank hatte sie geistesgegenwärtig einen schnellen Schritt zurück machen können. Rainer West wurde zur Notaufnahme gefahren, wo schon ein Arzt mit zwei Pflegern auf den ankommenden Rettungsdienst wartete. Hier wurde er in ein Behandlungszimmer geschoben, wo die erste Untersuchung stattfand. Der Blutverlust war enorm, aber nicht so dramatisch, dass er nicht ausgeglichen werden konnte. Während sich im Operationssaal ein Team bereitmachte, wurde Rainer West geröntgt. Die Aufnahmen zeigten, dass er unglaubliches Glück gehabt hatte. Die Kugel war nicht tief in den Körper eingedrungen, sondern von einer Rippe abgeprallt. Dabei hatte Rainer noch zusätzlich einen Schutzengel gehabt. Die Kugel war direkt nahe der Abzweigung der Rippe von der Wirbelsäule in den Körper eingeschlagen. Ein, zwei Zentimeter weiter rechts und die Wirbelsäule wäre geschädigt worden, ein paar Zentimeter tiefer oder höher und die Kugel wäre in die Lunge eingedrungen oder gar ins Herz. Rainer West musste nicht operiert werden. Die Wunde wurde versorgt und der Patient zur Beobachtung auf ein Zimmer der Intensivstation gebracht. Er bekam weiterhin Bluttransfusionen zugeführt. Gleichzeitig lief eine Infusion zur Schockabwehr und Volumenauffüllung des Blutes nebenher. Rainer West würde überleben und bald wieder zu Hause sein können.

Die SOKO Bankenungeheuer tagte.

»Mir ist nicht klar, wie der Überfall auf West in die Geschichte passt«, gab Hauptkommissarin Hansen ihre Verwirrtheit zu. »Ist das die gleiche Geschichte wie bei Ulf Kern? Ein Täter versucht, einen Komplizen loszuwerden?«

»Dann ist Rainer West doch wieder im Spiel?«, fragte Roland Ernst nach.

»Ich weiß nicht, mir ist nicht ganz wohl dabei. Immer mehr verdichtet sich bei mir die Ansicht, dass versucht wurde, West etwas anzuhängen. Nachdem das nicht geklappt hat, wurde der direkte Weg beschritten. West sollte aus dem Weg geräumt werden. Aber natürlich müssen wir auch wieder an die Möglichkeit denken, dass West zum Täterkreis gehört. Ein Täter versucht, den Komplizen auszuschalten. Aber langsam wird es mir zu offensichtlich, dass immer wieder auf West gezeigt wird.«

»Im Moment kann West da nicht weg, ähnlich wie Ulf Kern. Aber wir sollten vielleicht jemanden vor die Tür setzen«, schlug ein Teammitglied vor.

»Das halte ich nicht für notwendig. West ist die ganze Zeit über geblieben. Wenn er Fluchtgedanken hätte, wäre er schon vorher abgehauen. Die Presse wird sich wieder auf uns stürzen, entweder weil wir West zu früh entlastet haben oder weil er wieder in den Fokus gerät und nicht in Ruhe gelassen wird. Gönnen wir West eine Pause. Dann haben wir auch Ruhe vor Senkstake. Aber wir müssen uns mehr auf das Umfeld Wests konzentrieren. Liegen schon irgendwelche Erkenntnisse vor?«, fragte Hauptkommissarin Hansen in Richtung der Mitarbeiterin, die im Innendienst für die Koordination zuständig war.

»Wir haben Teams dran!«

»Gut, aber machen Sie mehr Druck!«

Am nächsten Morgen tauchte in der Redaktion des ›Weser Boten‹ ein Zwei-Mann-Team aus der Ermittlungsgruppe von Hauptkommissarin Hansen auf. Sie wollten zu Jens Goldstein, der allerdings abwesend war. Über Dr. Koschnick ließen sie ihm ausrichten, er möge sich doch bitte mit Frau Hansen in Verbindung setzen.

Als Jens Goldstein davon erfuhr, ahnte er, was der Hinweis von Rainer West zu bedeuten hatte. In der Folgezeit hatte Jens seine eigenen Unterlagen zu Hause durchgesehen. Er hatte sich Gedanken zu Terminen und Orten gemacht sowie nach Entlastungsargumenten gesucht. So war er für ein Gespräch mit Hauptkommissarin Hansen optimal vorbereitet. In einem Telefonat mit Roland Ernst hatte er zusätzlich Erkundigungen eingezogen, ob er tatsächlich gefährdet sei. Dabei hatte er von Roland erfahren, dass zwar Überlegungen in seine Richtung angestellt würden, aber nichts Definitives gegen ihn vorlag. Es könne sein, dass er irgendwann vernommen werde, aber es bestünde zum jetzigen Zeitpunkt keine Gefahr, dass intensiv in seine Richtung ermittelt werde. Mit diesem Hintergrund meldete sich Jens Goldstein auf dem Kommissariat. Man vereinbarte einen Termin, zu dem er pünktlich erschien.

»Frau Hansen, was rechtfertigt die Tatsache, dass Ihre Leute so plump in der Redaktion erscheinen, die Pferde scheu machen und sich nach mir erkundigen? Bin ich verdächtig?«, begann der Journalist, immerhin war Angriff die beste Verteidigung.

»Solange wir keinen Täter haben, ist jeder verdächtig,

der aus dem Umfeld von Rainer West stammt«, konterte Hauptkommissarin Hansen.

»Wird das hier also eine Vernehmung?«

»Herr Goldstein, Sie kennen sich doch in den Gepflogenheiten der Polizei bestens aus. Dies ist keine Vernehmung, sondern eine einfache Befragung.«

»Na, dann schießen Sie mal los und befragen.«

»Sie scheinen ja recht zuversichtlich zu sein.«

»Bin ich auch, denn ich habe nichts zu verbergen.«

»Dann fangen wir mit den Alibis an. Sie wissen, reine Routine.«

Es stellte sich heraus, dass Jens Goldstein Alibis für alle entsprechenden Zeiten vorbringen konnte, bis auf eine. Für den letzten Überfall hatte er einen überzeugenden Zeitnachweis, den es noch zu überprüfen galt. Aber er hatte über eine kulturelle Veranstaltung berichtet, bei der auch Bremens Bürgermeister Böhrnsen zugegen gewesen war. Jens Goldstein hatte Böhrnsen interviewt. Einen besseren Fürsprecher konnte er nicht finden.

»Sie scheinen mir sehr gut vorbereitet. Es kommt relativ selten vor, dass jemand ad hoc erklären kann, wo er zu einer bestimmten Zeit war, besonders, wenn die fragliche Stunde etwas zurückliegt. Die meisten müssen erst nachdenken. Die Sache mit Böhrnsen ausgenommen, die ja eine Besonderheit darstellt, erschienen mir Ihre Erklärungen ziemlich flott. Haben Sie sich vorher alles zurechtgelegt?«, hakte Frau Hansen nach.

»War nicht klar, dass Sie irgendwann auf mich kommen würden? Da erschien es mir sicherer, vorbereitet zu sein, als solch ein Schicksal zu erleiden wie Rainer West«, lautete die Antwort Jens Goldsteins.

»Natürlich müssen wir die Angaben noch überprüfen«, erklärte Hauptkommissarin Hansen.

»Selbstverständlich, tun Sie sich keinen Zwang an.

»Eine weitere Frage, Herr Goldstein: Wussten Sie von dem besonderen Kuli von Rainer West?«

»Sicher, jeder wusste davon. Rainer ist öfter darauf angesprochen worden. Vor diesem Griechenland-Urlaub hatte er sich oft einen Stift geliehen und dann vergessen zurückzugeben. Ist bei Feuerzeugen ähnlich. Später stellt man fest, dass in einer Schublade Massen von Kugelschreibern liegen und man kann sie nicht mehr zuordnen.«

»Sie kriegen doch sicher Stifte von der Zeitung gestellt?«

»Ja, wir haben zweimal wöchentlich eine Materialausgabe, bei der wir uns Arbeitsutensilien besorgen können.«

»Also brauchte Rainer West später keine Stifte mehr?«

»Nein, das fiel den meisten gleich auf, dass Rainer nur noch mit seinem Schreiber arbeitete. Deshalb wurde er angesprochen, und so verbreitete sich die Nachricht, dass man vor Rainer als Stiftedieb sicher ist. Jeder wusste von Brittas Geschenk.«

»Hätten Sie Gelegenheit gehabt, an den Stift zu kommen?«

»Ja, sicher, jeder hätte das gehabt. Wenn man sich Notizen macht und dann kurzfristig zum Beispiel zum Chef gerufen wird, legt man seine Sachen ab, wo man gerade ist, und kommt dem Termin sofort nach. Bei uns wird nicht geklaut, sieht man mal von Rainers Sucht vorher ab.« Jens lachte.

»Der Kugelschreiber lag dann also offen auf dem Schreibtisch?«, fragte Hauptkommissarin Hansen.

»Ja, wenn er ihn nicht vorsorglich eingesteckt hat.«

»Und, hat er das?«

»Manchmal ja, manchmal nein.«

»Etwas anderes, wie kam Rainer West mit seinen Kollegen zurecht? Gab es irgendwelche Spannungen, Ärger?«

»Nicht dass ich wüsste. Aber da müssen Sie Rainer selbst fragen.«

»Sie fahren Motorrad?«

»Ein Hobby von mir, das den Vorteil hat, dass ich vor allem in der Stadt wesentlich schneller und beweglicher bin als mit dem Auto. Ich komme sogar in Geländeteile, die mit dem Auto nicht erreichbar sind.«

»Etwa so wie in Harpstedt.«

»Ja, etwa so wie in Harpstedt. Aber vergessen Sie nicht, Frau Hauptkommissarin, da war ich bei Böhrnsen.«

»Eine Frage habe ich noch: Sie haben Probleme mit Rainer West?«

»Probleme würde ich das nicht nennen. Es ist nur nicht sehr angenehm, wenn man alles versucht, um gute, ja, sehr gute Arbeit zu leisten, aber ein anderer wird einem ständig vor die Nase gesetzt. Und Rainer West hatte von Anfang an einen Draht zu Dr. Koschnick, ihm fiel alles in den Schoß. Da kann man schon mal sauer werden.«

»Sie aber wurden nicht nur sauer, sondern auch aggressiv.«

»Ach, das haben Sie auch gehört? Na denn, irgendwann ist eben das erträgliche Maß überschritten.«

»Schön, Herr Goldstein, für's Erste war es das.« Jens Goldstein atmete erleichtert auf und verabschiedete sich.

19

Die Sonderkommission Bankenungeheuer setzte sich zusammen. Hauptkommissarin Hansen gab kurz wieder, welchen Eindruck sie gewonnen hatte.

»Herr Goldstein konnte jede Klippe meistern. Aber für meinen Eindruck war das zu glatt, zu ölig. Er war sehr selbstbewusst und hatte auf alles eine Antwort. Er musste kein einziges Mal überlegen. Nicht mal bei den Alibis. Das heißt, er hat sich sehr gut auf das Gespräch vorbereitet. Wie kann man sich auf ein Gespräch mit der Polizei vorbereiten? Eigentlich ist jeder nervös, der bei einer Befragung sitzt.«

»Er ist Gerichtsreporter und erfahren«, warf Roland Ernst ein.

Mit langem, prüfendem Blick auf ihn sprach Frau Hansen weiter: »Natürlich hat er alles entkräften können, aber ich bin der Meinung, wir sollten uns intensiver mit Jens Goldstein befassen. Überprüfen Sie seine Angaben genau«, dabei schaute sie in Richtung einer Ermittlergruppe.

Ein anderes Mitglied des SOKO-Teams warf ein neues Licht auf den Fall: »Wir dürfen nicht übersehen, dass wir es, zumindest teilweise, mit mehreren Tätern zu tun haben oder hatten. Vergessen wir Ulf Kern nicht. Auf ihn wurde wahrscheinlich im Zusammenhang mit dem Fall ein Mordversuch verübt. Wer sagt uns denn, dass nicht weitere Personen in den Fall verwickelt sind. Goldstein kann zwar Alibis bringen, die ja noch nicht überprüft sind, aber es führt mal der, mal jener eine Tat aus, nur das Outfit weist auf einen Täter hin. Goldstein fehlt ein schlüssiges Alibi. Vielleicht war er dieses eine Mal dran und vorher jemand anders.«

»Ich finde das etwas sehr weit hergeholt«, warf Roland Ernst ein. »Wir haben immer das gleiche Vorgehen, immer ein relativ hohes Aggressionspotenzial. Aber gerade das ist nicht bei jedem gleich. Der Täter hat relativ dünne Nerven.«

»Das muss auch nichts heißen«, konterte sein Kollege. »Vergessen wir nicht, dass wir es mit einer Steigerung zu tun haben. Die ersten Fälle verliefen unglücklich, dann kam der Herzinfarkt dazu, eine für den Täter nicht planbare Situation. Der ganze Fall eskaliert, der Täter verliert die Nerven und ab da ist es egal. Es spielt für den Täter keine Rolle mehr, ob ein Toter oder mehrere. Im eventuellen Strafmaß hieße das in jedem Fall lebenslänglich.«

»Nun wissen wir aber seit der Todesstrafe, dass ein Strafmaß in den Gedanken keine Rolle spielt. Ein Täter geht davon aus, dass er unentdeckt bleibt, also spielt für ihn keine Rolle, was er abbüßen müsste.«

»Es sind interessante Denkansätze dabei, aber für die momentane Situation bringt uns diese Diskussion nicht weiter«, unterbrach Hauptkommissarin Hansen den Schlagabtausch. »Aber die Idee, dass Goldstein zu einem Täterkreis gehören kann, wollen wir festhalten. Mehrere Täter haben an bestimmten Tagen Alibis oder zu einem Tag keines. Das wäre allerdings ein relativ neues Vorgehen, das unsere Arbeit nicht leichter macht«, fasste sie zusammen.

»Ich möchte eines zu bedenken geben«, warf Roland Ernst ein: »Wir sollten uns zum jetzigen Zeitpunkt nicht zu sehr auf Goldstein fixieren. Wir hatten schon einen

Fehlschlag, weil wir zu festgefahren waren, deshalb müssen wir noch andere Optionen bedenken.«

»Wir haben keine anderen Optionen«, gab der Kollege von eben zu bedenken.

Rainer West befand sich auf dem Weg der Besserung. Er war allerdings schwer verwundert, dass sich Britta noch nicht hatte sehen lassen. Er benötigte dringend Utensilien wie Schlafanzug, frische Wäsche, Bademantel, Wasch- und Rasierzeug. Es konnte doch wohl nicht sein, dass sie bei ihrem Bruder am Bett saß, aber nicht wenigstens kurz mal zu ihm rüberkam. Immerhin lagen beide im gleichen Krankenhaus. Also machte er sich, in der linken Hand die Stange des Gestells, an dem die Infusionsbeutel hingen, mit der rechten sein weißes Krankenhaushemd mit der schicken Rückenansicht am Po festhaltend, auf den Weg zur Neurochirurgischen Intensivstation. Doch zu seiner Überraschung traf er Britta auch dort nicht an. So ging es zurück durch die langen Flure. An seinem Bett angekommen, wollte er an Brittas Arbeitsplatz anrufen, doch im gleichen Moment klingelte sein Telefon. Dr. Koschnick war dran. Es gab etwas freundlichen Small Talk und beste Genesungswünsche. Dr. Koschnick verlangte, dass sich Rainer West erst einmal gründlich durchchecken lassen sollte und sich erst wieder in der Redaktion meldete, wenn er voll auf dem Damm sei. Nach dieser Verzögerung rief Rainer bei der Bremer Bank am Arbeitsplatz von Britta an. Sie nahm nicht ab. Zwar könnte sie sich gerade in einem wichtigen Gespräch befinden oder sonst eine Tätigkeit ausführen, die außerhalb ihres Büros lag, aber bislang hatte Rainer sie immer erreicht. Die nächste Möglichkeit war, dass es Brittas Mutter schlechter ging und sie dort war, doch auch in Brittas Elternhaus erfuhr Rainer nur, dass die Tochter sich wider Erwarten nicht gemeldet hatte. Rainer dachte nach. Er kannte diese merkwürdige Situation von Berlin. Es würde doch nicht wieder so eine Geschichte sein? Aber Britta hatte nur einen Bruder und der war hier. Natürlich gab es noch etliche vernünftige Begründungen, warum Britta momentan nicht erreichbar war, selbst auf ihrem Handy nicht, bei dem die Mailbox ansprang, doch Rainer fing an, sich Sorgen zu machen. Das nächste Telefonat führte er mit der Krankenhausrezeption. Vielleicht hatte sie bei ihrer momentanen nervlichen Belastung selbst gesundheitliche Probleme? Aber Fehlanzeige. Die nächste Option: Das St.-Joseph-Stift in Schwachhausen. Nichts! Auch nicht in den anderen Bremer Kliniken wie Links der Weser oder der Diakonie in Gröpelingen und anderen. Rainer lag auf dem Bett und dachte nach. Er würde es gegen Mittag noch mal am Arbeitsplatz versuchen. Er rief bei der Bremer Bank über die Telefonzentrale an und verlangte von dort eine Verbindung zu Britta. Nach einigen Versuchen der freundlichen Mitarbeiterin erfuhr er, dass Britta heute nicht zur Arbeit erschienen sei. Eine Krankmeldung läge allerdings nicht vor, wurde ihm auf Nachfrage mitgeteilt. Keine Spur von Britta. In Rainer machte sich allmählich Panik breit. Die Situation war außergewöhnlich. Was war mit Britta? Sie blieb verschwunden.

Britta erwachte mit bitterem Geschmack im Mund. Sie benötigte einen Moment, um sich in der Realität zurechtzufinden. Als Erstes bemerkte sie, dass ihre Bewegungsfreiheit eingeschränkt war. Sie fühlte Fesseln, ihr Mund war mit Paketband verklebt. Immer deutlicher wurden die Details. Sie saß auf einem Stuhl, ihre Hände waren hinter ihrem Rücken zusammengebunden. Die Schultern schmerzten schon aufgrund der unnatürlichen Lage. Britta wagte einen Blick in die Runde. Sie befand sich in einem saalähnlichen Raum, der etliche Meter hoch war. An den Längsseiten des Raumes befanden sich jeweils in Oberlichthöhe eine Reihe von Fenstern, die allerdings eingeschränkt Tageslicht durchließen. Vogelkot, Staub und Dreck hatten die Gläser über Jahre blind gemacht. An der Decke des Raumes verliefen Laufschienen. An manchen Enden derer hingen Stahlhaken. In einer Ecke des Raumes standen zwei alte, verdreckte und verstaubte Maschinen.

Britta saß auf ihrem Stuhl in einer Art Werkshalle. Sie verstand die Situation nicht. Bilder kamen hoch. Sie erinnerte sich an den vermummten Mann, der sie zu Rainer bringen wollte. Dann hatte sie einen Stich im Arm gespürt. Einen feinen Stich, wie von einer Spritze. Danach verließen sie sämtliche Erinnerungen, bis sie hier erwacht war.

Nach einigen Stunden hörte Britta eine Tür hinter sich zuschlagen. Fast lautlose, von Gummisohlen gedämpfte Schritte näherten sich, bis eine vermummte Gestalt mit Sturmhaube vor ihr stand.

»Was wollen Sie von mir?«, hauchte Britta mit zitternder Stimme. Die Gestalt stand nun vor ihr und blickte sie an, minutenlang. Dann bewegte sich der rechte Arm langsam nach oben. Die Hand erfasste die Sturmhaube und zog sie mit einer Bewegung vom Kopf. Danach stand die Gestalt wieder ruhig da.

»Du? Was soll das? Was willst du von mir?«

»Ich will dich! Du weißt, ich liebe dich, ich habe dich immer geliebt, und kein anderer wird dich jemals bekommen.«

Nachdem Rainer lange auf dem Krankenbett gelegen und an die weiße Zimmerdecke gestarrt hatte, kam ihm ein Gedanke. Er war fast böse auf sich, dass ihm die Idee nicht früher gekommen war: Es könnte sein, dass sich Britta zum Verhör bei der Polizei befand. Rainer rief bei Hauptkommissarin Hansen an.

»Hansen?«

»Hier West. Ich gehe davon aus, dass Frau Kern bei Ihnen ist. Ich hätte sie gern gesprochen.«

»Da liegen Sie falsch, Frau Kern ist nicht hier. Wie kommen Sie darauf?«

»Ich war fest überzeugt, sie sei bei Ihnen. Ich kann sie nirgendwo erreichen. Habe es schon überall probiert. Sie waren meine letzte Chance. Britta ist unauffindbar.«

»Wollen Sie eine Vermisstenanzeige aufgeben? Allerdings wären Sie bei mir damit an der falschen Adresse. Ich müsste Sie weiterverbinden.«

»Für eine Vermisstenanzeige ist es wohl noch zu früh. Die Polizei würde noch nicht tätig werden. Ich dachte nur, Britta sei bei Ihnen, zur Befragung?«

»Warum sollte sie das sein?«

»Ich dachte es, vielmehr, ich erhoffte es, weil sie unauffindbar ist.« Rainer konnte seine Angst um Britta nicht mehr verbergen. Sie war seiner Stimme deutlich anzuhören.

»Beruhigen Sie sich erst einmal, meist gibt es ganz vernünftige Gründe, warum jemand für ein paar Stunden nicht erreichbar oder verschwunden ist. Eben aus diesem Grund werden wir nicht sofort aktiv. Der Polizeiapparat hat zu viel Arbeit, als dass er gleich eine Fahndung rausgeben kann, nur weil jemand sich beim Shoppen verspätet hat.«

»Shoppen ist nicht Brittas Stil.«

»War ja nur ein Beispiel.«

»Ein schlechtes. Okay, ich habe die Info, werde also weitersuchen müssen.«

»Aber bitte, halten Sie uns auf dem Laufenden, wenn sie wieder auftaucht. Wir sind bei einer an einem Fall beteiligten Person gern informiert, wie sie zu erreichen ist.«

»Werde ich machen«, verabschiedete sich Rainer. Seine letzte Hoffnung, Britta zu finden, war zerplatzt.

Britta saß wieder allein in der Halle. In ihr wütete die Panik. Sie war sich darüber im Klaren, dass ihr Tod besiegelt war, wenn nicht ein Wunder geschähe. Das Monster, das schon einige Menschen skrupellos getötet hatte, hatte sein Gesicht gezeigt. Ein Gesicht, das ihr einmal vertraut gewesen war, das sie gestreichelt und zwischen ihren Händen gehalten hatte, bis die Liebe sie verließ. Nun war sie dem Menschen, der sich zum Monster entwickelt hatte, ausgeliefert, und niemand würde wissen, wo sie sich befand. Sie wusste um die Intelligenz des Killers. Sie war sich sicher, dass er fintenreich das Versteck ausgewählt hatte. Was war dran an der Aussage, auf Rainer sei geschossen worden? War es nur ein Mittel gewesen, um sie in den fremden Wagen zu locken? War tatsächlich etwas mit Rainer? Der Gedanke an den Geliebten machte ihr zwar Sorgen, beruhigte sie aber gleichzeitig. Britta war froh, ihn als Partner zu haben, obwohl sich ein Punkt jetzt zum Nachteil entwickelt hatte. Beide hatten kaum über frühere Partner gesprochen. Geschehenes war vorbei, konnte aber zu einer Belastung für eine Partnerschaft werden. Britta hatte Rainer nicht wehtun wollen. Deshalb hatte sie diese ehemalige Partnerschaft verschwiegen. Nun würde sich das wahrscheinlich bitter rächen.

Hauptkommissarin Hansen informierte in einem Nebensatz das SOKO-Team über das Verschwinden von Britta Kern.

»Wir können das momentan außer Acht lassen, dafür ist die Zeitspanne des Fehlens zu kurz. Vielleicht hat sie nur eine Bekannte getroffen und ist mit ihr versackt. Es gibt unzählige Möglichkeiten, sich zu verspäten, und vorher werden fast immer schon die Pferde scheu gemacht. Aber wir müssen die Situation im Hinterkopf behalten. Allerdings gibt es doch einen Aspekt, den diese Tatsache mit sich bringt. Wir haben uns viel zu wenig mit Frau Kern beschäftigt. Wir gingen immer von frischer Partnerschaft und beginnender Liebe aus. Davon, dass Frau Kern relativ neu im Umfeld von West ist. Vielleicht aber hat gerade sie mit dem Bankenungeheuer zu tun. Genau betrachtet fingen die Probleme für West nach dem Kennenlernen von Frau Kern an. Vielleicht stellte sie eine Art Lockvogel für West dar. Jedenfalls will ich sie morgen hier haben.«

»Die erste oberflächliche Überprüfung hatte aber nicht einmal ansatzweise einen Hinweis gezeigt«, warf Roland Ernst ein.

»Gutes Elternhaus, solider Job, starker Charakter, keinerlei Auffälligkeiten in irgendeine Richtung, nicht einmal Strafzettel wegen Falschparkens. Warum sollte so jemand kriminell werden?«

»Herr Ernst, ich muss Ihnen doch nicht sagen, dass es

im Leben Situationen gibt, die dazu führen, dass man vom Weg abweicht. Britta Kerns Bruder Ulf kommt aus dem gleichen sozialen Stand, dem gleichen Elternhaus. Er ist eindeutig kriminell.«

»Ulf ist schwach, hat die falschen Leute kennengelernt und ist so abgerutscht. Frauen passiert so etwas seltener.«

»Danke, aber es gibt eben solche Fälle durchaus.«

»Da geht es aber meistens um Geld. Und Geld hat Frau Kern genug.«

»Der zweite Grund ist die Liebe. Ein neuer Partner, starke Bindung, und schon kann sich das Leben drehen. Und damit könnten wir bei der Lockvogelgeschichte sein.«

»Rainer West ist doch der neue Partner«, versuchte Roland Ernst seine Argumente zu verteidigen.

»Herr Ernst, ein netter Versuch, Frau Kern reinzuwaschen, aber wir kennen eben nur Rainer West. Deshalb will ich, dass Britta Kern bis ins kleinste Atom durchleuchtet wird. Ich will alles wissen, sogar, was sie im Kindergarten gegessen hat. Basta.«

Rainer West wurde derweil fast verrückt vor Sorge. Immer wieder hatte er die einzelnen Stationen abtelefoniert, in der Hoffnung, Britta sei inzwischen irgendwo aufgetaucht. Aber Britta blieb weiter unentdeckt. Langsam machte sich bei ihm die Gewissheit breit, dass irgendetwas nicht stimmte. Es war absolut nicht Brittas Art, einfach wegzubleiben. Beide Partner wussten immer, wo der andere war oder wie man ihn erreichen konnte. Da aber die Krankenhäuser keine Aufnahme einer Britta Kern zu verzeichnen hatten, hatte Rainer West keinerlei Vorstellung, was nun geschehen sein konnte. Er rief zuerst Dr. Koschnick an und bat ihn, die Mitarbeiter zu sensibilisieren, falls sie etwas hören würden über Britta. Danach telefonierte Rainer noch einmal mit Hauptkommissarin Hansen. Er schilderte die Situation, erklärte die Absprachen, die zwischen ihm und Britta getroffen worden waren, den anderen immer über den jeweiligen Standort zu informieren. Er schilderte eindringlich seine Sorge, dass etwas Außergewöhnliches passiert sein musste. Frau Hansen pflichtete ihm bei, dass sie nicht nachvollziehen könne, warum Britta noch nicht an Rainers Bett aufgetaucht war, zumal sie so viel Zeit im Krankenhaus verbrachte. Es sei auch merkwürdig, dass sie plötzlich Ulf im Stich ließe. Wenn auch eine offizielle Vermisstenanzeige nicht zur Debatte stünde, dafür sei die Zeit ihrer Abwesenheit noch zu kurz, würde sie ein Augenmerk auf die Suche legen. Nach dem Gespräch wurde Rainer West beim Stationsarzt vorstellig. Er bat um seine Entlassung.

»Davon möchte ich im Moment noch abraten«, war die ernüchternde Antwort des Mediziners. »Wenn Ihre Verletzung sich auch als nicht so schwerwiegend darstellt, Sie sind zu schwach. Sie haben viel Blut verloren. Wir müssen Sie erst wieder etwas aufpäppeln.«

Doch Rainer blieb stur. Er würde auf eigene Verantwortung gehen und sich jeden Tag ambulant in der Klinik behandeln lassen.

Hauptkommissarin Hansen dachte über die Situation um Britta Kern nach. So wie West es darstellte, war es tatsächlich ungewöhnlich, wie sie sich verhielt. Im Grunde gab es nur zwei Möglichkeiten: Frau Kern war etwas zugestoßen, und das konnte kein Unfall sein, denn sonst wäre sie in einem Krankenhaus aufgetaucht. Die zweite Option war, Britta Kern war tatsächlich in die Taten involviert, ihr war der Boden unter den Füßen zu heiß geworden und sie hatte sich abgesetzt. In dem bekannten Täter-Outfit könnte sich auch eine Frau versteckt haben. Mit Größenausgleich in oder an den Schuhen wäre kein Unterschied zu sehen gewesen. Hansen ließ das Team zusammenkommen. Es waren nicht alle anwesend. Manche Mitglieder waren einzeln oder als Team unterwegs. Die Kommissarin schilderte ihre Bedenken.

»Suchen Sie Frau Kern, dann sind wir einen gewichtigen Schritt weiter«, schloss sie. Ein Mitarbeiter betrat den Raum und brachte eine Nachricht, die unglaubliches Erstaunen auslöste.

20

Rainer West war inzwischen zu Hause angekommen. Er schaute nach, ob irgendwo eine Nachricht für ihn läge, aber er fand nichts. Was sollte er tun? Brittas Sachen durchsuchen? Das war allerdings nur ein flüchtiger Gedanke. Die Intimsphäre seiner Freundin war für ihn tabu. In diesen Gedanken hinein klingelte es. Jens Goldstein stand vor der Tür.

»Du?«, ein kurzes Zögern. »Was machst du denn hier? Kann ich dir helfen?« Rainer West war perplex.

»Ich hörte in der Redaktion die Geschichte von deiner Britta. Ich komme, weil ich dir helfen möchte, als Dank für deinen Tipp mit der Polizei.«

»Wie willst du mir helfen, indem du mir in den Rücken fällst?«

»Rainer, ich weiß, ich war in letzter Zeit etwas neben der Spur. Es ist mir letztens nach den Schüssen auf dich aufgegangen, dass ich dich für etwas verantwortlich mache, wofür du nichts kannst. Dafür möchte ich mich entschuldigen. Ich möchte versuchen, einen kleinen Teil dadurch wiedergutzumachen, dass ich dir helfe.«

»Erst einmal: Entschuldigung angenommen. Komm rein. Aber ich weiß wirklich nicht, wie du mir helfen könntest. Du kennst Britta doch nicht einmal.«

»Wenn es gilt, Punkte abzufahren, wenn du reden möchtest, wenn du jemanden benötigst, der für dich Erledigungen durchführt, ich mache das.«

»Jetzt schleimst du aber ganz schön rum. Das brauchst du doch gar nicht.«

»So sollst du das nicht auffassen.«

»Eigentlich sehe ich das auch nicht so, aber da kannst du mal sehen, wie schnell man in den falschen Verdacht des Arschkriechens kommt«, erklärte Rainer West.

»Ja, ja, ich habe es kapiert. Was machen wir nun?«

»Jens, ich hol erst einmal zwei Bier, dann setzen wir uns hin und analysieren. Kann ich dir etwas zu Essen anbieten? Ich habe Tomatensuppe da.«

»Nein danke, aber wenn du essen willst, lass dich nicht von mir davon abhalten.«

»Die Tomatensuppe ist selbst gemacht, nicht so ein chemischer Kram. Ich habe sie aus passierten Tomaten zubereitet. Allerdings stand nicht auf dem Etikett, was den Tomaten passiert ist.« Rainer grinste.

»Danke, lass man.«

»Okay, dann nicht, trinken wir erst mal ein Bier. Ich bin sehr froh und dankbar, dass du an Bord bist.«

Nachdem im Grunde auszuschließen war, dass private Gründe die Ursache für Brittas Verschwinden sein konnten, sprachen beide andere Möglichkeiten durch. Dabei war der Bankenungeheuer-Fall Dreh- und Angelpunkt.

»Inzwischen sind wir – und damit meine ich gleichfalls Polizei, Koschnick, ich und wahrscheinlich du selbst – der Meinung, dass die Angelegenheit irgendwas mit dir zu tun hat«, fasste Jens Goldstein zusammen.

»Kein Widerspruch«, kam von Rainer. »Weiter ist die Polizei der Meinung, bei den Schüssen auf dich sei der Täter gestört worden, sonst hätte er sein Werk vollendet. Dafür spricht, dass der Zeuge, dein Nachbar, den Täter hat weglaufen sehen. Er war wahrscheinlich durch den Zeugen aufgeschreckt worden. Wäre es da nicht logisch, wenn sich der oder die Täter Brittas bemächtigt haben, um besser an dich ranzukommen?«

»Aus dem Blickwinkel habe ich das noch nicht gesehen. Ich hatte noch gar keine Zeit, um über mich nachzudenken. Mir erschienen die Schüsse auf mich paradox. Ich vermutete einen Junkie, der einbrechen wollte, aber durch mich gestört wurde. Sonst bot sich keine Erklärung für mich an. In Bremen finden viele Straftaten durch Junkies statt. Aber du hast recht. Das wäre logisch. Dann müssten sich der oder die Täter doch bei mir melden. Sie wissen wahrscheinlich gar nicht, wie schwer ich verletzt bin und wie lange ich im Krankenhaus liege. Die Polizei hält ja aus sogenannten ermittlungstaktischen Gründen solche Informationen zurück. Das hieße gleichzeitig eine unsagbar lange Qual für Britta.«

»Nicht unbedingt«, antwortete Jens, führte aber nicht weiter aus, warum. Rainer schaute einen Moment konsterniert, bis ihm klar wurde, was Jens ausdrücken wollte.

»Du meinst, der oder die Täter könnten Britta …«, weiter konnte Rainer nicht sprechen.

»Das muss ja nicht so sein«, versuchte Jens zu beruhigen. »Aber wir müssen das berücksichtigen.«

»Wie sollen wir den Täter finden, wenn das die Polizei nicht mal schafft?«, fragte Rainer.

»Es muss irgendeinen Hinweis geben, der bisher von uns allen übersehen oder falsch gewichtet wurde«, stellte Jens fest.

Draußen war es inzwischen tiefe Nacht. Die beiden gingen noch einmal verbissen die bekannten Fakten des Falles durch.

Obwohl Angst oder Panik keinen Dauerzustand darstellte, sondern in Wellen kam und ging, dauerten bei Britta die Pausen ziemlich kurz, bis eine neue Attacke sie beherrschte. Den Tod vor Augen, Ausweglosigkeit und Abscheu vor der Person des Täters gaben ihr keine Chance zum Frieden. Inzwischen war die Dunkelheit hereingebrochen, Kälte kroch in ihr hoch. Sie spürte ihre Gliedmaßen nicht mehr, die durch eine stramme Fesselung eingeschnürt waren. Geschäftige Fabrikgeräusche aus der Ferne waren ihre einzige Ablenkung. Britta hoffte, die Nacht zu überstehen, darauf, dass der Täter so bald nicht wiederkäme. Sie hörte, wie sich eine Tür öffnete und geschlossen wurde. Sie vernahm die fast lautlosen Gummisohlen, die in der Stille der Halle wie Gongschläge in ihrem Kopf dröhnten. Sie wusste, er war da. Eine Taschenlampe leuchtete in Brittas Gesicht.

»Hallo, Schatz, da bin ich wieder.«

Hauptkommissarin Hansen bat nur kurz: »Sehen Sie nach, ob er zu finden ist! Dann schaffen Sie ihn her!«

Sie erreichte ein Anruf aus dem Krankenhaus.

Rainer West und Jens Goldstein saßen immer noch dabei, Details des Bankenungeheuer-Falls durchzuarbeiten. Sie wühlten sich durch die kleinsten Informationen, hatten eine Landkarte aus Norddeutschland auf dem Boden liegen, die nur das Bremer Umland zeigte. Alles andere war weggerissen worden. Farbige Stecknadeln steckten in den Orten, die beteiligt waren, rote Bindfäden verknüpften die Fahrtstrecken nach Bremen und die innerhalb der Stadt. Die Karte sah aus wie ein Schnittmuster von einem Kleidungsstück, nur dass man ein solches nie würde tragen können.

»Irgendwie kommen wir nicht wirklich weiter«, stellte Jens Goldstein fest. Rainer nickte. »Lass uns eine Pause machen«, schlug er vor. »Ich mache uns Kaffee, damit wir gleich wieder auf dem Damm sind.« Während Rainer in der Küche hantierte, fing Jens eine belanglose Unterhaltung mit ihm an. Er sprach laut in Richtung Küche: »Gehst du am Wochenende zu Werder?«

»In meiner jetzigen Situation? Meine Gedanken kreisen so sehr um Britta, ich könnte nicht einmal Zeitung lesen.«

»Du, sag mal, es geht mich ja nichts an, aber haben du und Britta eigentlich über eure jeweilige Vorgeschichte gesprochen?«

»Eigentlich schon. Natürlich hat jeder so seine Leichen im Keller – Entschuldigung, in diesem Zusammenhang vielleicht nicht das richtige Bild – aber wir haben keine Geheimnisse voreinander. Es hatte zwar etwas gedauert und die problematischen Aspekte, besonders meiner Scheidung, kamen erst später auf den Tisch, aber ich gehe davon aus, dass jetzt alles geklärt ist.«

»Habt ihr auch über ehemalige Partner gesprochen?«

»Das war ein Punkt, den wir im gegenseitigen Einvernehmen ausgeklammert hatten. Irgendwie sticht es doch immer, wenn man von einer alten Liebe seines Partners oder seiner Partnerin hört. Man kann sich trotz aller Vernunft kaum gegen einen Anflug von Eifersucht wehren, wenn man hört, wie glücklich er oder sie war, welch schöne Momente erlebt wurden, welche Gemeinsamkeiten durchgestanden worden sind. Deshalb hatten wir entschieden, das auszulassen. Aber sonst wird es wohl nichts mehr geben, was wir nicht voneinander wissen. So, der Kaffee ist fertig.«

»Na, dann halte ich mich lieber – da bist du ja«, sagte Jens gerade noch, als Rainer bereits mit einem Tablett das Wohnzimmer betrat. Mit gedämpfter Stimme ergänzte er: »Dann halte ich mich lieber zurück.«

»Wieso? Immer raus mit der Sprache!«

»Ne, lieber nicht.«

»Das ist toll, erst machst du die Pferde scheu und dann einen Rückzieher. Also sag, was du sagen wolltest.«

»Ich hatte mich nur gefragt, ob du weißt, mit wem Britta verheiratet war.«

»Sie hatte mir zwar erzählt, dass sie geschieden ist, mehr aber nicht.«

»Dann ist dir nicht bekannt, dass sie ihren Mädchennamen nach der Scheidung wieder angenommen hat?«

»Nein, das hat sie nicht erwähnt.«

»Vorher hieß sie Britta Ernst.«

»Was?«

»Britta war mit Roland verheiratet. Er hatte es mir mal in einem Anflug von Offenheit erzählt, als ich mit ihm in der Kogge in Worpswede saß.«

»Was?«, wiederholte Rainer. Er konnte gar nicht begreifen, was er da hörte. Zwar hatte er Roland mehrfach eingeladen, aber der hatte sich immer zurückgehalten, ähnlich damals, als sie sich vor dem Bremer Bahnhof trafen oder am Flughafen, als Roland Ernst sofort verschwand. Irgendwie hatte Roland immer einen Grund vorgeschoben, nicht kommen zu können. Und Britta hatte auch nie eine Andeutung gemacht, wenn Rainer von Roland gesprochen hatte. Sie hatte Rainer wohl nicht verletzen und ihm beichten wollen, dass sie vor Rainer mit dessen

Freund liiert gewesen war. Rainer stand mit dem Tablett, auf dem Kaffee, Tassen und Milchkännchen platziert waren, wie vom Donner gerührt.

»Gibt es jetzt doch keinen Kaffee mehr?«, fragte Jens salopp.

Rainer ignorierte seine Anspielung. »Irgendwie fühle ich mich hintergangen. Ich weiß, dazu habe ich kein Recht, es war ja so abgesprochen. Aber trotzdem, ich bin tief getroffen.«

»Siehste, ich hätte doch nichts sagen sollen. Es tut mir leid.«

»Nein, nein, schon gut. Ist okay. Ich muss es nur erst einmal verdauen. Britta hatte ganz kurz erwähnt, warum ihre Ehe gescheitert war. Ihr Mann hatte unregelmäßigen Dienst, war oft, auch nachts, unterwegs und er war fast schon krankhaft eifersüchtig, was schließlich zum Ende der Ehe führte. Britta ist eine tolle Frau, und ich kriege schon oft die begehrlichen Männerblicke mit, wenn wir unterwegs sind. Anfangs hatte ich mich auch gefragt, welche Chancen ich wirklich habe, eine dauerhafte Beziehung mit ihr führen zu können. Und dann gab es so eine Situation, als ich in Berlin war und Britta nicht erreichen konnte, da wäre es beinahe mit uns aus gewesen. Ich kann mir vorstellen, dass Roland ähnliche Sorgen hatte. Britta hatte erzählt, dass er sie zwar unheimlich geliebt, aber sie auf Schritt und Tritt kontrolliert habe, er sei ihr sogar heimlich nachgefahren, wenn sie nur zu ihrer Mutter wollte. Sie hatte sogar mal einen Kollegen Rolands ausmachen können, der sie beschattete. Muss wohl ganz schlimm gewesen sein, denn Britta gibt so leicht nicht auf. Sie hat es wohl einfach nicht mehr ausgehalten. Aber ich wusste die ganze Zeit über nicht, um wen es ging. Ich hatte an einen Bankmanager oder so was in der Art gedacht.«

»Die Details treffen aber auch auf einen Polizisten zu.«

»Das stimmt, allerdings kann ich mir bei Roland dieses Krankhafte, fast Wahnhafte nicht vorstellen. Als ich die Scheidung hinter mir hatte, tröstete er mich, fast jeder Mann kenne solch eine Situation, er hätte das auch durchgemacht und weitergelebt.« Mit jedem Satz, den Rainer sprach, verdüsterte sich Jens Goldsteins Gesicht. »Roland hatte mir sogar Tipps gegeben, wie ich mich verhalten solle, als ich damals in Berlin saß und Britta nicht erreichen konnte. Roland hatte mir geraten, ich solle sie doch in Bremen überraschen«, erzählte Rainer weiter.

»Sag mal, du hörst dir nicht zufällig selbst zu?«

»Warum?«

»Kannst du dir nicht vorstellen, dass Roland ausrastet? Immerhin gilt für ihn das Gleiche wie für dich. Es muss ihm sehr wehgetan haben, als er mitbekam, mit wem Britta jetzt zusammen ist. Du kennst ihn länger und besser als ich. Wäre es nicht möglich, dass Roland völlig die Fassung verliert, als er sieht, dass seine geliebte Exfrau ausgerechnet bei einem Freund gelandet ist? Wenn er so krankhaft eifersüchtig ist, hat sich das nach der Scheidung wohl kaum gelegt, sondern er hat sich in die Situation reingesteigert. Hatte Britta nach der Scheidung außer dir neue Partner?«

»Ich glaube nicht. Sie ist nicht so eine, die sich sofort in irgendwelche Abenteuer stürzt, nur um zu vergessen.«

»Also warst du der Erste nach Roland und dann gleich

so eine intensive Bindung mit Zusammenleben. Glaubst du, dass Roland das verkraften konnte?«

»Worauf willst du hinaus?«

»Stellst du dich blöd oder kapierst du immer noch nicht? Wir suchen nach einer Nahtstelle zu dir. Wir suchen jemanden, der dir etwas anhängen will, nebenbei auch Britta. Wir suchen jemanden, der dich aus dem Weg räumen will.«

»Du denkst an Roland? Das kann nicht sein. Er ist Polizist, sogar ein ranghoher, der schon viel Leid im Leben gesehen hat und damit umgehen kann.«

»Du sagst es: Gesehen, jetzt erlebt er es aber selbst. Das ist ein Unterschied. Er kennt sich aus, weiß, worauf er achten muss, kennt die Klippen, weiß alles über die Polizeiarbeit. Deshalb gab es keine Spuren. Deshalb wusste er, wie lange es dauert, bis die Polizei reagieren kann. Er kennt die Ringfahndungsvorgänge und, und, und. Ein anderer Täter hätte vielleicht Fehler gemacht, etwas übersehen oder nicht gewusst. Roland weiß alles. Er hat sich so vermummt, weil er wusste, wie das mit den Überwachungskameras ist. Er konnte unauffällig an Daten und Einzelheiten von Bankleuten kommen, weil jeder dachte, er brauche sie zu deren Schutz. Er wusste, wie man den Bankmechanismus zur Geldauszahlung umgehen kann. Wer weiß das schon? Und etwas sehr Wichtiges, ihm war egal, wie viel oder wenig Beute er macht. Er wollte dir nur etwas anhängen!«

»Die Banküberfälle sind das eine, aber die Toten? Er hat unbeteiligte, unschuldige Menschen nahezu abgeschlachtet.«

»Ich kann mir das auch nicht genau erklären. Aber vielleicht waren das Situationen, die aus dem Ruder gelaufen sind, wie beim Tod der Herzwurms. Der Mann hat sich auf den Täter geworfen, der daraufhin geschossen hat. Es spielt auch keine Rolle, warum. Im Gegenteil, es kam dem Täter sogar zugute, weil er dich mit einem schlimmeren Verdacht behaften konnte.«

»Aber er hat sich doch sogar heimlich mit mir getroffen und mir Ratschläge erteilt.«

»Doch nur, weil er von dir Informationen bekam. Wann du weg bist, wo du bist, ob du Zeugen hast und so weiter. Und durch seine Ratschläge konnte er dein Handeln lenken. Denk an das, was du von Berlin erzählt hast. Im Hotel hättest du womöglich Zeugen gehabt, auf der Fahrt keine und in Bremen ebenfalls nicht. Wer kann sich nach langer Zeit noch an Mitreisende erinnern, und Britta zählt als Zeugin kaum.«

»Aber eine Tat hätte doch gereicht.«

»Eben nicht. Irgendwie kamst du immer raus, also musste eine neue Tat her.«

»Aber der Überfall in Hemelingen, der ganz anders ablief, weil der Täter am Tag in die Bank ging. Wie passt das rein?«

»Ich weiß es nicht genau, aber wahrscheinlich wollte oder musste Roland schnell handeln, er glaubte es jedenfalls. Deshalb hatte er keine Zeit, sich vorzubereiten und die Verhältnisse auszukundschaften. Er wusste nicht, wo der Filialleiter wohnt. Weil er meinte, schnell handeln zu müssen, ging er den direkten Weg.«

»Stimmt. Ich war kurz vorher mit Britta aus dem Urlaub gekommen, und wir hatten Rainer auf dem Flughafen getroffen. Er wollte Britta nicht begrüßen, die sich gerade eine Zeitung holte, und musste sofort weg.«

»Passt alles ineinander«, stellte Jens fest.

»Aber der Kugelschreiber?«

»Wahrscheinlich hat er dir den Kugelschreiber geklaut, als du mal nicht daran dachtest. Dann hat er den in Wildeshausen fallen lassen. Deine Fingerabdrücke waren ja drauf«, erklärte Jens.

»Jetzt, wo du es sagst, kann ich mich auch schwach erinnern, was mit dem Kugelschreiber war. Ich hatte mich mit Roland im Lankenauer Höft verabredet. Roland wollte sich Notizen machen, und ich lieh ihm den Stift. Danach hatte ich durch das intensive Gespräch vergessen, den Kugelschreiber zurückzufordern«, erinnerte sich Rainer.

»Siehst du, aber du kamst aus der Situation wieder raus. Also die nächste Tat. Wahrscheinlich hat er auch das große tägliche Boulevardblatt informiert, ich war es jedenfalls nicht. So wuchs der Druck auf die Polizei gewaltig, und du warst im gesamten Land gebrandmarkt. Er hat wahrscheinlich auch dafür gesorgt, dass der seinerzeit unschuldig verhaftete ehemalige Knacki aus der Untersuchungshaft entlassen oder der Anwalt informiert wurde. Er wollte keinen Unschuldigen als Täter, er wollte dich! Und als er merkte, dass du dich aus allem rauswinden kannst, hat er den direkten Weg eingeschlagen und wollte dich umbringen. Aber wieder hast du überlebt. Und jetzt hat er sich Britta geholt! Du weißt doch selbst, dass Eifersucht eines der stärksten und häufigsten Motive darstellt.«

»Aber wie passt die Sache mit Ulf in die Geschichte?«, fragte Rainer nach.

»Davon habe ich keinerlei Vorstellungen. Vielleicht war er Komplize, vielleicht ist das eine ganz andere Geschichte, vielleicht war Roland sauer, dass Ulf seine Arbeitsweise kopiert hat. Ich weiß es nicht. Ist auch letztlich unwichtig. Wir müssen den Fall nicht aufklären.«

»Aber wenn ich ehrlich bin, Restzweifel bestehen noch.«

»Das ist dein gutes Recht. Ist ja auch nur eine Theorie, aber in der passt alles haargenau zusammen.«

»Noch etwas ist mir unklar: Seinerzeit der Fall Voss. Irgendetwas muss der doch mit unserer Geschichte zu tun haben. Zwar war der Täter erschossen worden, dann bestand eine Theorie noch darin, dass das eben doch kein Einzeltäter war, sondern vielleicht noch ein Komplize im Spiel gewesen sei. Glaubst du, Roland war ein Komplize?«, versuchte Rainer weiter aufzuklären.

»Ich bin kein Hellseher, glaube es aber nicht. Ich denke, die Tat diente nur als Ideengeber. Roland hat die Vorgehensweise kopiert und perfektioniert. Die Grundidee, nicht in die Bank zu gehen, sondern privat beim Filialleiter aufzutauchen ist schon diabolisch, aber durchdacht. Gefahren, erkannt zu werden, werden minimiert. Keine Videoüberwachung, keine Vielzahl an Personen, die in Schach gehalten werden müssen, keine Alarmknöpfe, die Tat wird unter Umständen erst viel später entdeckt und der Täter hat genug Zeit, das Feld zu räumen. Diese Gedanken hatte Roland aufgenommen und mit seinem Insiderwissen ausgebaut. Außerdem hätte er den Vorteil gehabt, dir mit dem Verdacht der Mittäterschaft ein schweres Verbrechen anlasten zu können ohne selbst aktiv gewesen zu sein. Vielleicht wäre es ihm sogar noch gelungen, ein paar Beweise für deine Mittäterschaft zu legen, die dich in einem Prozess schwer belastet hätten, falls alles glatt gelaufen wäre. Du wärst für lebenslang hinter Gitter gewandert.«

»Teuflisch«, entfuhr es Rainer. »Hast du eine Ahnung, wo er sein könnte?«, hängte er an.

»Nicht die leiseste. Wie gehen wir jetzt vor?«, fragte Jens.

»Vielleicht sollten wir die Hansen in unsere Überlegungen einweihen.«

»Einer Polizistin mitteilen, dass wir glauben, ein Kollege sei ein Serienkiller? Was soll das bringen?«, entgegnete Jens.

»Aber wir können nachfragen, wo Roland ist.«

»Okay, ruf an.« Rainer West wählte die Nummer von Roland Ernsts Büro. Keiner da. Rainer versuchte es über die Nummer von Frau Hansen. Die war unterwegs, wie mitgeteilt wurde, und Roland Ernst sei ebenfalls abwesend.

Britta blickte in das grelle Licht der Stablampe und hörte die Worte: »Jetzt sind wir wieder zusammen, wie früher. Ist das nicht schön?«

»Nein, das ist es nicht. Was willst du von mir?« Britta hatte ihren ganzen Mut zusammengenommen.

»Was ich will? Mit dir zusammen sein.«

»Du weißt, das ist vorbei. Wir sind geschieden, und ich habe einen anderen Mann.«

»Das mit uns ist nie vorbei. Ich hatte es dir damals gesagt. Das mit deinem neuen Mann ist vorbei!«

»Was ist mit Rainer? War das eine Falle von dir?«

»Nein, ich habe ihn tatsächlich getötet. Ich habe nicht gelogen, als ich sagte, es sei auf ihn geschossen worden. Jetzt lebt dein Rainer nur noch in deinen Gedanken.«

»Du Monster!« Britta sackte schluchzend in sich zusammen. Mit leiser Stimme sagte sie: »Rainer war doch dein Freund.«

»Pah, Freund. Was ist das denn für ein Freund, der einem die Frau wegnimmt?«

»Er hat mich dir nicht weggenommen. Ich bin nicht mehr deine Frau!«

»Du wirst immer meine Frau sein. Du kommst nie von mir weg. Kein Mensch weiß, wo wir sind. Es gibt nicht mal die kleinste Spur.«

»Aber man wird darauf kommen, dass wir verheiratet waren.«

»Das stimmt. Auf der letzten Sitzung wurde das in die Wege geleitet. Deshalb habe ich mich schnellstens abgesetzt.«

»Dann wird man dich finden. Du hast selbst immer gesagt: ›Wir finden jeden‹, also finden sie auch dich.«

»Uns findet man nicht. Ich habe falsche Spuren gelegt. Ich habe Fahrkarten gekauft, nach Flensburg, nach Aachen, nach Freiburg, nach Passau und Stettin. Die Kollegen werden ganz schön zu tun haben, diese einzelnen Spuren zu verfolgen. Sie werden denken, ich hätte mich bei einer dieser Reisen ins Ausland abgesetzt. Europol wird eingeschaltet werden, weil sie nicht wissen, welche dieser Reisen ich gemacht habe, in welche Richtung ich geflohen bin. Die haben dann auch reichlich zu tun. Es wird dauern, bis die Hansen Informationen erhält. Und wir bleiben hier, direkt vor ihren Nasen sitzen und warten, bis etwas Gras über die Sache gewachsen ist. Dann gehen wir tatsächlich weg, mein Schatz, und wir bleiben für immer zusammen!«

»Oh mein Gott.« Britta verlor jede Hoffnung.

Ein ausgeklügelter Fluchtplan. Für sie war es ein kleiner Hoffnungsschimmer gewesen, wenn auch nicht wirklich beruhigend, dass Roland übereilt gehandelt und etwas übersehen haben musste. Aber Roland übersah selten etwas. Die Bestätigung hatte sie jetzt ein weiteres Mal.

»Hast du all diese schrecklichen Dinge getan?«, fragte sie mit fast tonloser, gebrochener Stimme.

»Ich musste doch Rainer aus dem Weg schaffen. Ich wollte ihn nicht töten, er sollte nur für lange Zeit aus dem Verkehr gezogen werden. Zeit, die ich genutzt hätte, dich zurückzugewinnen. Aber wie eine Katze mit neun Leben hat sich Rainer immer wieder rausgewunden. Also musste ich es ein ums andere Mal versuchen, und immer wieder kam Rainer damit durch. Dann habe ich ihn selbst erledigt.«

»Und was war mit Ulf? Was hat mein Bruder mit der Sache zu tun?«

»Ich kannte Ulf ja, wusste von seinen Schwächen. Ich hatte ihn in der Hand und habe ihn benutzt, auch um zu erfahren, wann Rainer deckungs- und alibilos war. Ulf hatte immer irgendwelchen Dreck am Stecken. Ich hatte Schuldscheine von ihm aufgekauft und damit gedroht, sie an die Russenmafia weiterzugeben. Das hatte ihn in Panik versetzt. Ulf hatte da schon Probleme. Dann hatte ich ihm befohlen, er solle euch das Auto im Harz klauen. Ihr wart dort festgenagelt, und ich konnte ihn damit wieder unter Druck setzen. Er war so leichtgläubig, als ich ihm erklärte, wenn er das Ding in Harpstedt mit der Post durchzieht, lasse ich ihn gehen. Wir hatten alles genau geplant und durchgespielt. Er wusste, wie er sich in jeder Situation zu verhalten hatte, dass alles schnell gehen musste, damit die Polizeikräfte sich nicht bündeln konnten. Er hat wunderbar funktioniert.«

»Aber warum wolltest du ihn töten?«

»Dumme Frage! Er wusste doch, wer ich bin. Er hätte mich bei dem leisesten Druck im Verhör verraten. Das kann er nun nicht mehr. Ob tot oder Koma, das kommt aufs Gleiche raus, er kann nicht reden.«

»Du bist ein Monster«, mehr konnte Britta nicht sagen. Sie weinte nur noch, bis sie keine Tränen mehr hatte. Ihr Make-up war verlaufen, schwarze Rinnsale der Wimperntusche überzogen ihre Wangen, vermischten sich mit Lippenstift, liefen in kleinen Bögen hinunter zum Kinn und tropften von dort auf Brittas Schoß.

»Meine Schöne, du siehst, wir sind wieder fest zusammen«, lautete der fast höhnische Kommentar Roland Ernsts.

Indessen hatte Hauptkommissarin Hansen einen Anruf aus dem Krankenhaus erhalten. Es war so abgesprochen worden für den Fall, dass sich an Ulf Kerns Zustand etwas änderte. Die Gehirnblutungen hatten nachgelassen, dadurch war der Druck auf das Gehirn gesunken und die Schwellungen zurückgegangen. Ulf Kern würde überleben, aber in welchem Zustand, war weiterhin offen. Solange er im Koma lag, und das konnte für immer sein, stellte er keine Gefahr dar. Aber immerhin war Ulf Kern ein Gewaltverbrecher, hatte eine Geisel genommen, einen Raubüberfall verübt. Deshalb sollten die Ärzte sich melden, sobald eine Änderung des Krankheitszustands erkennbar war. Ein Polizist musste zur Überwachung vor das Krankenzimmer. Da die Zeitungen über das Koma berichtet hatten, war die Gefahr gering, dass der Mordversuch wiederholt wurde. Es war klar, dass Ulf nichts sagen konnte. Wenn aber jetzt bekannt würde, dass sein Zustand sich verändert hatte – und bei der Vielzahl des Personals war nicht zu verhindern, dass jemand eine unbedachte Bemerkung machte –, bestand die Gefahr, dass der Mörder erneut versuchte, sich an Ulf heranzumachen. Also galt die Polizeiwache auch gleichzeitig als Schutz für Ulf Kern.

Rainer West und Jens Goldstein berieten, wie das beste Vorgehen sei. Sie überlegten, wo Roland Ernst sich befinden, und vor allem, wo Britta stecken könnte, und ob einer der beiden Suchenden wusste, wo Roland etwaige Verstecke haben könnte.

»Er hat keinen Schrebergarten, kein alleinstehendes Wochenendhaus«, dachte Rainer West laut nach.

»Wie ist es mit guten Freunden, die wir nicht kennen, etwaigen ehemaligen Kunden von ihm, die er unter Druck setzen kann? Hat er dir gegenüber mal Andeutungen gemacht?«, brachte Jens ein.

»Ich habe keine Ahnung. Und wenn er etwas darüber gesagt hat, dann habe ich es vergessen. Es war unwichtig für mich«, entgegnete Rainer.

Das Telefon klingelte. Hauptkommissarin Hansen rief an. Sie fragte nach Britta, ob sie inzwischen aufgetaucht sei. Rainer musste verneinen. Dann erzählte er, dass er gerade mit Jens Goldstein zusammensaß. Frau Hansen berichtete über die Veränderung im Gesundheitszustand Ulfs. Rainer zögerte etwas, als er sich auf die für ihn relativ belanglose Gesprächsführung einließ. Er war sich nicht sicher, ob er den Verdacht, den Jens und er hegten, weitergeben sollte.

Aber auch Hauptkommissarin Hansen hatte etwas um den heißen Brei herumgeredet.

»Eine Sache noch, Herr West, wissen Sie, dass der Nachname Kern der Mädchenname Ihrer Partnerin ist?«, rückte sie schließlich mit der Sprache heraus.

»Sie haben es also auch herausgefunden.« Es war mehr eine Feststellung denn eine Frage.

»Sie wissen Bescheid?«, erkannte Uta Hansen.

»Ich habe es vorhin erfahren.«

»Dann liegen die Karten auf dem Tisch.« Diesmal war es eine Feststellung von Hauptkommissarin Hansen.

»Wir sollten uns dringend zusammensetzen, wann haben Sie Zeit?«

»Jetzt gleich. Aber wenn Sie möchten, kommen Sie her. Jens Goldstein ist Ihnen bekannt und in vertrauter Umgebung lässt es sich leichter reden.«

»Bis gleich«, erklärte Frau Hansen sich einverstanden.

Zu dritt saßen sie jetzt bei Kaffee in Rainer Wests Wohnzimmer. Nach kurzem, höflichem Auftaktgeplänkel war Jens Goldstein relativ schnell zur Sache gekommen, hatte seine Theorie vorgetragen und schloss mit den Worten: »Es passt alles zusammen. Wir können uns nur nicht erklären, wie Ulf Kern in die Sache gehört. Es gibt zwar Theorien, aber keine Erklärung.«

»Dazu kann ich auch noch nichts sagen«, verdaute die Hauptkommissarin das Gehörte.

»Siehst du, Rainer, was habe ich dir gesagt? Kollegen!«

»Halt, stopp, Herr Goldstein, Sie verstehen mich falsch. Ich bin absolut einverstanden mit dem, was Sie sagen, ich habe die gleichen Gedankengänge. Wir haben lange, vielleicht zu lange, nach der Nahtstelle zu Herrn West gesucht und dabei einen eklatanten Fehler gemacht. Wir haben Frau Kern nicht in dem Maß überprüft, wie es hätte sein müssen. Zwar ist sie oberflächlich untersucht worden, Alibis, Leumund und so was, aber wir hatten ihren Namen nie in Zweifel gezogen. Zu unserer Entschuldigung kann ich sagen, dass bei der Gewalttätigkeit und dem Druck von außen, auch durch die Medien, Fehler passieren. Andererseits gab es weder von Herrn Wests noch von Frau Kerns Seite eine Andeutung oder einen Hinweis. Übrigens auch nicht von Roland Ernst, aus jetziger Sicht nachvollziehbar. Ungeachtet dessen haben wir ein Riesenproblem, wir können von all dem nichts beweisen. Es passt alles. Ernst hatte sich zwar an den Untersuchungen beteiligt, aber eher in defensiver Weise. Ich hatte auch so eine Ahnung, dass Ernst mit Ihnen kooperiert, obwohl er das nicht durfte. Ich hatte das allerdings der Freundschaft zugeschrieben und hätte Ernst nach Beendigung des Falles darauf angesprochen. Aber das sind alles Gedankenspiele. Es gibt nichts Greifbares. Es reicht nicht mal für einen Haftbefehl vom Untersuchungsrichter. Ein etwaiger Anwalt bekäme Ernst in Sekunden frei. Ich hatte zwar sofort angeordnet, nach ihm zu suchen, allerdings nicht in einer offiziellen Fahndung. Offiziell bitten wir dringend darum, Ernst möge sich melden, weil wir ihn in der SOKO brauchen. Es wird aber sehr schwer. Mit seinem Polizeiausweis kommt er überall durch und rein. Gehen Sie also davon aus, dass von meiner Seite aus alles getan wird, um Ernst aus dem Verkehr zu ziehen. Und, Herr West«, sie schaute dabei Rainer direkt an, »leider teile ich die Meinung, dass Ernst Gewalt über Frau Kern hat. Aber auch das können wir nicht beweisen. Ich möchte Sie bitten, sich auch auf den Ernstfall vorzubereiten.«

»Was soll das heißen?«, fragte Rainer.

»Dass Britta tot sein könnte«, führte Jens Goldstein den Gedanken weiter. »Roland hat schon so oft gemordet. Er hat keinerlei Skrupel mehr.«

Rainer schluckte und wollte sich mit diesem Gedanken nicht vertraut machen.

»Umso schneller müssen wir zusehen, dass wir Roland bekommen.«

»Ich verspreche Ihnen, alles dafür zu tun«, bestätigte Hauptkommissarin Hansen ihn in seiner Hoffnung.

21

An diesem Abend lag Rainer West lange in seinem Bett wach. Die Idee, dass er Britta verloren haben könnte, ließ ihn nicht einschlafen. Er zermarterte sich das Gehirn mit dem Gedanken, wo Roland Ernst sein könnte. Viele Stationen, in denen beide aufgetreten waren, zogen an seinem inneren Auge vorbei. Dabei konzentrierte Rainer sich auf Bemerkungen, die fielen, auf Nebensätze, die gesprochen worden waren. Urplötzlich riss es ihn hoch. Rainer griff zum Handy und wählte Jens Goldsteins Nummer.

»Ich weiß, wo er ist. Ich fahre sofort los.«

»Halt. Natürlich komme ich mit. Hast du eine Waffe? Oder wie willst du mit Roland fertigwerden? Er ist als Polizist in der Selbstverteidigung ausgebildet.«

»Danke für deine Hilfe, aber versteh doch, ich darf keine Zeit verlieren.«

»Okay, versteh ich. Wo treffen wir uns?«

»Arcelor-Mittal, das alte Klöckner-Gelände. Roland hat mal so eine Bemerkung gemacht, als wir in Hasenbüren waren, dass er das Werk faszinierend findet und sich die Frage gestellt hat, ob es jemanden gibt, der dort jeden Winkel kennt.«

»Gut gemacht, Rainer, das könnte es tatsächlich sein. Aber versteif dich nicht drauf. Allerdings hört es sich so an, als könnte er da sein. Zumindest ist es eine Option. Und wie willst du auf das Gelände kommen? Es ist alles abgesperrt.«

»Ich arbeite unterwegs an einer Idee, jedenfalls fahre ich sofort los.«

»Ich auch. Wir treffen uns 500 Meter vor dem Werkstor. Dann können wir noch mal alles durchgehen.«

»Ist gut«, bestätigte Rainer.

»Ach, Rainer, sag bitte der Hansen Bescheid«, behielt Jens einen klaren Kopf.

Rainer gehorchte und rief Hauptkommissarin Hansen privat an, aber der Anrufbeantworter lief. Sie hatte ihm die Nummer bei dem Dreiertreffen gegeben, damit Rainer sich immer melden konnte, selbst außerhalb der Dienstzeit. Kurz erklärte er auf Band, wohin er wollte, warf sich mehr seine Kleidung über, als er sie anzog, diesmal Jeans und Lederjacke, und stürzte zum Auto. Er jagte die Hollerallee hinunter, dann die Fürther Straße, über den Osterfeuerberger Ring, den Waller Ring in die Waller Heerstraße. Er beachtete kaum die Verkehrsregeln, zumal durch die frühe Morgenstunde fast kein Verkehr herrschte. Über die Gröpelinger Heerstraße und die Oslebshauser Heerstraße erreichte er die Riedemannstraße, bog in die Carl-Benz-Straße ein und hielt Ausschau nach Jens Goldsteins Motorrad. Der war noch nicht da.

Rainer West parkte am Seitenrand und wartete. Die Sekunden zogen zähflüssig wie Stunden dahin. Rainer saß da wie auf heißen Kohlen. Er wollte unbedingt zu Britta, und ihm war klar, dass es auf dem weitläufigen Gelände schwer genug werden würde, sie zu finden. Er wippte unruhig auf seinem Sitz auf und ab, die Lippen zusammengepresst, den Blick fest auf den Rückspiegel geheftet, ob sich das Licht eines Motorrades näherte. Die Beifahrertür öffnete sich und Jens Goldstein schob sich auf den Sitz.

»Ich habe mein Motorrad weiter weg abgestellt. Das Geräusch soll doch niemanden aufschrecken«, war seine kurze Begründung, in der Rainer Zeit fand, sich von dem Schreck der sich öffnenden Tür zu erholen. Er war zu konzentriert auf den Rückspiegel gewesen und hätte nie damit gerechnet, dass sich Jens so an ihn heranschlich.

»Wenn ich mal einen Herzinfarkt kriege, dann wegen dir«, erklärte er.

»Okay, wie wollen wir auf das Gelände gelangen? Wir müssen am Werkschutz vorbei«, ignorierte Jens die Bemerkung und kam gleich zum Wesentlichen.

»Ich glaube, das geht über den Presseausweis. Ich erzähle dem Pförtner, es sei mit der Geschäftsführung abgemacht, dass ich Image-Fotos in der Dämmerung machen solle.«

Jens dachte einen kurzen Augenblick nach, aber ihm fiel auch nichts Besseres ein.

»Na, dann los«, entschied er.

Rainer fuhr um das A-M-Verwaltungsgebäude herum, kam an den Besucher- und Angestelltenparkplätzen vorbei auf den Werkseingang zu und stoppte an der Schranke zum Pförtnerhaus. Er stieg aus und ging zum Wachmann vor, zückte seinen Presseausweis und begann: »Es ist mit Ihrer Geschäftsleitung abgemacht, dass ich Fotos vom Werk zu dieser Tageszeit und bei besonderen Lichtverhältnissen schieße. Es geht um Bilder für Werbeträger.«

Der Wachmann drehte sich um, schlurfte zu seinem Schreibtisch, schlug das Besucherbuch auf und erklärte auf trockene Bremer Art: »Ich habe keinen Eintrag für Sie.«

»Kann sein, es war kein bestimmter Tag ausgemacht. Ich soll eine bestimmte Stimmung einfangen, und die haben wir jetzt. Haben Sie Angst, dass ich etwas klaue, eine Tonne Stahl vielleicht?« Rainers Lächeln entwaffnete den Wachmann.

»Es geht nur um Ihre Sicherheit«, versuchte er ein Argument.

»Danke für den Hinweis, ich werde aufpassen. Aber wir wollen doch nicht, dass die Geschäftsleitung verärgert ist, weil die Termine nicht gehalten werden können. Ich müsste sonst nachher extra eine neue Absprache mit denen treffen. Und wir wollen auch nicht, dass Ihr Name dabei eine Rolle spielt, wenn wir das abblasen müssen. Was soll denn bei einer Fotostrecke schon passieren? Wir watscheln über das Gelände, fotografieren Gebäude und Werksaufbauten und sind dann wieder weg. Wir kommen den Hochöfen und kochendem Stahl nicht mal nahe.« Die Angst vor Ärger mit den Chefs besiegte die Zweifel des Wachmannes. Er zögerte kurz, blickte Rainer an und entschied dann: »Na gut, fahren Sie rein und setzen Sie die Schutzhelme auf.«

Damit überreichte er Rainer zwei weiße Helme, Schutzbrillen und Jacken. Rainer bedankte sich mit einem Lächeln und sagte: »Danke für Ihre Einsicht und Hilfe.« Dann drehte er sich auch schon um. Während der Pförtner die Eintragung ins Besucherbuch vornahm, bestieg Rainer den Wagen und rollte erst langsam auf das Gelände, um später schneller zu werden und die ersten Aufbauten zu erreichen. Sie hatten es geschafft!

»Wie gehen wir vor?«, fragte Jens. »Das Gelände ist zu weitläufig, als dass wir hier zu zweit lange rumrennen können. Wir laufen Gefahr, von Roland entdeckt zu werden, bevor wir ihn finden. Wir sollten uns trennen und einzeln suchen. Wer etwas sieht, informiert den anderen, bevor er handelt.«

»Und wie finden wir uns?«, fragte Jens.

»Wir treffen uns alle halbe Stunde dort an dem Gebäude.« Rainer zeigte auf eine Halle, die ziemlich zentral auf dem Gelände lag. »Von dort können wir sternförmig absuchen.«

»Wo und was sollen wir suchen?«

»Ich denke, es sollte ein Gebäude sein, das separat von anderen liegt, das nicht so oft bei den Arbeitsabläufen gebraucht wird, in denen sich keine Arbeiter aufhalten, das aber groß genug ist, um Verstecke zu bieten. Dann ist Deckung für Fluchtmöglichkeiten noch wichtig.«

»Toll, also müssen wir uns alles anschauen.«

»Du hast es erfasst. Und nimm hier meine Ersatzkamera mit, ich verwende meine normale. Bei etwaigen Fragen die gleiche Geschichte.« Beide entstiegen dem Wagen.

»Du in die Richtung, ich in die«, Rainer zeigte Jens die Anfangsrichtung, wobei er automatisch in eine Art Flüsterton verfiel. Dann trennten sie sich. Ihnen war klar, dass sie eine Sisyphusarbeit vor sich hatten.

Jens stiefelte in seine Richtung, beäugte von Weitem seinen Anfangsbereich, suchte sich Gebäude raus, die der oberflächlichen Beschreibung zugeordnet werden konnten. Er spähte hinter große Holzrollen, auf denen Stahlbänder aufgezogen waren, um nicht einen Treppengang in einen Keller zu verpassen, blickte in verdreckte Fenster, um das Dahinterliegende zu inspizieren, umrundete Hallen, um nach Eingängen Ausschau zu halten.

Rainer stieg Stahltreppen hinauf, um Räume anzusehen, die im zweiten Stock lagen, duckte sich unter überdimensionalen Stahlrohren durch, die vielleicht Kühlwasser transportierten. In einiger Entfernung füllte ein Bagger Stahlschrott in eine Lore. Überall dampfte und zischte es, wenn Wasser auf heiße Rohre traf, wenn Wasserdampf durch Abluftfilter aus Hallen geführt wurde. Schornsteine bliesen weißen Dunst in den sich aufhellenden Himmel der Dämmerung. Signaltöne schwirrten durch die Luft, das Hämmern von Stahl auf Stahl bereicherte das Industriekonzert.

»Hallo, Jens, schön, dass du mich besuchen kommst. Wie hast du mich gefunden?«

Jens spürte, wie sich ein Revolverlauf schmerzhaft in seinen Nacken bohrte.

»Roland, wie kommt es, dass ich hier auf dich treffe?«, kam die knappe Gegenfrage.

»Ich inspizierte gerade das Gelände und sah nach, ob sich etwas in meine Richtung durch Arbeiter tut. Nun du!«

»Ich mache Fotos für die Geschäftsleitung für eine Imagekampagne.«

Ein Schlag mit dem Revolverlauf ließ Jens' Kopfhaut aufplatzen. Blut lief über sein Gesicht.

»Ich weiß nicht, wie du hergefunden hast, aber ich kann mir denken, warum du da bist. Ist jemand bei dir? Verarsch mich nicht noch mal, sonst bin ich nicht mehr so freundlich.«

Jens war sofort klar, dass seine einzige Chance jetzt Rainer war. Er musste ihn schützen.

»Roland, ich bin allein. Mir fiel ein, dass du von dir und Britta erzählt hattest, so habe ich mir einiges zusammengereimt.«

»Und wie kamst du darauf, dass ich hier bin?«

»Auch durch eine Bemerkung von dir, als du mal vom ehemaligen Klöckner-Gelände geschwärmt hast, wie sehr dich das fasziniert.«

»War wohl ein Fehler von mir. Bist du wirklich allein?«

»Ich sage es dir doch. Wir haben uns immer vertraut. Wen soll ich denn dabei haben?«

»Polizei oder zum Beispiel Rainer«, antwortete Roland Ernst.

»Du weißt am besten, wie zuwider mir Rainer ist, und mit dem soll ich zusammenarbeiten? Warum? Und Polizei? Die haben mich doch auf der Liste. Wie reagieren deine Kollegen, wenn ich denen als Verdächtiger sage, dass ich nach dir als Täter hier suchen will?«

»Gut, ich glaube dir. Aber warum bist du hier?«

»Story! Ich hatte mir einiges zusammengereimt und dachte, du verschaffst mir eine Story, mit der ich überregional punkten kann. Dann kann ich weg vom ›Weser Boten‹.«

»Hat mich überzeugt. Los geh. Wir vertreten uns mal etwas die Beine, bevor ich dich hereinbitte.« Mit dem Revolverlauf dirigierte Roland Ernst Jens in eine Richtung. »Da lang und bilde dir keine Schwachheiten ein.«

Beide gingen um ein Gebäude herum.

»Dort die Treppe hoch, rechts, da über die Stahlempore und jetzt da rauf!« Mit diesen Worten zeigte Roland auf einen Weg aus Stahlgittern, der direkt oberhalb eines mannshohen Rohres verlief und dessen Verlauf folgte. Das Rohr musste Abwasser führen, da es über kreisrunde Wasserbecken führte, in denen das Kühlwasser des Werkes aufgefangen wurde.

»Stopp«, erfolgte kurz der Befehl.

Die Männer standen direkt mittig über einem Auffangbecken, in dem es noch brodelte und kochte. Schwaden von heißem Wasserdampf hüllten sie ein. Nur der Stahlgittersteg, das mannshohe Rohr und zwei Meter Luftlinie trennten die beiden von der siedenden Wasseroberfläche.

»Was ist? Mir wird langsam warm«, versuchte es Jens Goldstein mit einem saloppem Spruch. »Und die Aussicht ist auch nicht so doll.«

»Dir sollte auch langsam warm werden, mit dem Wissen, mich belogen zu haben. Ich habe nie mit dir über die Faszination des Geländes hier gesprochen. Das war mit Rainer.«

Roland Ernst schlug mit aller Kraft zu. Jens taumelte, sackte in sich zusammen. Roland packte den schlaffen Körper und wuchtete ihn über das Geländer. Jens Goldstein prallte auf das heiße Stahlrohr, rutschte seitlich hinunter und klatschte auf die kochend heiße Wasseroberfläche. Gellende, sich überschlagende Schreie hallten durch die Dämmerung, wurden beim Ausatmen abgehackt, sekundenkurz, dann wieder lang gezogen. Haut platzte auf und pellte sich vom Körper, das Wasser färbte sich blutrot. Dann war es still. Totenstill, während im Hintergrund die Industriegeräusche eine schauerliche Melodie spielten. Der leblose Körper des Jens Goldstein tanzte in der brodelnden Brühe auf und nieder. Roland Ernst warf einen letzten Blick auf das Becken, sah sich um und verschwand in den Rauchschwaden.

Rainer hatte diese schrecklichen, bestialischen Todesschreie gehört, aber sie nicht mit Jens in Verbindung gebracht. Er dachte eher an den Unfall eines Arbeiters, der mit glühend-flüssigem Stahl in Berührung gekommen war. Allerdings wunderte er sich, dass er Jens nach der verabredeten Zeit nicht zu Gesicht bekam. Er wartete noch eine Weile, dann drehte er sich um, um seinen Bereich weiter zu untersuchen. Britta durfte nicht warten. Vielleicht hatte Jens nur die Zeit vergessen, nicht auf die Uhr geschaut oder war dem Werkschutz in die Arme gelaufen, der ihn aufhielt. Rainer überprüfte Transformatorenhäuschen, ging Kellertreppen hinunter, schaute sich Magazine an, um dann von Zeit zu Zeit in Richtung des Treffpunktes zu gehen. Aber Jens kam nicht. Da erst brachte Rainer die Schreie mit seinem Kollegen in Verbindung. Er verließ seinen Prüfbereich und ging zu dem von Jens.

Zwischen zwei Häuser hindurch sah er einen Auflauf von Arbeitern, die um die Kühlwasserauffangbecken herumstanden. Er hielt sich von dem Auflauf fern, weil er nicht entdeckt werden und Gefahr laufen wollte, Probleme auf dem nicht für jedermann zugänglichen Gelände zu bekommen. Er hätte aufdringliche Fragen beantworten oder Erklärungen abgeben müssen. Die Zeit hatte er nicht. Unwissentlich folgte er den Spuren von Jens. Rainer suchte nach Britta, Jens oder Roland. Doch er fand keinen von ihnen. Dafür fand Roland Ernst Rainer.

»Es freut mich ganz besonders, dass du mich besuchen kommst«, hörte Rainer hinter sich, als er spürte, wie sich ein Revolverlauf schmerzhaft in seinen Nacken bohrte.

»Du ersparst mir viel Arbeit und Zeit«, fügte Roland Ernst hinzu.

»Roland, lass uns reden«, forderte Rainer West.

»Wir hatten Zeit genug, um miteinander zu reden. Ich möchte jetzt mehr tun. Los, geh!« Roland dirigierte Rainer West mit dem Lauf seiner Pistole und kurzen Befehlen wie links, rechts, schneller.

»Was ist mit Britta?« Rainer West wollte Klarheit.

»Britta und ich sind jetzt wieder zusammen. Aber ich will von dir nichts hören. Da hinauf!«

Roland Ernst führte Rainer zu einer Stahltreppe, die

am Rand eines Gebäudekomplexes 20 Meter steil nach oben führte. Es schien die Werkshalle für die Hochöfen zu sein. Selbst draußen konnte man die Hitze spüren, die die Hochofenarbeiter aus der Nähe mitbekamen. Oben angekommen, hörte Rainer West ein: »Da hinüber.« Der Druck des Revolvers zeigte verstärkt die Richtung an, die zu einem Stahlsteg führte, der hoch oben zwei Gebäudeteile miteinander verband.

»Los. Auf den Steg. In der Mitte bleibst du stehen. Da machst du nämlich Bungeespringen. Nur habe ich leider kein Gummiseil dabei.«

»Roland, lass uns doch erst reden, um unserer Freundschaft willen.«

»Pah, Freundschaft. Ich scheiß auf einen Freund, der mir die Frau wegnimmt!«

»Roland, ich habe dir niemanden weggenommen! Britta war frei, sie ist geschieden! Roland, werde doch wieder Herr deiner Sinne.«

»Quak du nur. Es interessiert mich nicht. Bleib stehen. Ab jetzt bin ich der Leiter der Sprungabteilung. Hände an das Geländer und ...«

Rainer West folgte der Aufforderung, als im gleichen Moment ein Arbeiter am Ende des Steges auf der anderen Seite auftauchte.

»Was machen Sie denn da? Verschwinden Sie!«

Roland Ernst blickte nur kurz erstaunt auf den Mann. Diesen Augenblick nutzte Rainer in einem verzweifelten Akt, um sich vom Geländer abzustoßen. Er prallte gegen Roland, der rückwärts taumelte.

Hauptkommissarin Hansen hatte nur kurz schlafen können nach dem Treffen mit Rainer West und Jens Goldstein. Ihr gingen zu viele Gedanken im Kopf herum, als dass sie in ruhigen Schlaf hätte fallen können. Also stand sie auf und ging in die Küche, um sich Kaffee aufzubrühen. Sie durchquerte das Wohnzimmer und erkannte auf ihrem Anrufbeantworter den Hinweis für einen Telefonanruf, der gestern Abend noch nicht da gewesen war. Sie musste doch eine kurze Phase Tiefschlaf erwischt haben. Sie drückte den Wiedergabeknopf und hörte Rainer West, der ihr mitteilte, wo er Roland Ernst vermutete. Er wolle dort nachsehen. Uta Hansen nahm das zur Kenntnis.

»Er wird sich melden, wenn sich seine Ahnung bestätigt«, vermutete sie, leise vor sich hin murmelnd. »Ich kann nur hoffen, dass er nicht unvorsichtig ist und es auf eigene Faust probiert, Ernst zu besiegen, falls der da überhaupt ist. Aber ich kann nicht auf eine Vermutung hin die Kavallerie losschicken und eigene Spuren vernachlässigen.«

Uta Hansen fuhr ins Kommissariat. Dort setzte sie sich am frühen Morgen an ihren Schreibtisch und sah sich die Ermittlungshinweise der Kollegen aus der SOKO an, die in ihrer Abwesenheit eingegangen waren. Sie las Bemerkungen, dass Roland Ernst am Bahnhof gesehen worden sei. Er hatte mit Kollegen der Bahnhofspolizei geplauscht. Wieso macht er das?, fragte sich Hansen.

Sie las weiter, dass Roland Ernst im Reisecenter Fahrten gebucht hatte und zwar in alle Himmelsrichtungen. Passau, Flensburg, Aachen, Freiburg, Stettin. Alles grenznahe Orte, wie die Kommissarin auf den ersten Blick feststellte. Das sah nach Flucht aus. Aber warum in verschiedene Richtungen? Dann ging ihr ein Licht auf: Er will verschleiern, wohin er will. Wir sollen in alle Richtungen ermitteln, Europol einschalten. Das verschafft ihm Zeit. Wir verpulvern unheimlich viel Personal, wenn wir alle Ziele überprüfen, um das richtige herauszufinden. Wenige Leute auf eine Richtung konzentriert, bedeutet mehr Arbeit für den einzelnen und mehr Zeitaufwand. Deshalb hatte er auffällig mit der Bahnhofspolizei gesprochen. Wir sollten erfahren, dass er die Reisen gebucht hat und uns dann aufreiben.

Uta Hansen lehnte sich zurück und ließ ihren Gedanken freien Lauf. Sie dachte darüber nach, ob Roland Ernst jemals Bemerkungen zu einem Fahrtziel gemacht hatte, ob er eine Region bevorzugte. Wäre er aus Deutschland raus, hätte er enorm an Zeit gewonnen. Der offizielle Weg und bürokratische Kram mit Europol würde dauern. Mit der gewonnenen Zeit hätte Ernst mehr Optionen zur Verfügung, seine Weiterfahrt zu verschleiern. Zum Beispiel von Dänemark mit einem privaten Kutter nach Schweden. Und: Er wurde im Ausland noch nicht gesucht, könnte sich auf Flughäfen oder Bahnhöfen frei bewegen. Er würde wieder seine Reiseziele auffächern, um ein Aufspüren zu erschweren. Österreich, Tschechien, Dänemark, Holland, Belgien, Schweiz, Polen. All diese möglichen Reiseziele sagten ihr nichts in Zusammenhang mit Roland Ernst. Hatte er die Mittel für so etwas? Sollte er eigentlich: Eigene Ersparnisse, etwas Beute von den Banküberfällen und der Post in Harpstedt, Geliehenes, überzogenes Konto, Kredite und, und, und. Die druckfrischen Briefmarken aus Harpstedt hatte er vielleicht auch in einem ihm bekannten Milieu verschachert. Tatsache war, dass Roland Ernst seine Flucht im Vorfeld akribisch geplant hatte. Aber er wusste ja, wie die Kollegen dachten, welche Abläufe der Polizeiapparat durchlief, und konnte danach planen. Als er mitbekam, dass es durch die Überprüfung von Britta Kern eng wurde, hatte er sich abgesetzt. Er saß ja an der Quelle. Er erfuhr als einer der Ersten, wann die Polizei aufdecken würde, dass Britta Kern früher Britta Ernst geheißen hatte und dass das Überlegungen auslöste.

Er hatte also immer noch die Chance, frühzeitig zu reagieren. Höchstens anfangs wäre es zu einer Nachfrage bei ihm gekommen. Er hätte etwas Lapidares geantwortet und wäre verschwunden. Also war Uta Hansens Hinweis auf genaue Überprüfung von Britta Kern sein Startsignal gewesen. Aber Roland Ernst hatte sich Britta geholt. Zu zweit, zumal wenn einer gezwungen wird, ist es schlecht zu verreisen. Wurde Britta Kern gezwungen? Das sollte man mit Ja beantworten können. Sie liebte Rainer West. Das war keine Ablenkung, weil die Unsinn wäre. Also musste Britta Kern gezwungen werden mitzukommen. Unter Drogen? Das würde irgendwann auffallen und wäre keine Dauerlösung. Hatte Roland Ernst Britta bereits getötet? Damit wäre er frei – und töten machte ihm nichts mehr aus. Trotzdem machte das keinen Sinn. Wenn er Britta hätte töten wollen, hätte er das gleich zu Anfang gemacht, ohne den mühsamen Umweg über Rainer. Und jetzt töten, wo Britta in seinen Händen war, machte noch weniger Sinn. Irgendetwas war faul.

Diese Überlegungen ließ Hauptkommissarin Uta Hansen in ihrem Kopf ablaufen.

»Irgendetwas stinkt!«, schimpfte sie laut vor sich hin.

Draußen, vor der offenen Bürotür, zuckte ein Mitarbeiter ob des plötzlichen Ausrufes zusammen.

»Irgendetwas stinkt«, wiederholte Uta Hansen leiser. »Aber was? Was hat das mit den verschiedenen Buchungen auf sich? Sicher ein intelligentes Ablenkungsmanöver für die Flucht!« Die Kommissarin stierte mit starrem, leerem Blick auf einen Punkt an der Wand. Der Uhrzeiger der Uhr, die sie dort fixierte, schlich dahin.

»Das ist es«, ein erlösender Aufschrei befreite sich aus Hauptkommissarin Hansens Kehle. »Das alles ist ein intelligentes Ablenkungsmanöver. Er ist gar nicht weg. Er ist noch hier, direkt vor unserer Nase. Wir sollen nur glauben, er sei abgehauen.«

Sie sprang hoch, ging schnellen Schrittes zur offenen Bürotür und rief in den Gang: »Das Team in den Besprechungsraum!«

Den sich dort versammelnden SOKO-Teammitgliedern erklärte sie kurz ihre Theorie und schloss mit den Worten: »Sofortiger Aufbruch mit allem, was wir haben und kriegen können. Rainer West ist bei Arcelor-Mittal, da vermutet er Roland Ernst. Es gab für ihn einen Hinweis. Wir fahren hin. Ab Beginn der Carl-Benz-Straße ohne Ton!«

Eine Armada an Polizeiwagen brauste mit schrillem Sirenengeheul den Wall hinunter Richtung Überseehafen. Das Ende der Karawane bildeten zwei Krankenwagen. Das zuckende Blaulicht der Dienstwagen erzeugte ein gespenstisches Zwielicht, ließ den beginnenden Tag in einer anderen Farbe erscheinen als dem gewöhnlichen Morgenrot.

Mannschaftswagen mit Spezialeinheiten wie vermummten Scharfschützen oder speziell ausgebildeten Nahkämpfern formten die Speerspitze des Konvois. Die Insassen sollten als Erste vor Ort sein, um das Gebiet abzuriegeln. Scharfschützen mussten zuerst auf die Dächer, um ein weites Schussfeld zu haben. Mannschaften von Polizisten sollten gleich zu Beginn das sieben Hektar große Gelände in Ringen von verschiedener

Größe abriegeln, sodass ein Durchschlupf unmöglich war.

Ab der Carl-Benz-Straße wurden die Sirenen und das Blaulicht abgestellt, um die Ankunft nicht zu früh anzukündigen. Uta Hansen rauschte mit ihrem Privat-PKW vorneweg auf das Stahlwerksgelände. Auch ihr mobiles Blaulicht auf dem Wagendach war ausgeschaltet. Sie war an dem sich auffächernden Polizeikonvoi vorbeigefahren. Die einzelnen Polizeigruppen nahmen ihre Stellungen ein. Uta Hansen stoppte mit quietschenden Reifen und ausbrechendem Heck, sprang aus ihrem Auto. Von Weitem sah sie einen Krankenwagen an einem Kühlwasserauffangbecken mit vielen Menschen drum herum. Sie lief darauf zu, etliche Polizisten im Schlepptau. Als sie zwischen zwei Gebäuden durchlief, bemerkte sie links eine weitere Menschenansammlung, die nach oben sah.

Hauptkommissarin Hansen blickte ebenfalls hinauf und entdeckte, wie zwei Männer miteinander rangen.

»Megafon«, lautete ihr knapper Befehl. »Herr Ernst, hier spricht Hauptkommissarin Hansen, geben Sie auf. Sie haben keine Chance mehr! Das Gebiet ist umstellt. Sie wissen, was das heißt. Scharfschützen postieren sich gerade.«

Das Ringen zwischen den beiden Männern stoppte tatsächlich.

Roland Ernst blickte kurz erstaunt auf, als er die Stimme aus dem Megafon hörte. Auch Rainer West stoppte seinen Kampf aus Erleichterung. Dann hämmerte Roland Ernst seine Faust gegen Rainer Wests Schläfe. Der sackte bewusstlos zusammen. Ernst rannte zum Ende des Stahlsteges. Er stieß den dort stehenden Arbeiter beiseite, der aus Überraschung keine Abwehrhaltung eingenommen hatte. Roland Ernst verschwand in dem Gebäude.

»Geisel gefunden!« Der Ruf erreichte Uta Hansen, als sie Roland Ernst über den Steg rennen sah. Sie überließ Ernst den Kollegen und ging in die Richtung des Rufes. Sie erreichte eine Werkshalle, vor der einige Polizisten standen und absicherten. Die Kommissarin betrat das Gebäude und sah schon von weiter Entfernung die zusammengesunkene Britta Kern auf einem Stuhl sitzen. Zwei Sanitäter kümmerten sich um sie, hatten ihr eine Wolldecke um die Schultern gelegt. Ein Polizist entfesselte Brittas Beine.

»Es ist vorbei«, sprach Hauptkommissarin Hansen beruhigend auf Britta Kern ein. Die blickte müde und dankbar zu ihr auf.

»Danke«, hauchte sie kraftlos.

»Rainer West ist sicher gleich da.«

»Was? Wie? Rainer ist doch tot. Roland hat es mir erzählt.«

»Nein, da hat er Sie angelogen. Rainer West ist zwar angeschossen worden, wurde aber nur relativ leicht verletzt. Er hat Glück gehabt. Er war es, der uns hierhergeführt hat. Er ist bestimmt bald bei Ihnen.«

Britta hatte keine Energie mehr zum Sprechen. Sie begann zu schluchzen.

»Weinen Sie«, bestärkte sie Uta Hansen. »Weinen Sie alles aus sich heraus. Ein Arzt wird Sie nachher untersuchen. Es ist vorbei!«

Dann wandte sich die Kommissarin ab. Sie wollte den Abtransport Roland Ernsts nicht verpassen. Rainer West, gestützt von zwei Polizisten, kam ihr entgegen. Sein Hemd war blutverklebt, die Hände dunkel verkrustet, sein Gesicht blass, die Haare wirr.

»Er wollte erst zu Frau Kern, bevor wir ihn zum Arzt bringen«, erklärte einer der Polizisten.

»Führen Sie ihn zu ihr, aber besorgen Sie sofort medizinische Hilfe. Er ist noch schwach«, befahl Frau Hansen.

Sie sah ihre Polizeikräfte geschäftig hin und her rennen.

»Wo ist er?«, fragte sie einen vorbeilaufenden Polizisten.

»Wir konnten ihn noch nicht dingfest machen«, erklärte der kurz. »Er ist wie vom Erdboden verschwunden.«

Roland Ernst hatte sich im Vorfeld auf alle Eventualitäten vorbereitet. Als er vom Stahlsteg in das Gebäude lief, rannte er weitere Treppen hinunter, bog dann zu den Umkleideräumen ein, gerade als Polizeikräfte in die Halle einströmten und sich mit den Arbeitern vermischten. Roland Ernst riss in der hintersten Ecke des Raumes eine Spindtür auf. Dort hatte er die Uniform einer Spezialeinheit versteckt. Er zog sich den Polizeipullover über und ließ eine Sturmhaube über seinen Kopf folgen.

Zum Schluss entnahm er dem Schrank ein Sturmgewehr. Er sah jetzt aus wie ein Mitglied der vor Ort eingesetzten Spezialeinheit. So getarnt verließ er die Umkleideräume, rief »Raum sauber!« und schritt aus der Werkshalle.

»Das kann doch nicht sein. Er muss hier sein, wir alle haben ihn doch gesehen. Er hat sich irgendwo versteckt. Suchen Sie jeden kleinsten Winkel ab!«

Hauptkommissarin Hansen verstand ihre Polizeikräfte nicht mehr. Wieso war Roland Ernst noch nicht gefunden worden? Alle Beteiligten hatten Fotos gesehen, die meisten kannten Ernst persönlich, brauchten gar kein Bild.

Ein Polizist trat zu ihr, über dem Arm die alte Kleidung von Roland Ernst.

»Das hier und noch mehr fanden wir in einem Spind in den Umkleideräumen.«

Uta Hansen schlug sich mit der flachen Hand vor die Stirn: »Einen Baum versteckt man am besten im Wald! Er ist als SEK-Mitglied verkleidet. Alle Sturmhauben runter.

Jedes Gesicht muss erkennbar sein! Die Spezialkräfte sollen sich am Mannschaftswagen treffen, einsteigen und dort die Sturmhauben abnehmen. Ich will in kürzester Zeit kein vermummtes Gesicht mehr hier sehen. Pronto!«

Rainer West schlurfte kraftlos auf Britta zu. Die zwei Polizisten mussten ihn mehr denn je stützen. Dann fielen sich die beiden in die Arme. Rainer hielt Brittas Gesicht zwischen seinen blutverklebten Händen.

»Ich liebe dich so sehr!«

Mehr konnte er nicht sagen, dann sackte er zusammen. Die Polizisten fingen ihn auf.

Britta weinte tonlos in sich hinein, als sie Rainer bewusstlos in den Armen der beiden Beamten hängen sah. Sie vergaß ihr eigenes Schicksal.

»Rainer! Rainer, um Gottes willen, Rainer, ich liebe dich auch.«

Die Rettungsassistenten kümmerten sich sofort um Rainer West, legten eine Infusion an und packten den Verletzten auf eine Trage. Langsam schoben sie Rainer nach draußen zum Krankenwagen. Britta, untergehakt von den beiden Polizisten, die eben noch Rainer gestützt hatten, wankte hinterher.

Hauptkommissarin Hansen verfolgte die Szene aus

50 Meter Entfernung. Sie wartete immer noch auf die Bestätigung der Festnahme Roland Ernsts. Britta sah erschreckend aus. Zu ihrer kraftlosen Gestalt, den zerzausten Haaren und dem verschmiertem Make-up, der verdreckten, teilweise zerrissenen Kleidung kamen jetzt noch die Blutflecken von Rainer West. Gut, dass diese Frau sich so nicht selbst sehen kann, sie wäre entsetzt, dachte Uta Hansen. Aber sie hatte es ja nur gedacht und nicht laut gesagt.

Ein vermummtes SOKO-Mitglied mit Sturmgewehr im Anschlag stand zur Sicherung der Gruppe neben dem Krankenwagen. Uta Hansen drehte sich weg, um nach ihren Leuten zu sehen, zu hören, ob ein Mitarbeiter mit der Meldung: ›Roland Ernst gefasst!‹ auf sie zu trat.

Im gleichen Augenblick wirbelte sie herum. In diese Bewegung hinein zog sie ihre Waffe. Sie hatte doch angeordnet, dass jede Vermummung aufgehoben wird.

Während der Drehung bemerkte sie, wie das vermeintliche SEK-Mitglied sein Sturmgewehr auf Rainer West richtete. Uta Hansen drückte wieder und wieder ab. Ein regelrechter Kugelhagel schlug in den Körper der vermummten Gestalt ein.

Jedes Geschoss ließ den Getroffenen ein Stück weiter zurücktaumeln. Eine Salve aus dem Sturmgewehr, die für Rainer West gedacht war, jagte gen Himmel. Zuckend schlug die Gestalt rückwärts gegen den Krankenwagen, rutschte das Autoblech hinunter und blieb verkrümmt auf dem Asphalt liegen. Sofort bildete sich eine Blutlache auf dem Boden. Blut lief dem vermeintlichen SEK-Mann aus Mund und Nase.

Uta Hansen lief sofort hin und betete im Laufen, dass sie keinen Fehler gemacht hatte. Ohne zu zögern und Rücksicht zu nehmen, riss sie der Gestalt die Sturmhaube hoch und blickte in die toten Augen von Roland Ernst.

Sie blies ihre Wangen auf und entließ die Luft mit pfeifendem Geräusch aus ihrem Mund. Ihre Bitten waren erhört worden, sie hatte keinen Unschuldigen getötet.

»Jetzt ist es wirklich vorbei!«, murmelte sie erschüttert. Sie hatte einen Menschen töten müssen, wenn auch nur, um zu verhindern, dass dieser einen weiteren Menschen hinrichtete. Sie würde vor der Internen Abteilung Rede und Antwort stehen müssen.

»Sie hatten keine andere Chance, Sie mussten es tun!«, flüsterte der schwache Rainer West, der inzwischen sein Bewusstsein wiedererlangt hatte.

»Ja, Sie haben recht, und für ihn ist es besser so. Als ehemaliger Polizeikommissar wäre das Gefängnis für ihn zur Hölle geworden. Er hätte keinen ruhigen Tag mehr gehabt. Die Mitgefangenen hätten sich gegen ihn verschworen, ähnlich wie bei Kinderschändern, und hätten ihn gequält.«

»Bei dem Leid, das er verbreitet hat, wäre es aber genau das, was er verdient hätte!«, zeigte Britta Kern kein Mitleid mit dem Serienkiller, der einmal ihr Mann gewesen war.

Hauptkommissarin Uta Hansen hob die Hand. Mit ausgestreckter Handfläche machte sie eine kurze, fast wehmütige Abschiedsbewegung, als Rainer West und Britta Kern durch den Rettungswagen in eine unbeschwerte Zukunft gebracht wurden.

Rainer West und seine Britta wurden ins St.-Jürgen-Krankenhaus eingeliefert.

Der Stationsarzt erkannte Rainer sofort und begrüßte ihn mit einem: »Da sind Sie ja wieder. Hab ich Ihnen gefehlt?«

Durch den Kampf mit Roland Ernst war bei Rainer die Wunde wieder aufgerissen.

Hauptkommissarin Hansen hatte es geschafft, unter Hinweis auf den Zeugenstand der beiden, dass Britta und Rainer zusammen in ein Zimmer verlegt wurden. Wieder gab es bei Rainer einen größeren Blutverlust, der per Infusionen ausgeglichen werden musste. Britta litt unter Erschöpfungszuständen und musste mit Stärkungsmitteln aufgepäppelt werden. Ein Polizeipsychologe stand den beiden zur Seite, um die Geschehnisse zu verarbeiten.

Rainer West ließ es sich nicht nehmen, den Abschlussartikel des ›Weser Boten‹ zum Fall ›Bankenungeheuer‹ zu schreiben. Er erledigte das, nach Absprache mit Dr. Koschnick, vom Krankenbett aus online. Es wurde ein Nachruf auf Jens Goldstein.

›Mitarbeiter des ›Weser Boten‹ Jens Goldstein enttarnt Bankenungeheuer‹, lautete die Schlagzeile. In dem Artikel wurde beschrieben, dass Jens Goldstein ein ausgezeichneter Journalist, guter Kollege und vor allem Freund gewesen war, der sein Leben gegeben hatte, um seine Freunde zu beschützen.

ENDE

Unser beider besonderer Dank gilt allen Menschen und Institutionen, die uns während des Schreibens und vor allem während der Recherchen unterstützt haben. Wir danken den Betreibern, die uns Zugang zu Geländen gewährt haben, wir danken denjenigen, die bereit waren, sensible Geschehnisse auf Tauglichkeit hin zu prüfen. Und wir danken denjenigen, die mit Verständnis und Hilfe auf manch ungewöhnliche Bitte reagiert haben.

Henning von Melle und Volkmar Joswig

BERND KÖSTERING
Goetheglut

278 Seiten, Paperback.
ISBN 978-3-8392-1181-6.

OPFER DER FLAMMEN Weimar im Sommer 2004. In der Ilm wird ein Toter gefunden. Hendrik Wilmut, Literaturexperte aus Frankfurt am Main, gerät unter Mordverdacht. Seine Freunde ziehen sich zurück, nur sein Cousin Benno lässt ihn nicht im Stich. Mit seiner Hilfe vollzieht Wilmut eine erstaunliche Wandlung: Er wird vom Gejagten zum Jäger, vom Angeklagten zum Ermittler. So kommen sie dem Geheimnis des Kassibers sehr nahe. Doch dann verbrennt der vermutliche Beweis seiner Unschuld in der Herzogin Anna Amalia-Bibliothek. Jetzt gibt es nur noch eine Frau, die ihn retten kann …

KURT GEISLER
Friesenschnee

366 Seiten, Paperback.
ISBN 978-3-8392-1180-9.

TODESSTURZ Panik im alten Kieler Wasserturm. Während einer Theateraufführung wird eine junge Frau brutal angegriffen. Der mutmaßliche Täter, ein Schauspieler des Hamburger Ensembles, flüchtet sich auf das Dach des Gebäudes. Im Scheinwerferlicht der angerückten Spezialeinheit gibt er eine letzte Probe seines Könnens, um kurz darauf in den Tod zu stürzen.
Kommissar Hansen von der Kripo Kiel nimmt die Ermittlungen auf, doch in Hamburg sind ihm die Hände gebunden und so bittet er einmal mehr seinen alten Freund Stuhr um Hilfe. Dem agilen Frühpensionär ist bald klar, dass die Lösung des Falls mitten im nordfriesischen Wattenmeer liegt.

GMEINER
Wir machen's spannend

KLAUS ERFMEYER
Irrliebe

274 Seiten, Paperback.
ISBN 978-3-8392-1183-0.

TODESANZEIGE Als Franziska Bellgardt über eine verführerische Kontaktanzeige den Franzosen Pierre Brossard kennenlernt, scheint sie die Liebe ihres Lebens gefunden zu haben. Doch die Leidenschaft für den rätselhaften Pierre endet mit ihrem Tod. Franziskas Schulfreundin Marie Schwarz und ihr Freund, der Dortmunder Rechtsanwalt Stephan Knobel, beginnen die schicksalhafte Beziehung zu ergründen. Bald zeigt sich, dass es um weit mehr geht als Franziskas Liebe zu einem Mann, dem sie sich bedingungslos unterwerfen wollte …

BERND KÖSTERING
Goetheglut

278 Seiten, Paperback.
ISBN 978-3-8392-1181-6.

OPFER DER FLAMMEN Weimar im Sommer 2004. In der Ilm wird ein Toter gefunden. Hendrik Wilmut, Literaturexperte aus Frankfurt am Main, gerät unter Mordverdacht. Seine Freunde ziehen sich zurück, nur sein Cousin Benno lässt ihn nicht im Stich. Mit seiner Hilfe vollzieht Wilmut eine erstaunliche Wandlung: Er wird vom Gejagten zum Jäger, vom Angeklagten zum Ermittler. So kommen sie dem Geheimnis des Kassibers sehr nahe. Doch dann verbrennt der vermutliche Beweis seiner Unschuld in der Herzogin Anna Amalia-Bibliothek. Jetzt gibt es nur noch eine Frau, die ihn retten kann …

GMEINER

Wir machen's spannend

BERND FRANZINGER

Familiengrab

371 Seiten, Paperback.
ISBN 978-3-8392-1173-1.

VOLLTREFFER Bei einer Geburtstagsfeier wird auf die Familie des Pfälzer Parkettfabrikanten Anton Denzer ein heimtückischer Mordanschlag verübt, bei dem mehrere Menschen sterben. Die Tatwaffe ist eine mannshohe Felsenkugel, die in einem Berghang gelöst und auf ihren todbringenden Weg ins Tal geschickt wurde. Die Ermittlungen gestalten sich schwierig, denn Kommissar Wolfram Tannenberg und sein Team treffen auf eine Mauer des Schweigens. Familie Denzer hat in der Vergangenheit ihre Probleme selbst geregelt, doch es folgen weitere Anschläge. Die Lösung des Falls liegt seit Jahrzehnten in den Wäldern des Moosalbtals verborgen …

MATTHIAS P. GIBERT

Zeitbombe

367 Seiten, Paperback.
ISBN 978-3-8392-1202-8.

ALPTRAUM FREIHEIT Zwischen Kassel und Fulda überfährt ein ICE einen Mitarbeiter der Kripo Kassel. Der tragische Vorfall wird als Suizid zu den Akten gelegt. 14 Tage später der nächste Tote: Erneut ein Polizeibeamter, wieder von einem Zug getötet. Kommissar Paul Lenz beginnt an der Selbstmordvariante zu zweifeln. Bei seinen Ermittlungen stößt er auf einen mehr als 20 Jahre zurückliegenden Mordfall. Lenz gräbt trotz massiver Behinderungen aus den eigenen Reihen die alten Akten aus und stellt fest, dass die Sachlage damals nicht so eindeutig war, wie es die Beteiligten heute darstellen …

GMEINER

Wir machen's spannend

Alle Gmeiner-Autoren und ihre Romane auf einen Blick

ANTHOLOGIEN: Tod am Tegernsee • Drei Tagesritte vom Bodensee • Nichts ist so fein gesponnen • Zürich: Ausfahrt Mord • Mörderischer Erfindergeist • Secret Service 2011 • Tod am Starnberger See • Mords-Sachsen 4 • Sterbenslust • Tödliche Wasser • Gefährliche Nachbarn • Mords-Sachsen 3 • Tatort Ammersee • Campusmord • Mords-Sachsen 2 • Tod am Bodensee • Mords-Sachsen 1 • Grenzfälle • Spekulatius **ABE, REBECCA**: Im Labyrinth der Fugger **ARTMEIER, HILDEGUNDE**: Feuerross • Drachenfrau **BAUER, HERMANN**: Philosophenpunsch • Verschwörungsmelange • Karambolage • Fernwehträume **BAUM, BEATE**: Weltverloren • Ruchlos • Häuserkampf **BAUMANN, MANFRED**: Wasserspiele • Jedermanntod **BECK, SINJE**: Totenklang • Duftspur • Einzelkämpfer **BECKER, OLIVER**: Das Geheimnis der Krähentochter **BECKMANN, HERBERT**: Die Nacht von Berlin • Mark Twain unter den Linden • Die indiskreten Briefe des Giacomo Casanova **BEINSSEN, JAN**: Todesfrauen • Goldfrauen • Feuerfrauen **BLANKENBURG, ELKE MASCHA** Tastenfieber und Liebeslust **BLATTER, ULRIKE**: Vogelfrau **BODE-HOFFMANN, GRIT / HOFFMANN, MATTHIAS**: Infantizid **BODENMANN, MONA**: Mondmilchgubel **BÖCKER, BÄRBEL**: Mit 50 hat man noch Träume • Henkersmahl **BOENKE, MICHAEL**: Riedripp • Gott'sacker **BOMM, MANFRED**: Blutsauger • Kurzschluss • Glasklar • Notbremse • Schattennetz • Beweislast • Schusslinie • Mordloch • Trugschluss • Irrflug • Himmelsfelsen **BONN, SUSANNE**: Die Schule der Spielleute • Der Jahrmarkt zu Jakobi **BOSETZKY, HORST (-KY)**: Promijagd • Unterm Kirschbaum **BRÖMME, BETTINA**: Weißwurst für Elfen **BUEHRIG, DIETER**: Der Klang der Erde • Schattengold **BÜRKL, ANNI**: Ausgetanzt • Schwarztee **BUTTLER, MONIKA**: Dunkelzeit • Abendfrieden • Herzraub **CLAUSEN, ANKE**: Dinnerparty • Ostseegrab **CRÖNERT, CLAUDIUS**: Das Kreuz der Hugenotten **DANZ, ELLA**: Ballaststoff • Schatz, schmeckt's dir nicht? • Rosenwahn • Kochwut • Nebelschleier • Steilufer • Osterfeuer **DETERING, MONIKA**: Puppenmann • Herzfrauen **DIECHLER, GABRIELE**: Glutnester • Glaub mir, es muss Liebe sein • Engpass **DÜNSCHEDE, SANDRA**: Todeswatt • Friesenrache • Solomord • Nordmord • Deichgrab **EMME, PIERRE**: Zwanzig/11 • Diamantenschmaus • Pizza Letale • Pasta Mortale • Schneenockerleklat • Florentinerpakt • Ballsaison • Tortenkomplott • Killerspiele • Würstelmassaker • Heurigenpassion • Schnitzelfarce • Pastetenlust **ENDERLE, MANFRED**: Nachtwanderer **ERFMEYER, KLAUS**: Irrliebe • Endstadium • Tribunal • Geldmarie • Todeserklärung • Karrieresprung **ERWIN, BIRGIT / BUCHHORN, ULRICH**: Die Reliquie von Buchhorn • Die Gauklerin von Buchhorn • Die Herren von Buchhorn **FINK, SABINE**: Kainszeichen **FOHL, DAGMAR**: Der Duft von Bittermandel • Die Insel der Witwen • Das Mädchen und sein Henker **FRANZINGER, BERND**: Familiengrab • Zehnkampf • Leidenstour • Kindspech • Jammerhalde • Bombenstimmung • Wolfsfalle • Dinotod • Ohnmacht • Goldrausch • Pilzsaison **GARDEIN, UWE**: Das Mysterium des Himmels • Die Stunde des Königs

Alle Gmeiner-Autoren und ihre Romane auf einen Blick

Alle Gmeiner-Autoren und ihre Romane auf einen Blick

MAINKA, MARTINA: Satanszeichen **MISKO, MONA**: Winzertochter • Kindsblut **MORF, ISABEL**: Satzfetzen • Schrottreif **MOTHWURF, ONO**: Werbevoodoo • Taubendreck **MUCHA, MARTIN**: Seelenschacher • Papierkrieg **NAUMANN, STEPHAN**: Das Werk der Bücher **NEEB, URSULA**: Madame empfängt **ÖHRI, ARMIN / TSCHIRKY, VANESSA**: Sinfonie des Todes **OSWALD, SUSANNE**: Liebe wie gemalt **OTT, PAUL**: Bodensee-Blues **PARADEISER, PETER**: Himmelreich und Höllental **PARK, KAROLIN**: Stilettoholic **PELTE, REINHARD**: Inselbeichte • Kielwasser • Inselkoller **PFLUG, HARALD**: Tschoklet **PITTLER, ANDREAS**: Mischpoche **PORATH, SILKE / BRAUN, ANDREAS**: Klostergeist **PORATH, SILKE**: Nicht ohne meinen Mops **PUHLFÜRST, CLAUDIA**: Dunkelhaft • Eiseskälte • Leichenstarre **PUNDT, HARDY**: Friesenwut • Deichbruch **PUSCHMANN, DOROTHEA**: Zwickmühle **ROSSBACHER, CLAUDIA**: Steirerblut **RUSCH, HANS-JÜRGEN**: Neptunopfer • Gegenwende **SCHAEWEN, OLIVER VON**: Räuberblut • Schillerhöhe **SCHMID, CLAUDIA**: Die brennenden Lettern **SCHMITZ, INGRID**: Mordsdeal • Sündenfälle **SCHMÖE, FRIEDERIKE**: Lasst uns froh und grausig sein • Wasdunkelbleibt • Wernievergibt • Wieweitdugehst • Bisduvergisst • Fliehganzleis • Schweigfeinstill • Spinnefeind • Pfeilgift • Januskopf • Schockstarre • Käfersterben • Fratzenmond • Kirchweihmord • Maskenspiel **SCHNEIDER, BERNWARD**: Flammenteufel • Spittelmarkt **SCHNEIDER, HARALD**: Räuberbier • Wassergeld • Erfindergeist • Schwarzkittel • Ernteopfer **SCHNYDER, MARIJKE**: Matrjoschka-Jagd **SCHÖTTLE, RUPERT**: Damenschneider **SCHRÖDER, ANGELIKA**: Mordsgier • Mordswut • Mordsliebe **SCHÜTZ, ERICH**: Doktormacher-Mafia • Bombenbrut • Judengold **SCHUKER, KLAUS**: Brudernacht **SCHULZE, GINA**: Sintflut **SCHWAB, ELKE**: Angstfalle • Großeinsatz **SCHWARZ, MAREN**: Zwiespalt • Maienfrost • Dämonenspiel • Grabeskälte **SENF, JOCHEN**: Kindswut • Knochenspiel • Nichtwisser **SPATZ, WILLIBALD**: Alpenkasper • Alpenlust • Alpendöner **STAMMKÖTTER, ANDREAS**: Messewalzer **STEINHAUER, FRANZISKA**: Sturm über Branitz • Spielwiese • Gurkensaat • Wortlos • Menschenfänger • Narrenspiel • Seelenqual • Racheakt **STRENG, WILDIS**: Ohrenzeugen **SYLVESTER, CHRISTINE**: Sachsen-Sushi **SZRAMA, BETTINA**: Die Hure und der Meisterdieb • Die Konkubine des Mörders • Die Giftmischerin **THIEL, SEBASTIAN**: Die Hexe vom Niederrhein **THADEWALDT, ASTRID / BAUER, CARSTEN**: Blutblume • Kreuzkönig **THÖMMES, GÜNTHER**: Malz und Totschlag • Der Fluch des Bierzauberers • Das Erbe des Bierzauberers • Der Bierzauberer **TRAMITZ, CHRISTIANE**: Himmelsspitz **ULLRICH, SONJA**: Fummelbunker • Teppichporsche **VALDORF, LEO**: Großstadtsumpf **VERTACNIK, HANS-PETER**: Ultimo • Abfangjäger **WARK, PETER**: Epizentrum • Ballonglühen • Albtraum **WERNLI, TAMARA**: Blind Date mit Folgen **WICKENHÄUSER, RUBEN PHILLIP**: Die Magie des Falken • Die Seele des Wolfes **WILKENLOH, WIMMER**: Eidernebel • Poppenspäl • Feuermal • Hätschelkind **WÖLM, DIETER**: Mainfall **WYSS, VERENA**: Blutrunen • Todesformel **ZANDER, WOLFGANG**: Hundeleben